八百擊

好故事，一擊入魂！

GAEA

左道書

卷之二

戚建邦——著

左道書

卷之二

目錄

第十五章　轉勁

月盈走後，莊森隨即運功消化藥力。他所服丹藥藥性猛烈，燥熱異常，才一會兒工夫，凝月掌的寒意蕩然無存。莊森正欣喜間，突然腹中一陣炙熱，宛如烈火焚身。他大駭，心想這下完了，月盈妖女不安好心，給他服下的多半不是解藥，而是火獄丸之類的逼供毒藥。令他先入冰窖，後入火海，享那冰火交融之苦。

莊森痛楚難當，思緒不清，鬧了好一陣子，這才沉心思考：「此藥藥性與凝月掌背道而馳，確是解寒毒的路子。莫非是月盈用藥劑量過重？還是我自己不得要領？慘啦！慘啦！萬一人家都把解藥給我服了，我卻還是解不了毒，那可真是丟人丟到家啦！」想到此處，連忙功力反運，抑止藥性。片刻過後，火熱消退，寒意可又來了。莊森口吐白氣，人中結霜，大駭之餘，再催藥力。如此，熱完又冷，冷完又熱，冰火境界轉了數回，始終不得好受一些。莊森頭頂一會兒冒蒸氣，一會兒冒寒氣，冷熱轉換越來越快。到得後來，他整顆腦袋罩在濃濃白霧之中，四周景象全然瞧不眞切。

不知過了多久，身後傳來一聲驚呼，敢情是巫山仙子回來了。

「咦？莊公子你怎會如此？」巫山仙子動作神速，話剛說完，人已握起莊森手腕，試圖以強橫功力壓制寒毒。「凝月掌性極寒，公子體內卻有一股火勁，定是以貴派玄陽內力自療。可惜少俠功力……」她突然放手，神色凝重。「不對，這火勁太盛，非少俠內力所能及。究竟出了什麼事？月盈眞人呢？是來了幫手救走她嗎？」

莊森趁著寒意稍解，火勁未發之際說道：「月盈自行解開穴道跑了。臨走前給我服了一枚丹藥，燥熱異常，在下尚未適應藥性，一會兒冰、一會兒熱，這滋味可不好受了。」說完火勁大發，頭上汗珠滋滋作響，蒸氣裊裊，蔚爲奇觀。

巫山仙子皺眉沉吟：「這可奇了。拜月教解凝月掌力向來是以內力調息，沒聽說過用解藥解毒的。她可說了這是解藥？」

莊森咬牙道：「她……她說……是毒藥，還是良藥……我吞下去就知道了。」

巫山仙子再度捻起莊森手腕，凝神把脈。「那莊公子認爲是毒藥還是良藥呢？」

莊森道：「這……倒也難說得緊。」

「嗯，」巫山仙子思索脈象，說道：「公子體內寒火兩勁互相較勁，氣息紊亂，老身不宜灌功療傷，以免弄巧成拙。當此情形，只有自救。不知道公子的『轉勁訣』練到第幾層了？」

莊森道：「回前輩的話，小子不才，只練到第四層。」

巫山仙子搖頭：「公子資質過人，這個年紀怎麼會才練到第四層？」她抬頭看他，若有所悟。「是了，定是你整天待在家裡練功，從不出門遊蕩，是以歷練有限，功夫難有進境。轉勁訣第五層是難關，單憑閉門苦練難有突破。總要與派外人士動手過招，熟悉各家運勁法門，這才能達到勁隨意轉、無勁不化的境界。」

莊森點頭：「前輩教訓得是。小子初出茅廬，歷練確實不足。只不知前輩對本門的內功也有研究？」他體內火勁漸退，說話又溜了起來。

巫山仙子搖頭：「切磋過，略懂其理。貴派轉勁訣道理淺顯、法門複雜，不是外人可以自行鑽研出所以然的。要靠轉勁訣化解寒毒，你得要找玄日宗師長請教才行。」

莊森苦笑：「要在巫州城裡找到本門師長只怕不太容易……」

巫山仙子搖頭：「不然，此刻門外就有一個。」

莊森大驚：「啊？此刻門外就有一個？」

就聽見門外啪的一聲，似是有人絆倒東西。巫山仙子輕笑道：「公子請稍候。」說完身影一晃，人已出了門外。莊森怕她觸怒玄日宗師長，正要出聲叫喚，卻聽遠方隱隱傳來兩聲「哎呀」，跟著巫山仙子又飄回廢園，手裡提了名五十開外的男子，卻是蜀盜梁棧生。莊森瞪大雙眼，眼看巫山仙子提小孩般將五師伯放在對面的一張椅子上，一時不知如何處置。

梁棧生嘻皮笑臉：「哎呀，前輩，幾十年不見了，您老怎麼一見面就開這種玩笑？」

巫山仙子輕嘆一聲：「你見到長輩也不出來拜見，鬼鬼祟祟躲在門外，又是什麼道理？」

梁棧生尷尬道：「還不是怕前輩教訓在下嗎？」

「你好端端的，我又教訓你什麼了？」巫山仙子搖頭。「做人長輩也沒長輩的樣子。你一路跟蹤莊公子也就罷了，見到師侄受制於人，竟然也不出手相助？這是什麼道理，你倒說來聽聽。」

「這個……」梁棧生搔搔腦袋。「那什麼……森兒初出茅廬，總得歷練歷練。梁王府那三人身手不凡，正好讓森兒長點見識。至於那個什麼月盈眞人……前輩明鑑，在下可眞不是對手。」

巫山仙子道：「也罷。你這小子向來打不過便跑，要你出手也算強人所難。可你也不能不顧同門義氣，眼睜睜看你師侄飽受折磨。」

「前輩，我只是暫不出手，可沒說不救人。」梁棧生辯道。「打不過有打不過的救法。妖女說要把森兒裝箱運走，晚輩總有把握伺機救人。」

巫山仙子睞眼瞧他，緩緩說道：「老身多年不涉江湖，你們玄日宗本門有何恩怨，我本是不會插手的。你跟蹤莊公子有何企圖，我也不來問你。你只要記住，莊公子竭力相助我兩個徒弟，老身很承他的情。他若有什麼閃失，老身不會坐視。」

「是是是……」梁棧生瞄向莊森一眼，又道：「前輩……這凝月掌的寒毒，晚輩不會解。」

巫山仙子揚起右手，掌心滋滋作響。「簡單，我拍你一計電光掌。你怎麼用轉勁訣化解我的電勁，照樣傳授給他便是。」說完作勢要往梁棧生胸口拍去。

梁棧生大驚，連忙搖手道：「會解！會解！前輩不必多……多……這個……森兒是我七師弟的愛徒，就跟我自己兒子一樣。我怎麼會不救他呢？我向來最照顧後生晚輩的了。」

「嗯，」巫山仙子點點頭，似乎也沒當眞信了他的鬼話。「你師父這些年可好？」

「回前輩的話，家師離開總壇，雲遊四海，至今二十年沒回家過了。」

巫山仙子皺眉：「崔大哥乃性情中人，素來以天下事爲己任，怎會跑去雲遊四海？定是你們七個小鬼惹惱他了，是不是？」

梁棧生談及恩師，收起油腔滑調：「前輩猜得不錯，當年我們年輕氣盛，惹師父生氣。這些年我到處找尋師父的下落，始終遍尋不著。師父神功無敵，凡事自能逢凶化吉。只是他年紀大了，做徒弟的沒有跟在身邊侍奉，總是不孝。前輩若是有緣見到恩師，還請告訴他老人家，我們七個都時常掛念著他，天天盼著能再見他老人家一面。」

「我在巫山隱居，崔大哥是知道的。他雲遊了二十年也沒來拜訪故人，只怕是不會來了。」巫山仙子語帶遺憾，似是遙想當年。片刻過後，她輕拍梁棧生左肩，欣慰道：「你心裡惦記著師父，總還算是有心。當年崔大哥與我談起七個弟子，總說你心性不定，最是令他放心不下。如今一晃幾十年，做人總得有點長進，知道嗎？」

梁棧生不知是真想師父還是作戲，雙眼竟然微泛淚光。他眨了眨眼，恭敬說道：「謹遵前輩教誨。」

巫山仙子點點頭，轉身面對莊森，伸右手幫他把脈，關心之情形於色。「莊公子覺得如何？」

「回……回前輩，」莊森正自發冷，抖著道：「好……好……好過些了。」

巫山仙子放開手，搖頭道：「妖女丹藥厲害，藥力燥熱異常，宛如純陽內勁。這化解起來，可得費番工夫。公子當專心用功，排除外魔。凡塵俗務，暫時不可多管。」

莊森稍顯猶豫，說：「是，前輩。」

「怎麼？」巫山仙子揚眉。「你有俗務急著要管嗎？」

莊森點頭：「我師妹此刻追查之事牽連甚廣，我得盡快趕去潭州相助。」

巫山仙子細細瞧他，欲言又止，片刻過後搖頭嘆道：「莊公子，江湖險惡，人心難測。你武功高強，為人仗義，然識人方面可得多下苦功，莫要遭人欺瞞……到頭來怎麼死都不知道。」

莊森大愣，不知此言從何來，忙問：「前輩何出此言？」

巫山仙子看了梁棧生一眼，微微搖頭。「老身也只是心生感慨。今日觀莊公子言行，實在過於輕信於人，與老身年輕時很像。如此行事，終究是要吃虧的。」

莊森看不透巫山仙子話中玄機，回想話頭，深怕是她看出趙言楓身懷絕學。本來不願繼續多問，但想巫山仙子對待自己甚好，心中早生親近之意，如今看她這樣，似乎交代完了便要離去，他依依不捨，於是問道：「還請前輩明示，也免晚輩吃虧。」

巫山仙子苦笑一聲，嘆道：「我能明示什麼？我要是懂得識人，又退隱江湖做什麼？總之，你初出茅廬就惹上了李存勗這一家子人、朱全忠那一家子人，加上江南道的小丑、武安軍的馬殷、月盈小丫頭的拜月教……誰是你的朋友……可得小心挑選吶。」莊森點頭稱是。巫山仙子側頭又看了他一眼，點頭道：「老身這就去了，莊公子此後多多保重。」

莊森語氣失望：「前輩妳……妳這是要去哪裡？」

「回家呀。」巫山仙子笑道。「我這麼大把年紀，難道還下山闖蕩江湖嗎？」

「是。」莊森說。「莊森感念前輩救命之恩，日後定上巫山給前輩請安。」

巫山仙子點頭：「你來，我會見你。」說完朝梁棧生揮一揮手，掉頭離去。

莊梁二人眼看巫山仙子慢步出門，老態龍鍾，渾不似適才那般矯健迅捷的武林高人。老仙子轉出門外，身影消失，腳步聲漸行漸遠，突然間便聽不見了，也不知是提氣急奔，還是隨風飄去。莊森回想適才種種，只感如夢似幻，直到腹中冰如刀割，這才大夢初醒，回歸現實。他咬牙忍痛，緩緩轉身，只見梁棧生一言不發，冷冷瞧著他。

「五師伯如此看我，不知是何用心？」莊森痛楚稍緩，張口問道。

梁棧生「哎呀」一聲，佯怒道：「你這小子怎麼說話的？師伯是在想該怎麼救你。眞是沒大沒小，目無尊長！」

莊森道：「弟子也是爲你好啊。師伯爲老不尊，凡事皆不以身作則，總壇上下提起你來，語氣都不怎麼尊重，只是礙於積威，不敢當面數落。此等情形，弟子才回總壇一天便瞧出來，師伯豈能不知？弟子身爲二代弟子首徒，不敢欺瞞師長，自然是要在師伯面前表達己見。」

梁棧生臉色一沉，罵道：「油腔滑調，跟你師父一個樣兒！」

莊森搖頭：「絕非油腔滑調。師伯請想，弟子與師伯十年不見，一見面就瞧見你給我師父提著丟進屋裡，你要弟子如何打從心裡敬你重你？想要晚輩尊敬，你總得少幹點會給我師父提著丟進屋裡的事呀。」

梁棧生鼻孔噴氣，喝道：「你小子要不要我救你？」

莊森道：「自然是要的。」

「要還不給我閉嘴？」

「要閉嘴也行，可得先把事情問清楚。」莊森咬牙片刻，忍過痛楚，接著問道：「師伯不是給關進總壇牢房？怎麼這又出來了？」

梁棧生輕哼一聲，道：「總壇的牢飯吃不習慣，還是外面的伙食好點。」

「那倒也是。」莊森點頭。「那麼師伯又爲何一路跟蹤我和言楓師妹？」

梁棧生毫不心虛，說道：「我怕你們兩個少不更事，跟來暗中保護你們。」

「原來如此，那倒有勞師伯費心了。」莊森還待諷刺幾句，腹中卻突然寒氣大作，宛如數百支冰針要破體而出。他痛得厲害，難以自已，忍不住張口慘叫一聲。梁棧生站起身來，走到莊森面前，一掌拍上他的丹田，打散凝聚其間的寒氣。莊森感到那數百枚冰針融化成水，腹部登時舒坦多了。

「凝月掌勁若不盡快化解，發作起來可是一次比一次厲害。」梁棧生甩甩右掌說道。

「掌勁厲害，倒還不奇。」莊森一邊調息，一邊感應體內氣息流動。「奇的是月盈那顆丹藥的火勁也是越發作越厲害。」

「當然厲害。」梁棧生反身蹲下，背靠莊森，將他揹起，往門外走去。「那丹藥喚作烈日丸，乃是拜月教徒爲修習凝月掌所煉製的奇藥。此藥藥材難得、配方奇妙，服食後宛如烈日灼身，藥力可比高手十年功力。習練神功者須以凝月掌獨特的運功法門導引藥力，冰火交融，一點一滴增強寒勁，將藥力轉爲自身功力，收爲己用。若是稍有不愼，不敵藥性，那便是烈火焚身，化爲乾屍之苦。」

「如此厲害！」莊森咋舌。「增強功力的丹藥極爲難煉。天師道有培元丹；黃龍門有養氣散；不過這兩個門派過去二十年間都無人煉成這些藥。月盈怎麼捨得拿這種丹藥給我服用？」

「她定是煉來自己練功。」梁棧生邊走邊道。他揹著莊森，健步如飛，轉眼走出荒園小巷。「拜月教掌握吐蕃全境，藥材取得不是問題。但她畢竟還得花費許多心血煉製丹藥。這麼給你服下，若說只爲折磨你，倒也不像。武林中把咱們玄日宗武功吹捧得出神入化，你化不化得了藥性，她未必拿得準。依我看，她確實有心爲你療傷，但多半也想趁機瞧瞧你是否有福消受她的靈丹妙藥。」

莊森放慢呼吸，順著冷熱兩股氣息流動，嘗試以轉勁訣加以導引。寒氣走足三陰經，熱氣走足三陽經。主意是這麼打，但總不能圓轉如意。他導引片刻，一口氣喘不過來，氣息當即亂了。他停止運勁，任由氣息自走，問道：「請問師伯為何如此熟悉拜月教凝月掌的修習法門？」

「我四下遊歷，見多識廣，又豈是隱居深山的高人能夠比擬？」梁棧生洋洋得意。「老實告訴你吧。三十年前師父在玄武大會上與拜月教前任教主赤月眞人大戰三百回合，最後雖然擊敗對手，卻也吃了凝月掌不少虧。我見凝月掌厲害，便想混進拜月教去偷學一學。凝月掌祕笈我十二年前就翻閱過了！只是看到要開爐煉丹，風險又高，一不小心便會鬧出人命，想想還是算了。我告訴你，會賭性命去練功夫的人，有病！」

「師伯這話頗有道理。」

「可不是嗎？」

莊森見路過巷道多半眼熟，知道梁棧生要往棧生門去。約莫一炷香過後，兩人來到棧生門巷口，只見門外站了兩名官差，顯是官府的人在裡面查案。梁棧生揹著莊森翻過後院圍牆，輕手輕腳地摸向前院。

莊森心裡佩服：「五師伯揹我翻牆，竟能落地無聲，這輕身功夫實在登峰造極。師父常說三師伯的輕功練得最好，但那天在臨淵客棧畢竟還是讓我聽了出來。當天屋頂上的倘若是五師伯，我多半就發現不了。可見三師伯的輕功在於一個『快』字，五師伯卻把這個『輕』字練到爐火純青。蜀盜梁棧生這偷偷摸摸的功夫果然名不虛傳，難怪一路上都沒發現有人跟蹤。」這時腹中火氣旺盛，他便依照之前所想，將火氣引向足少陰腎經，並以足少陽膽經內的寒氣稍加試探。

梁棧生來到正廳，隔著窗口偷看院子裡的兩名官差。此時棧生門上下三十來具屍首已然運走，但滿地血跡尚未清洗，看來依然驚心動魄。莊森想起昨晚所見慘狀，腦中浮現嬌滴滴的月盈出手殺人的畫面，忍不住又打了個寒顫。梁棧生怕他寒毒發作，回頭看他一眼。莊森微微搖頭，示意沒事。

就聽一名官差說：「龍大哥，死者身上有劍傷、刀傷、掌印，還有些奇特武器造成的傷痕。看來是江湖仇殺。」

那姓龍的官差約莫四十來歲，相貌堂堂，一派正氣，看來是個能辦事之人。他說：「未必。所有死者身上都只有一道傷痕，全部都是一擊斃命。下手的是武林高手，共有四人。其中三人擅長劍、刀、掌，第四人所學甚雜，深不可測，似乎不是中原武學。棧生門的人武功雖差，卻有自知之明，向來不會招惹惹不起的對頭……」

先前的官差說：「那是武林俠士替天行道？」

「不無可能，」姓龍的說。「只是出手未免太凶殘了點。」

「太凶殘了。一定要把他們緝拿歸案！」

姓龍的瞧他片刻，搖頭嘆道：「這事咱們管不了。」

「龍大哥！」另一人語氣不滿。「咱們管不了的事情也太多了些吧？天仙門私刑案管不了；棧生門滅門案又管不了。咱們刺史衙門到底還管不管事呀？」

「圍剿天仙門的人包括江南道各大幫會，非我巫州地方衙門能管。兵馬使一早就說要接管了，我們又去蹚什麼渾水？」

「那這裡呢？」

姓龍的嘆氣：「這裡？這裡的凶手武功高強，我們一個也拿不住。就算能拿，也不可亂拿。我若沒料錯，滅棧生門的不是梁王府，就是晉王府。這兩方勢力，別說刺史衙門得罪不起，連節度使大人也不敢輕易開罪他們。就算親眼見到他們行凶，也要當作沒看見。不然，河東軍跟宣武軍的人跑來武安軍的地盤殺人，要給傳了出去，可是要打仗的。」

「那……那……」那官差張口結舌，無奈至極。「可這事情鬧大了，咱們也得給個交代呀。」

姓龍的說：「報案的說看見有金牛幫的人案發前在附近徘徊。金牛幫跟棧生門爭奪地盤許久，此事跟他們多半脫不了關係。栽在他們頭上，也不算冤枉他們。」說著往大門外走去。

另一名官差連忙跟上。「龍大哥說得不錯！這兩個幫派作威作福，惡名在外，正好趁此機會一併除掉。咱們這就上金牛幫去。」他們走出大門，門口的官差也跟著撤走。偌大的棧生門，就只剩下梁莊二人。

官差已走，梁棧生卻還愣愣瞧著窗外，似乎想著什麼事情出神。莊森不知他與棧生門弟子交情如何，也不好隨意評論，於是說：「想不到公門之中竟也臥虎藏龍。這位姓龍的官爺，目光透澈，見事甚明，算得上是個人才。」

梁棧生深吸口氣，轉離窗口，說道：「見事甚明又如何？還不就是在夾縫中求生存？」他揹著莊森又往偏廳走去。「你聽他講那什麼鬼話？凶手惹不起，就放任轄區內三十幾口人命白死了。天仙門死了多少人，他就媽的推給兵馬使，自己不擔任何責任。他們刺史衙門還算是地方父母官嗎？能推就推，能躲就躲。你說他人才，眞是好人才。我告……」

梁棧生轉入一間臥房，突然住口不語。莊森探頭一看，只見他盯著床邊牆上一片血跡，神情微顯憤恨。他看看血跡，看看師伯，拍拍他肩膀，說：「師伯，人死不能復生，還請節哀。」

梁棧生走向床鋪，將莊森放在床上，冷冷說道：「血跡陳舊，不是昨晚留下的。」他爬上床，伸手以衣袖擦拭血跡，擦不掉。「我聽人說……棧生門販賣人口，逼良爲娼。但我不信華飛做得出這種事情。你說，他做得出這種事嗎？」

莊森坦承：「弟子不知。」

梁棧生一掌拍在牆上，震落一片灰塵，顯露出牆上一道暗門縫隙。他左摸右摸，搜尋機關，跟著一陣氣苦，狠狠一拳，打得密門脫框，向後倒下。梁棧生點燃門內火把，照亮其後密室。莊森探頭看去，裡面顯然是間囚室，手腳鐐銬，血跡斑斑，看來道上傳言多半不假。

梁棧生沉默不語，瞧了半天，熄滅火把，扶起地上的木門，靠上密室入口。他退下床鋪，走到桌旁拉張椅子放在床前，對莊森道：「師伯教徒無方，讓你看笑話了。」

莊森見他苦悶，於心不忍，勸道：「師妹說棧生門打著師伯的名號招搖撞騙，沒學到師伯多少本事。師伯不必……」

梁棧生揚手阻止他說下去。「華飛武功沒學好是一回事，畢竟也是我一手調教出來的弟子。我知他心術不正，是以不曾傳他高明武功。但卻沒想到他會墮落至斯。要是當初把他留在總壇，他也不會搞出這麼多事來。教不嚴，師之惰。我這做師父的，當眞懶惰得緊。」

「師伯……」

「行了，別提這些不開心的事情。」梁棧生苦笑一聲。「咱們來談正事。你我師門情深，救你性命自然不必談條件。這樣吧，我教你怎麼將烈日丸收爲己用，讓你平添十年功力。你告訴我《左道書》在哪裡，如何？」

莊森想不到他如此坦白，不禁愣了一愣。「師伯，我怎麼會知道《左道書》在哪裡？」

「哼！」梁棧生冷笑。「你一回總壇，馬上就學那些爾虞我詐的把戲，連師伯也來欺騙。四師姊他們故布疑雲，拖著六師弟不救，自然是要騙你們去翻閱《左道書》。以七師弟跟六師弟的交情，豈有不派你來取書的道理？在我面前耍詭計，趁早免了吧。」

莊森否認不是，不否認也不是，乾脆另闢話題：「師伯拿《左道書》想幹什麼？」

「自然是要看書。」他乾笑兩聲，見莊森還是盯著自己看，繼續說道：「當年匆匆看了一晚，有許多不懂的地方，我想再多看一會兒。」

莊森見他不說下去，便道：「師伯求知心切，弟子好生佩服。」

梁棧生問：「佩服便怎地？」

「也就是佩服。」莊森道。「師伯若只是想多學習，自可跟大師伯說去。何必出這麼多手段，又來勸說弟子？」

「我早跟大師兄說過啦。」梁棧生兩眼一翻。「大師兄說他若給我看了，其他師兄弟必也要看。爲了避免爭議，一概不許看。」

「大師伯說得有道理呀。」

「我又不是想幹什麼，只是要研究一樣機關的做法。這些年我想破腦袋也想不出來，那滋味可不好受。」

莊森搖頭：「師伯說話不盡不實，那天晚上你跟我師父又說要學功夫。」

梁棧生嘖了一聲：「我不管說要做什麼，他們都會說我不學無術。我說要練功夫，他們反而會當我一回事。他們六個都一樣，整天想大事，以爲大家都要跟他們一樣。我說只想幹點小事。他們要嘛不齒我，要嘛不信我。」他深吸口氣，又長嘆一聲。「成見太深啦，孩子。跟他們講話，得講他們聽得進去的話才行。」

「師伯，問題就在這兒了。」莊森道。「你這擺明是見人說人話，見鬼說鬼話。我怎麼知道你在跟我說什麼話？不管我知不知道《左道書》在哪裡，總之我是不會告訴你的。」

梁棧生臉色一沉，冷冷看他。「當眞不說？」

莊森給他瞧得發毛，問道：「師伯不會是想要嚴刑逼供吧？」

「什麼話？」梁棧生神色受傷。「我又不是那些想幹大事的人，怎麼做得出嚴刑逼供這種事？我只是在想還有什麼辦法能說服你罷了。」他神色誠懇，湊向前來。「十年功力，非同小可。你若收爲己用，不但我打不過你，要跟那月盈眞人一鬥，也不再難如登天。」

莊森插嘴：「她不喜歡人家喚她眞人……」

「她不喜歡什麼，你倒放在心上。」

莊森臉紅，連忙低頭：「師伯，我沒……」

梁棧生不給他說完。「沒什麼好沒不沒的。那丫頭既美且淫，是男人都會心動。我可就羨慕你了。她剛剛露出胸脯給你瞧，是吧？美不美？」

「師伯！」莊森大窘，臉漲得跟關公似的。「那什麼，不是我要看的。」

「敢看敢認才是眞男人！」梁棧生教訓道。「女孩子家可不愛男人扭扭捏捏。當時你那大頭給我擋到了，害我瞧不見。我告訴你，我眞想把你的頭給扭下來！」

莊森氣急敗壞：「她是給我看她胸口的傷痕！」

「你說是便是了。」梁棧生神色輕浮。「總之，十年功力，白白浪費，可辜負了人家月姑娘一片苦心。」

十年功力，著實心動。莊森心想倘若讓我多得十年功力，當可彌補與月盈及師妹間的差距。日後行走江湖，說起自己玄日宗首徒身分，心中也踏實點。然則《左道書》乃是本門掌門方能處置之物，又豈容我爲了私利拿去交易？這事要是幹下了，我莊森跟江湖人眼中的玄日宗弟子又有什麼差別？想到此處，莊森毅然搖頭，說：「師伯，弟子是不會告訴你《左道書》在哪裡的。」

梁棧生嘆口氣：「可惜月姑娘的靈丹妙藥，浪費在你這食古不化的小子身上。」他見莊森不再多說，似乎已經打定主意，便即不再多提此事。「你此刻體內兩股外來眞氣何在？」

莊森照實說道：「陽氣在腎，陰氣在膽。」

梁棧生神色嘉許：「好小子，悟性甚高，這點工夫便將兩道眞氣分儲兩地。我瞧你也好一陣子沒有喊疼，可是已能相互抵銷眞氣發作了？」

莊森道：「疼還是有些疼，不太厲害便是。我趁兩氣消長之間，以本門內勁彌補，維持兩氣均勢。每當如此轉勁，丹田便會刺痛。這跟之前冰火煎熬又不相同。」

梁棧生點頭：「轉勁訣第四層尙須以己身功力引導外力，等你悟出第五層後，便能從心所欲運轉入體眞氣，不須已身功力介入。屆時只須控制外力消長，逐步加以化解，三日之內便可拔除乾淨。這第五層轉勁訣，你是要自悟，還是要我提點？」

莊森其時已有所悟，意欲自行試驗。他習武資質本高，學起武功來自有一份痴狂。三年前卓文君已將一身功夫盡數傳授給他，剩下便由他自行領悟。可惜他欠缺實戰，練功不得要領，武功進境已然停滯三年。近日屢遇高手，開了不少眼界，正好趁著療傷融會貫通一番。他說：「師伯，弟子自悟便是。」

「好，有志氣。」梁棧生說。「有問題再來問我。記住，你多化解一分火氣，能收的內力就少一分。改變主意，可得趁早。」

莊森思索片刻，自認有把握化解寒毒，於是說道：「師伯不用管我，還是先去協助言楓師妹吧。」

梁棧生皺眉：「巫山前輩囑咐你專心養傷，莫問俗事。怎麼你都不放在心上嗎？」

莊森道：「春夢無痕之事牽連甚廣，梁、晉王府的人馬都已暗中潛入潭州。玄日宗若無一代師長到場主持大局，只怕情況失控，一發不可收拾。」

梁棧生聳肩：「楓兒在巫山上處置得很好，把江南六大派的人唬得一愣一愣。我也未必比她強呀。」

莊森搖頭：「師妹初出茅廬，聲望不足以服眾。江南六大派怕她，梁王府卻不會怕她。再說那李存勗……」他遲疑片刻，自覺有點小人之心，但還是把話說出口。「說話不盡不實，明明熟知內情，卻不一次透露。誰知道他還有多少事情沒有坦承相告？師妹跟他在一起，著實令人放心不下。」

「你擔心李存勗拐跑師妹，那也是人之常情。」

「師伯！」莊森急著解釋，又自覺難以否認，只好說：「他們孤男寡女上路，教我如何放心？四師伯囑咐我照顧師妹，這可不是照顧之道。」

梁棧生問：「森兒，你都快三十了，怎麼面對兒女私情，還是這般扭捏？」見他面紅耳赤，不禁好笑道：「也罷，這種事情有人開竅早些，有人開竅晚些。李存勗家大業大，英俊瀟灑，要我也不放心讓心上人與他結伴同行。不過四師姊那兒，你就甭擔心了。楓兒要眞跟晉王府勾搭上，她說不定還歡喜呢。」

莊森皺眉：「四師伯關心愛女，不會這樣的。」

「不會哪樣？」梁棧生問。「你呀，才剛回總壇沒幾天，就染上了總壇的市儈氣息，隨便講句話就往利益牽扯上想。師姊會不會想拿女兒去拉攏晉王府，我是不好說，但你站在她母親的立場想想，她會希望女兒跟著你這窮小子，還是跟著有財力實力角逐天下的晉王之子？」

莊森彷彿一桶冷水當頭淋下，心中一急，內息一岔，登時頭冒冷汗，滋的一聲蒸爲白霧，看得梁棧生駭然失色，連忙又要出手相助。莊森搖了搖手，深吸口氣，調整內息。約莫一盞茶時間過後，他心思沉靜下來，白霧消散，冷汗盡乾。他睜開雙眼，瞧見梁棧生神色關切，不似做作，心中感到一陣溫暖，想起小時候跟著他去果園偷水果吃的往事。他微笑道：「不礙事，讓師伯擔心了。」

梁棧生搖頭：「你動左腳看看。」

莊森依言動腳，卻感腳筋麻痺，移動吃力。他皺眉：「之前還不覺得，經你這麼一提，當眞越來越麻了。」

梁棧生說：「轉勁訣第五層乃是本門內功修練一大關卡，首忌心浮氣躁。玄日宗弟子想要突破此關，往往都要閉關修行。你心繫楓兒安危，閉關不閉心，倘若無人護法，必將走火入魔。不是師伯不肯去幫楓兒，實在是我不能丟下你不管。」

莊森點頭：「弟子明白。然則師伯不去幫師妹，弟子放心不下，如何靜心練功？還請師伯想想辦法，幫幫師妹。」

梁棧生凝望他片刻，嘆口氣道：「眞是讓你吃定了。要教你功夫、幫你護法，還要千里迢迢跑去跟兩大王府周旋。平常找我老人家出面幹這等事，你可知道要多少錢嗎？」

莊森搖頭：「聽說五師伯指導武功自有一套收費。不知道轉勁訣第五層收多少錢？」

梁棧生笑道：「我門下弟子尚未有人練到第五層，我也不知道該收多少。我先問問，你身上有多少？」

莊森道：「弟子只有三十五兩銅錢。」

梁棧生伸手自懷裡抓出一疊飛錢，啐道：「我呸！你這七百兩飛錢不是錢嗎？光那錢袋裡的銅錢也不只三十五兩呀！」

莊森一摸錢袋，只見銅錢還在，裡面的飛錢卻已不翼而飛。趙言楓走時拿了五十兩銅錢，剩下的錢都「太重了」，留在莊森身上。他佩服梁棧生的扒竊手段，說道：「師伯明鑑，那些都是師妹的錢，不是我的。」

「言楓的錢就是總壇的錢，我老人家花起來是不會手軟的。」梁棧生說。「這些錢就當作是帳房孝敬我的公幹開支。『春夢無痕』案是甲級案件，就當我老人家出馬公幹。我去僱輛大車，咱們兩人坐車去潭州。五日之內是不可能趕到了。且看言楓和那姓李的小子有多大本事吧。」

第十六章　探查

莊森離開總壇已近半個月。這半個月來，卓文君處理總壇事務，端得是千頭萬緒，一塌糊塗。每當他想做什麼事情，便有人跳出來說不可行。氣人的是，說的人都有一番道理，也不盡是歪理或強詞奪理。半個月下來，只弄得他是非混雜，腦袋糊塗，竟然覺得玄日宗收錢厲害也不全無道理。此念一出，他立刻心生警覺，對自己道：「腐敗便是腐敗，豈有情有可原之理？我既然答應接掌本門，正好趁此機會整頓門風。什麼都因循舊規，放任不管，我震天劍卓文君還要不要重出江湖？」

這幾日除了處理日常瑣事外，他有空就躲在煮劍居裡思索改革事宜。那玄武大會一千兩報名費是要刪減的，莫要弄到武林各派沒錢不肯來，一場武林盛事辦得冷冷清清，可就灰頭土臉，顏面無光。然則據司戶房弟子所言，玄武大會開銷甚大，若不收錢，可虧大了！合理收費究竟是多少？司戶房掌房使始終不報個數上來。要他想點辦法縮衣節食，降低開銷，他也毫無作爲。至於調整學費，從嚴審核門徒之事，更是要從長計議，無從談起。

玄日宗各分舵在全國各地握有良田無數，全數佃租出去，並不自行耕作。要他們安排弟子輪番耕作，便說門內事務太忙，緩不出人手。要不，請掌門師叔體諒，咱們等玄武大會過後再行安排。卓文君自然知道這些傢伙在跟他打馬虎眼，只盼拖到趙遠志回歸，卓文君退位，一切改革能免則免。這些收費油水太多，牽連太廣，如此擋人財路肯定招人埋怨，自己掌門之位沒坐穩前，不宜大張旗鼓得罪門下弟子。

想到自己竟在擔心得罪門下弟子，卓文君當眞哭笑不得。

這日他正在煮劍居煩惱是該刪減伙食費用，還是弟子公辦費用，順手拿起桌上一封忠義門更換掌門來函。想起別派換個掌門也要交錢給咱們，眞不知此事當初是如何起頭的。他心裡一煩，便想把那司戶房掌房使張大洲叫過來毒打一頓，給所有不服號令的傢伙來個下馬威。然則想歸想，他堂堂掌門師叔，畢竟不好隨便打人。當眞要打，也要挑好人選打，務求打出成效才是。他將那信放回桌上，站起身來，決定出門散心。

他走出煮劍居，左右立刻有人跟上。一個是司禮房派來侍候他的弟子，另一個是趙言嵐。鎮天塔一役後，卓文君對趙言嵐始終態度冷淡。趙言嵐則是一有空便守在煮劍居外，聽候卓文君差遣。半個月過去，卓文君從未差遣過他，但他依然每天都來。卓文君邊走邊問司禮房弟子：「正義，正門外請願的人潮散去了沒有？」

那弟子名叫王正義，乃是趙遠志門下二代弟子。為人是否正義，一時看不出來，禮數倒是十分周到，不愧是司禮房派來侍候掌門的弟子。「稟告掌門師叔，今日請願人數多了些。會寫字的、懂規矩的，遞入請願書後都已離去。剩下的人也照師叔吩咐，由司禮房指派弟子在門口抄寫事由，不另收費。這幾日新規矩已經傳開，不少請願人都不寫請願書，直接來佔總壇的便宜。本來總壇門外有擺幾個攤子專門幫人代寫請願書，如今招攬不到生意，都撤掉了。昨日這些請願代書也聯合起來遞請願書，希望總壇高抬貴手，不要耽誤他們生計。」

卓文君心想我免費幫不識字的百姓抄寫請願事由，居然也會耽誤別人生計，總壇上下究竟有什麼事情不會扯到錢？他沉吟片刻，說道：「你去跟司戶房協調，未來三個月內，總壇僱用他們在門口代寫請願書，一應費用本宗支付。倘若他們三個月後還找不到其他生計，咱們也算仁至義盡了。」

王正義道：「掌門師叔仁義爲懷，苦人所苦，弟子著實景仰，恨不得……」卓文君狠狠瞪他一眼，他立刻住嘴不說。這幾天侍候卓文君，他早就知道新掌門不喜歡弟子拍馬屁，只是積習難改，有些話出了口才想起不該說。他嚥口口水，又道：「弟子侍候師叔出門，回來立刻辦理此事。」他知道卓文君午後離開煮劍居，常常是爲了出門走走。本來卓文君不讓他跟，然而莊森不在身邊，少個弟子侍候倒也不太習慣，後來也就不太堅持獨自出門。

卓文君搖頭。「我今日心情欠佳，自己出門溜溜。你去找張大洲吧。」說完逕自向側門走去。玄日宗總壇占地廣大，光側門就有七道，其中一道位於青囊齋附近，門外是僻靜巷道，鮮少有人路過。卓文君獨自出門，都是走這道側門。每日午後未時，崔望雪在青囊齋開堂授課，卓文君路過時總會放慢腳步，聽聽四師姊悅耳動聽的聲音。他不相信崔望雪對他說的任何話，但他喜歡聽她給徒弟上課。她上課時不會說假話。他喜歡聽她說話眞誠。

快到青囊齋時，他停下腳步，回頭瞧向依然跟在身後的趙言嵐。趙言嵐畢恭畢敬，鞠躬行禮，說道：「師叔。」卓文君半晌不語，他也就默默低頭等候。最後，卓文君說：「沒你的事，下去。」

趙言嵐滿臉失望：「師叔……」

「下去。」

趙言嵐當場下跪，急道：「師叔，弟子知錯了。請師叔責罰。」

卓文君惱他欺瞞，冷落了他十幾天。這時見他如此，忍耐不住，說道：「我本道咱們叔侄情深，總壇再怎麼爾虞我詐，我也不需防你。看來十年過去，人事全非。」

趙言嵐語帶哭音：「不是這樣的，師叔。我……我……」

卓文君冷笑：「你小子好大膽，當著我的面對你五師叔出劍。要不是我手快阻你，光是目無尊長、殘殺同門兩條罪狀，便不能容你活到今日。你心中還有門規嗎？你當你趙言嵐是玄日宗掌門人嗎？你有沒有想過，真讓你們殺了五師兄，我這掌門人要如何處置？」

趙言嵐說：「弟子罪該萬死。這就去司刑房自請處分。」

「處分什麼？」卓文君道。「這事要是處分了你，你娘跟三師兄是不是要一併處分？」

趙言嵐哽咽：「弟子……言嵐……誠心……師叔……」他心中激動，淚如泉湧。「請師叔不要這樣對我，好不好？」

卓文君喝道：「起來！堂堂玄日宗少主，哭哭啼啼，成何體統？」

趙言嵐依言起身，強忍眼淚。卓文君看了他片刻，說道：「我本想派森兒出門辦事，留你在身邊輔佐，一同治理總壇。如今我再也不能信你，身邊也少了個熟悉總壇事務，又能辦事的弟子。你若當眞有心，那就薦舉人才，爲我分擔辛勞。你自己就不必了。」

趙言嵐神色黯然，說道：「是，師叔。」

卓文君又說：「你可知道，就連你薦舉來的人才，我也要親自考校，才敢信他？」

趙言嵐低頭不語。

卓文君道：「總壇變成今天這樣，可不是我的錯。」

趙言嵐抬頭看他，欲言又止。

卓文君揚眉：「怎麼？難道是我的錯嗎？」

趙言嵐鼓起勇氣道：「或許……正是因爲師叔離開總壇，總壇才變成今天這個樣子。」

卓文君感到一陣好氣又好笑，然而笑了幾下又笑不出聲。他兩手一攤，說道：「罷了。如今我回來了。且看總壇還能變成怎樣。」說完拂袖而去。

卓文君心情欠佳，路過青囊齋也不停步，直接走向側門。側門有兩名弟子站崗，一見掌門師叔走來，其中一人立刻閃出門外，出聲趕人：「走開，走開！莫要待在門口，惹人討厭！」卓文君知道是門外也有人候著，想等玄日宗重要人物出門，來個攔路伸冤。側門偏僻，鮮少有人出入，來此等候的人自然更少。若在平時，卓文君不介意親自聽人伸冤，只是今日心情欠佳，於是停下腳步，等門外趕完人再出去。

就聽見門外有名男子說道：「這位兄弟，這半個月來，在下每日遞拜帖求見，只因受人所託，有事一定要與卓掌門見面親談。你不讓我進去，也就算了。我在這裡候著，又不礙著你什麼，何必定要趕人？」

門外弟子喝道：「你清園幫不過芝麻綠豆小幫派，有什麼資格找武林盟主面談？快走，快走，不然我動手啦。」

卓文君皺起眉頭，想要訓斥門外弟子，但又眞不想見這位清園幫的老兄。清園幫是成都南方戎州的地方幫派，卓文君不記得幫主是誰，也沒印象有何成名武功。他剛接掌時，來訪的江湖人一概接見，可惜沒兩天就發現不少人都只是上門攀交情，並不是當眞有什麼非見不可的正經事。他只想出門散心，不願跟閒人周旋，但又覺得門外弟子的態度實非待客之道。正自爲難間，清園幫的老兄知難而退，自行離開。門外弟子跑了回來，朝卓文君行禮道：「稟告掌門師叔，閒雜人等已經驅逐，請師叔安心出門。」

卓文君點點頭，說道：「下次對人家客氣點。」說完出門。

他走出側巷，來到大街上，看著眼前人來人往，一時也不知道該上哪兒去。本來午後出門，他會在附近找家酒館坐坐，喝點小酒，享那忙裡偷閒之樂。後來玄日宗弟子探知了他的喜好，打點了附近酒館，所有店家一見到他都上前討好，令他頗不自在。之後他便直接上門打酒，然後帶著酒壺在城裡閒晃。這日左右無事，他先去附近的白鶴樓打了一壺高昌葡萄酒，跟著晃向城東市集，瞧瞧有沒有人在賣自稱西域來的假貨。他西遊十年，熟悉西域各國文物，在市集裡聽那些商人天花亂墜地叫賣，什麼大食國第八十六王妃坐過的地毯，波斯國威武將軍耍過的彎刀，天竺無相神僧含過的寶珠，倒也別有一番樂趣。正逛得高興，旁邊突然有名女子叫道：「咦？七師叔？」卓文君轉頭一看，只見崔望雪的大弟子吳曉萍站在一間藥局門口，對著他笑。

卓文君走過去：「曉萍，買藥呀？」

「是呀，七師叔又來微服出巡了。」吳曉萍知道卓文君「微服出巡」時不喜透露身分，是以不稱「掌門師叔」，而以「七師叔」稱之。

卓文君問：「我瞧妳這幾日常往外跑，怎麼總壇藥材供應都要妳親自招呼？」

吳曉萍點頭：「是呀，青囊齋日常瑣事都是我在打理。其實平日藥材供應穩定，也不需要常往外跑。只是下個月就是玄武大會了，咱們備藥可得齊全才行。」

藥局掌櫃包了兩大包藥材出來，恭恭敬敬遞給吳曉萍，說：「吳仙姑，妳要的紫根草下個月月初還會再到一批貨。可那金銀花和穿心蓮就比較麻煩了。」

吳曉萍皺眉：「全成都都缺貨？」

掌櫃說：「是呀。最近天仙門跟武安藥局鬥得厲害，江南道的藥材貨源都不穩定。我盡量幫仙姑催催，但可能得請貴宗外地分舵幫妳訂貨才行。」

吳曉萍點頭：「好，我知道了。多謝王掌櫃。」一回頭見卓文君在偷笑，便問：「七師叔笑什麼？」

卓文君笑道：「也沒什麼，仙姑。」

吳曉萍臉紅，藥局掌櫃搶著說話：「這位先生有所不知，吳仙姑醫術高明，享譽全城。成都裡所有醫館只要遇上疑難雜症，都知道要請仙姑出馬。難得的是仙姑醫者仁心，不擺架子，任何時辰，城裡城外，不管多偏僻的地方，她都救人第一。如此天仙般的人物，豈有不稱仙姑的道理？」

卓文君甚感欣慰。回到總壇半月有餘，這還是第一次聽到外人由衷稱讚本門弟子。他對藥局掌櫃道：「果然是仙姑。果然是仙姑。」只聽得吳曉萍滿臉通紅，掉頭就走。卓文君哈哈大笑，追了上去，跟在她身後行走片刻，等她臉不那麼紅了，這才說道：「適才聽掌櫃說起，那天仙門和武安藥局是在攪和什麼？」

吳曉萍見他不再取笑自己，正色答道：「回師叔，天仙門和武安藥局乃是江南道兩大藥材供應商。他們爭奪地盤，互不相讓，已經鬥了好多年。最近武安藥局廣納名醫，聲勢大增，不知道是不是得了什麼靠山。據弟子與師父推斷，江南道近期的神祕春藥春夢無痕案，多半跟這兩方勢力脫不了關係。」

「嗯，」卓文君點頭。「森兒在查春夢無痕案。待他破了此案，說不定藥材供應便暢通了。」

吳曉萍道：「希望如此。莊師兄見識卓絕，武功高強，由他出馬偵辦此案，比我有把握得多。」

卓文君問：「缺貨的藥材都是解毒功效？」

吳曉萍說：「是呀。外傷藥材平常都有備料。毒傷解藥就不是那麼常配了。師父交代，玄武大會期間，各家暗器盡出，咱們所有解藥都得要備著點才行。鬼刀門的『九鬼一仙水』和神鏢門的『追風膏』都要穿心蓮配製解藥，而穿心蓮貨源十之八九都掌握在天仙門和武安藥局手中。我已經請潭州分舵幫我留意此事，希望不要誤了玄武會期才好。師叔又笑什麼？」

卓文君笑道：「沒什麼。我只是想到倘若森兒在此，跟妳可有得聊了。」

吳曉萍也笑：「是呀。莊師兄來去匆匆，這回可眞沒與他說到話呢。」

卓文君問：「記得妳小時候也常跟著他跑？」

「他是大師兄嘛。當年我們這些做師妹的，哪一個不是跟著他跑？」

「妳可是大師姊呀，誰敢跟妳爭？」

吳曉萍嬌笑：「師叔取笑了。」

卓文君跟她走了一會兒，只覺得心情越來越好，似乎酒也不必多喝了。

「師叔，弟子有件事情悶在心裡，也不知道該不該說。」

這話若是其他弟子說起，卓文君定會回道：「那就不用說了。」既是吳曉萍說的，他便揚一揚手，說道：「但說無妨。」

吳曉萍低頭看著手中藥材，邊走邊道：「言嵐師弟得罪了師叔，心中很是難受。師父和大師伯一直對他期望很高。爲了不讓大家失望，他從小就肩負起很重的擔子。弟子希望師叔不要太苛責他了。」

卓文君心想原來是四師姊要妳來當說客，轉念又想或許她姊弟情深，眞心關懷趙言嵐。他突然懷疑自己是不是對總壇的人偏見太深，毫不信任，導致什麼事情都往壞處想。倘若總壇裡當眞一個好人都找不出來，那他還回來改革個鳥？他說：「要是一點苛責都承受不起，他又如何肩負重擔？」

吳曉萍說：「師叔自然有師叔的道理。弟子只是心裡想到就說出來了。」

卓文君答允：「好。我會斟酌。」

「多謝師叔！」吳曉萍語氣歡喜，跟著又問：「師叔，你微服出巡經常有人攔路伸冤嗎？」

「不常。怎麼？」

吳曉萍往前一比：「眼前這人不是攔路伸冤，便是存心找碴了。」

卓文君轉頭一看，只見三丈外有個中年男子直挺挺地站在路中間，低頭拱手，不動如山，顯是針對他而來。街上的行人紛紛讓道，空出好大一片空地。卓文君上前幾步，來到交談距離，停下來等人說話。對方作了個揖，語氣恭敬地說：「在下清園幫幫主陳甚，拜見卓掌門。」

卓文君張口欲言，吳曉萍搶先應對：「陳幫主有事要找武林盟主，怎麼不按規矩上門遞拜帖，卻在大街上擋人去路。江湖上可有這種規矩？」

陳甚語氣忿忿，說道：「在下遞帖半月，卓掌門始終不見，那又是什麼規矩？」

吳曉萍還待說話，卓文君揚手攔她。「曉萍，我來。」他向陳甚拱手道：「陳幫主不單在側門守候，還一路尾隨卓某而來，如此有心，不會是來攀交情。敢問陳幫主有何見教？」

陳甚突然跨步上前。吳曉萍怕他動手，自袖裡彈出三枚金針，夾在指間，正要施放之際，卻見對方雙膝著地，在卓文君面前跪了下來。陳甚磕頭道：「在下這條命是令高徒莊大俠救的。陳某向卓掌門磕頭，多謝救命之恩。」

卓文君連忙上前扶他，嘴裡說道：「陳幫主不必多禮！」心裡卻是說不出的歡喜。他不知道莊森如何救了此人，但徒弟救人總是大事。至少他們師徒二人終於有人開始行俠仗義了。他心中甚慰，說：「救人性命乃是我輩江湖中人份所應爲，陳幫主無須放在心上。卻不知我那徒兒是怎麼救了幫主？」

那陳甚便是莊森與趙言楓離開成都當日在城外黑店裡所救之人。陳甚受莊森所託，要將黑店老闆張春等人親自送交卓文君發落，以免讓玄日宗底下的人壓下此事。他帶了黑店三人來到成都，在城東租了間小屋，私下囚禁張春等人，每日前往玄日宗投遞拜帖，求見卓文君。玄日宗弟子瞧不起清園幫，他又不肯說明求見掌門人來意，是以根本不曾幫他通報。陳甚感念莊森救命之恩，誓要幫他辦成此事，於是每日在玄日宗總壇四周走動，查探卓文君出入消息。讓玄日宗弟子趕過幾回後，終於皇天不負苦心人，如願見到卓文君。

陳甚請卓文君讓到街旁僻靜處，將張春開黑店賣人肉的事情說了一回，並解釋莊森定要他把人親自帶給卓文君發落的顧慮。卓文君一聽，果然棘手，正自沉吟間，吳曉萍獻策：「師叔，張春是本門弟子，依照門規發落，絕不至落人口實。」

卓文君皺眉。「此人殺人賣肉，犯了王法。倘若私下處置，總會有人說咱們殺人滅口。」

吳曉萍說：「張春素行不端，練武資質卻高，因此二師伯才願意收他為徒。當初他離開師門，二師伯對下宣稱是因為他畏苦怕難，實則是犯了門規，讓二師伯趕出去的。師叔若將他帶回總壇，只怕又會牽連當年之事。」

卓文君問：「犯了什麼事？」

吳曉萍眼望陳甚，並不作答。卓文君心知此事不足為外人道，點了點頭，沒有再問。轉向陳甚道：「陳幫主怎麼看？」

陳甚說：「在下淺見，此人喪心病狂，目無王法，任誰來判都是殺了乾脆，倒也不必執著是誰執法。當日我也是這麼跟莊大俠說的，莊大俠卻堅持要請卓大俠發落。」

卓文君嗯了一聲，說：「當徒弟的就是這樣，老給師父找麻煩。走，咱們先看看去。」

陳甚領著他們前往城東租屋處。兩名清園幫弟子在屋內看守，陳甚命他們出去燒水泡茶，隨即帶卓吳二人走過後院，推開囚禁張春等人的柴房。張春兩個手下都用麻繩綑綁，神色萎靡，躺在地上。張春本人卻用鐵鍊鎖在柱旁，一看有人進來便猛力掙扎，凶神惡煞，破口大罵：「姓陳的！是男人就跟我單挑！這樣鎖著老子，算什麼英雄好漢？」

卓文君往他面前一站，說道：「不如跟我單挑。」

張春啐道：「你是什麼東西，敢來挑戰老子？」

陳甚喝道：「惡徒！在卓掌門面前，趁早嘴巴放乾淨點。」

張春哈哈大笑：「什麼卓掌門？像你清園幫這種九流貨色，再來十個掌門我也不怕！你……」他瞧見卓文君身後的吳曉萍，當場語塞，氣焰全消。

吳曉萍道：「張春，你可還記得我？」

張春嚥口口水，說：「吳……吳師姊。」

吳曉萍比向卓文君：「這位是本宗代理掌門七師叔，還不跪下磕頭？」

張春讓鐵鍊綁在柱子上，無法下跪，只好看著卓文君說：「弟……不肖弟子張春，參見掌門師叔。」跟著腦袋清楚一些，連忙喊冤：「師叔！這清園幫的傢伙私囚弟子，還誣賴弟子殺人！請師叔快快救我！快快救我！」

吳曉萍冷笑一聲：「張春，你可知道擒下你的莊森莊師兄，便是七師叔的大弟子？」

張春大吃一驚，臉色發白。「弟子……弟子……掌門師叔不可聽信外人蠱惑！弟子跟莊師兄稱兄道弟，情同手足，只是遭受奸人陷害，可憐那莊師兄……莊師兄……」

吳曉萍問：「莊師兄怎麼了？」

張春神色悲苦，嘆道：「師兄他中了清園幫的毒，已經給這惡人害死了！」

陳甚忙道：「卓掌門明鑑，絕無此事！」

吳曉萍好氣又好笑：「你想挑撥離間，趁早死了這條心。莊師兄的醫術比我高明，早已百毒不侵。中毒？我呸！」

張春見謊言被戳破，只好改口：「掌門師叔明鑑，莊師兄或許沒讓這惡人害死，弟子卻實實在在給他囚禁於此！倘若他所言不虛，爲何不將弟子交給官府發落？弟子是好人呀！請師叔做主！」

「你是好人？」吳曉萍脫口罵道。「姑且不論殺人賣肉，想當年你幹下那種事情，竟還有臉說自己是好人？」

「曉萍。」卓文君輕喝一聲，吳曉萍立刻住口。他轉向陳甚道：「陳幫主，此間涉及本門私事，外人不便在場。」

陳甚當即拱手道：「請卓掌門慢慢審問，在下去瞧瞧茶泡好沒。」說完退出門外，關上柴房門。

卓文君問張春：「你是二師兄的弟子？」

張春連忙點頭：「是！是！師父跟弟子情同父子！這幾年我在外面，心裡一直惦記著他老人家！」

吳曉萍哈哈一笑，顯是笑他當面撒謊。卓文君繼續問：「二師兄爲何趕你出門？」

張春遲疑片刻，面有難色：「回師叔的話，當年是弟子自己畏苦怕難，吃不了苦，實在不是師父趕我出門。」跟著轉向吳曉萍：「師姊，話不可以亂說的，亂說會有後果。」

卓文君瞪大雙眼：「你是在當我的面，威脅你師姊？」

「弟子不敢！」張春忙道。「弟子只是在提醒師姊，當年師父不會無緣無故說我畏苦怕難。」

卓文君轉向吳曉萍，卻見她神色遲疑，似乎有所動搖。他說：「曉萍，當年張春究竟犯了什麼事？妳給我說說。」

吳曉萍唯唯諾諾：「回師叔，弟子……或許記錯了。」

「妳沒記錯，給我說說。」

吳曉萍低頭道：「四年前，張春查到巴州雲柳山莊涉嫌勾結山賊，打劫漢水商船，私下密報給言嵐師弟處置。當年言嵐師弟獨挑靈山雙煞不久，剛在江湖上闖出名號，急著想要再辦一件大案子揚名立萬，於是沒有稟告掌門師伯，率同張春二人私入巴州，獨自挑戰雲柳莊主雲千秀。雲千秀武功高強，言嵐師弟久戰不克，情急之下，施展絕招，錯手殺了雲千秀。事後雲夫人率領雲柳山莊莊眾拜會總壇，興師問罪。二師伯詳加調查，才知道張春與雲千秀素有私怨。勾結山賊云云，都是為了慫恿言嵐師弟出手，信口羅織的罪名。當日殺雲千秀，張春便主張要滅雲柳山莊滿門，言嵐師弟以為禍不及家人，堅持不肯讓他動手。雲柳山莊問罪之事，張春一早得到消息，二師伯尚未提他審問，他就已經跑了。他派人暗中埋伏，待雲柳山莊離開成都便行伏擊，殺雲夫人與莊眾一十六口，只留下雲家小公子不殺。他送信給二師伯，說道若不放他一條生路，他便帶雲家小公子上京揭發此案。只要他把所有事情都推給言嵐師弟，師弟這輩子不免就毀在此事上面。」

卓文君嘆氣道：「二師兄為了息事寧人，就把這件事情壓下來了？」

吳曉萍說：「當時掌門師伯不在總壇，此事就只有二師伯、我師父，還有少數親信弟子知情。師父愛子心切，自然不願張揚此事。二師伯也順著師父的意思，就放他走了。」

卓文君轉向張春，問道：「你定是告訴那雲公子，殺他家人的都是玄日宗的壞人，只有你是好人，爲他著想？」

張春點頭：「掌門師叔果然英明，這等事情一猜便中。」

卓文君哼了一聲，問吳曉萍：「二師兄向來處事果斷，斬草除根。莫說不知道雲公子人在何處，這等小事，他只消掐指一算便算出來了，怎會容許這傢伙活到今日？」

吳曉萍道：「弟子不知。」

卓文君瞪向張春。

張春冷笑：「我與師父情同父子。他捨不得殺我。」

「如此最好。」卓文君也冷笑。「我只怕你也只是他手下的一枚棋子罷了。」

「既然話都已經講開，」張春說。「就請掌門師叔放了我吧。」

「放你？」

張春一臉奸樣：「我與手下約好，只要一段時間沒我的消息，就帶雲公子上京告官。當年之事一抖出來，對大家都沒好處。」

卓文君一揚眉。「那關我什麼事？」

張春錯愕：「呃……趙言嵐大好前程……」

「趙言嵐不是我兒子，又不是我徒弟，」卓文君插嘴，「你抖他醜事，與我何干？」

「這……」張春語塞。「玄……玄日宗的威望……」

吳曉萍不知道卓文君這麼說是何用意，心下也著急：「師叔……」

卓文君揮手阻她，繼續對張春道：「難得你還把玄日宗的威望放在心裡。」他向前兩步，低頭看張春：「你給關在這裡也半個月了。你手下若有默契，早該有所行動，是不是？」

「我……」張春遲疑。「我若失蹤一個月，他便上京告官。」

「啊，」卓文君點頭。「時間給得挺寬。張師傅很為玄日宗著想呀。」

張春害怕：「掌門師叔別開玩笑。」

卓文君笑道：「張師傅既已離開玄日宗，不便再以師叔相稱。」說完朝吳曉萍點頭，一起走出柴房，來到後院。

吳曉萍關上柴房門，立刻反身問道：「師叔，你當真不顧言嵐師弟嗎？」

「顧，當然要顧。」卓文君說。「幫他掩蓋眞相，是顧；讓他出面承擔錯誤，也是顧。這事發生當時，言嵐十八歲？」

「十九了。」

卓文君道：「少不更事，又是受人欺瞞，武林同道會原諒他的。」

吳曉萍急道：「師叔呀！此乃飛來橫禍，師弟根本沒必要去承擔。」

「那妳是贊成殺人滅口了？」卓文君看著她問。

吳曉萍本要繼續說話，聽到「殺人滅口」，一張嘴愣在當場，合不起來。

卓文君搖頭：「此事既然有此內情，倘若咱們處置了他，自然是為了殺人滅口，不會是為了他殺人賣肉的事情。」他稍停片刻，問道：「妳……願意為了言嵐殺人滅口嗎？」

吳曉萍無言以對，愣愣搖頭。

「妳是要我爲了他殺人滅口嗎？」

「弟子……」吳曉萍低下頭去。「……不敢。」

卓文君側頭：「不敢？」

吳曉萍搖頭：「弟子不會希望師叔這麼做。」

「是了，」卓文君往屋內走去。「從長計議。」

回到屋內，陳甚端出熱茶，請卓文君和吳曉萍坐下相談。卓文君跟他聊了些江湖逸事，問了點時事看法。清園幫是地方幫會，勢力範圍不出戎州。該幫專管民間不平之事，爲市井百姓出頭，在戎州城內頗有名望，然則出了戎州城外的天下事就非他所長。卓文君感謝他爲此事出力，承諾日後有事一定幫忙。待他心中有所定奪，便即起身告辭，與吳曉萍一起押解張春三人回玄日宗總壇。

第十七章 日常

回到總壇後，卓文君親自將犯人帶到司刑房牢房，分三間石牢個別囚禁。他吩咐司刑房掌房使顏彪詳加審問，如何分贓、如何殺人、如何賣肉，全都要問得清清楚楚。他又派人去鎮天塔找齊天龍過來看守牢房，然後吩咐吳曉萍道：「把張春的事情告訴妳師父。跟她說明天一早，我便把張春轉押官牢，去刺史衙門報備在案。」

「師叔不怕我師父……做什麼嗎？」吳曉萍問。

「倘若我不讓妳告訴她，妳便不會告訴她了嗎？」卓文君反問。

吳曉萍緩緩搖頭：「總壇裡的事，弟子都會稟告師父。」

「是囉，便告訴她吧。」卓文君說。「咱們不想殺人滅口，妳師父可不能置身事外。」

吳曉萍急道：「師叔，你讓師父動手，跟我們自己動手有何差別？」

卓文君笑道：「放心，有齊天龍守著呢。」

吳曉萍搖頭：「齊師弟武功雖高，還不是我師父對手。」

「當然不是對手。然則玄日宗弟子倘若只會靠武功取勝，那也算不上如何了不起的人才。」

卓文君稍停片刻，又道：「回報妳師父前，先去跟言嵐說。」

「言嵐師弟？」

卓文君點頭：「此事影響最大的人是他，難道都由我們來幫他決定嗎？」

「師叔說得是。」吳曉萍見卓文君沒再吩咐什麼，便下去了。

卓文君出得監牢，在司刑房內院的大樹下撿起一枝枯枝，起始演練烈日劍法。那烈日劍法在玄日宗屬於較爲艱深的劍法，既以烈日爲名，自然陽剛霸道。內息運用不如玄陽掌繁瑣，但舞劍時依然能讓對手感受到一股燥熱氣息。卓文君信手揮灑，出招緩慢，並無絲毫當眞對敵時的霸氣，然則一招一式清清楚楚，圓轉如意，院子裡幾名弟子都看得目瞪口呆，如痴如醉，劍招中幾個百思不得解的地方突然間都豁然開朗了。一套劍招舞完，卓文君佇立不語，閉目沉思。眾弟子意欲鼓掌叫好，但又不敢驚擾掌門師叔，個個揚起雙手，神色不定，看向其他人反應。片刻過後，卓文君睜開雙眼，看到院內五名弟子愣愣看著自己，笑道：「近日瞧瞧有空，我每天騰出半個時辰開堂授課，有空的弟子都可以來上。」

眾弟子齊聲道：「多謝掌門師叔。」

卓文君搖搖手，轉向院門，說道：「天龍，來。」

齊天龍輪值完畢，正要離開鎮天塔，忽聞掌門師叔召見，不知所爲何事，連忙快步趕來。到了司刑房，遇上卓文君舞劍，只看得他打從心裡佩服。他想：「當日鎮天塔一戰，我只看出七師叔功力深不可測。然則他出手太快，行招平淡，招式修爲上完全看不出門道。今日得見師叔的烈日劍法，宛如窺見武學新天地。這些劍招我全都學過，但在師叔手中施展開來，又全然不是那麼回事。師父曾說七師叔的武功自成一格，屢創新意，乃是開宗立派的宗師人物。依我小時候對七師叔的印象，實難想像師父爲何如此評價。今日終於明白七師叔的高明之處。」

他來到卓文君面前，由衷行禮道：「弟子齊天龍參見掌門師叔。」本來以他穩重個性，在掌門人面前最多就是這麼說。但當時不知為何，他心中一陣激動，情不自禁又補了一句：「師叔的劍法眞是……讓弟子不知道該怎麼說，但又忍不住想要說些什麼……」

「你喜歡？我教你。」卓文君笑道。「拜入師門本來就是為了學功夫。這麼單純的事情，好像大家都忘了一樣。」

「師叔說得是。」齊天龍說。「這幾年師父和眾師叔越來越忙，除了四師叔始終待在總壇，每日固定授課外，其他師叔和我師父都把教學事宜交給二代弟子打理。其實我們這些二代弟子除了自小入門的資深弟子外，大家的功夫都還沒學全，而資深弟子又各有職司，也沒多少工夫去教三代弟子。這樣下去，弟子擔心本門功夫會出現斷層。」

「擔心得好。」卓文君點頭：「我回來總壇半個多月，始終瑣事纏身，無力開堂授課。這時候就顯出我這輩子只教了一個弟子出來的壞處啦。倘若能多幾個親信弟子幫我分勞解憂，我眞想每天騰出點時間點撥大家功夫。」

齊天龍想說：「且讓弟子來幫師叔分勞解憂。」卻又覺得這麼說不妥。他對卓文君心悅誠服，很想毫無保留出力輔佐。但是十幾年來，眾師叔一再令他失望，就連自己師父，齊天龍也無法諒解他為何不肯有所作為。齊天龍很想相信七師叔能夠重振玄日宗，只是一來怕他別有所圖，二來怕他半途而廢。倘若七師叔在總壇改革數月，卻於師父回歸之後退位掌門，一切照舊，那在齊天龍眼中看來，可比完全不改革還糟。於是他說：「六房掌房使弟子都是本門出類拔萃的人才，有他們輔佐師叔……」

「那也得他們肯輔佐才行。」卓文君說。「張大洲一天到晚就會說這裡不能省、那裡一定要花，叫他想點省錢的法子出來，就給我推三阻四、藉口搪塞。顏彪包庇護短，派外人士對本門弟子的申訴案件能壓就壓。司工房跟司戶房一個鼻孔出氣，虛報工款、狂收回扣。司吏房整天就在考核制度上做文章，各分舵弟子職司名冊到現在還交不出來。司兵房的任勳一天到晚想把門下弟子按官方兵制編制，昨天我才把他暗地裡打好的『玄日節度使』兵符給搶過來熔掉。這小子究竟是哪裡來的，怎麼這麼想打仗？」

齊天龍回道：「任勳是三師叔的弟子。從前在晉王手下當過兵馬使，後來跟了李存孝。李存孝遭車裂後，他被晉王的手下追殺，碰巧讓三師叔救了。師叔見他是個人才，便收爲徒弟。五年後，三師叔力保他出任司兵房掌房使。此事當初二代弟子大多不服，不過一來我師父沒有反對，二來任勳確有調兵遣將之能。當年本宗助盧龍劉仁恭協防幽州，三戰契丹，全靠任勳運籌帷幄，這才撐到師父趕到，刺殺契丹將領，結束幽州之役。那回之後，就沒人反對他出掌司兵房了。」

「唉。」卓文君嘆道。「我說我們一介江湖門派，幹嘛要按照朝廷編制，設立這什麼六部司房呀？」他搖一搖頭，換個話題。「你有跟你師娘交手過嗎？」

齊天龍惶恐：「沒有。弟子不是四師叔對手。」

崔望雪是趙遠志之妻，齊天龍本當以師娘稱之。然則崔望雪不喜依憑夫貴，對外不愛聽人叫她趙夫人，對內也不要弟子叫她師娘，於是趙遠志的徒弟還是按排名輩分叫她四師叔。卓文君點一點頭，說道：「四師姊好勝進取，不讓鬚眉，乃是當今武林之中第一流的高手。你這二十來歲的小伙子自然不會是她的對手。你可見過她出手？」

齊天龍點頭：「半個月前，鎮天塔上。我讓五師叔點倒，卻沒失去神智。眾位師叔交手，弟子從頭到尾都看到了。」

卓文君道：「四師姊武功以輕盈見長，本門功夫中擅長劍法與掌法。後來她專精醫術，將金針融入掌法之中，便捨棄劍法不練了。朝陽掌氣勢雄渾，內力會牽引金針，所以她搭配金針出招時，往往會施展陰柔的雲仙掌。這雲仙掌，你學過嗎？」

齊天龍搖頭：「本門雲仙掌向來傳女不傳男。師父演練過幾回，但卻沒有指點傳授。」

卓文君笑道：「倒不是傳女不傳男，只是此掌陰柔，男子施展出來難免體態扭捏，狀似女子，是以本宗成名人物等閒不會在外人面前施展。你看四師姊當天施展開來，不知道有多好看呢。」

「是……」齊天龍不敢說四師叔好看，只說：「四師叔身法飄逸，掌影萬千。此掌名副其實，堪稱雲中仙子。」

卓文君指向他腰間懸掛的長劍，說道：「你擅長使劍？」

「師父傳授的武功中，弟子的劍法練得最好。」

「我瞧瞧你的烈日劍法。」

齊天龍解下佩劍，拔劍出鞘，將劍鞘靠在大樹下放好，開始演練烈日劍法。看完卓文君演練後，他早就想拔出劍來依法習練，將剛剛悟出的新意融入劍招之中。然則他與卓文君在劍道上的理解畢竟相去甚遠，若學卓文君那般緩慢使劍，整套烈日劍法的氣勢立刻蕩然無存。他刻意放慢動作，演練幾招之後便感胸口鬱悶、行招窒礙。他壓低長劍，神色尷尬，偷看卓文君一眼。卓文君也不催促，只是笑道：「慢慢來。」

齊天龍閉目沉思，將卓文君適才演招的情形想過一遍，這才深吸口氣，重新開始練劍。這一回他不但沒有放慢劍速，出劍反而比往常迅捷。之前旁觀卓文君練劍的弟子紛紛搖頭，心想齊師兄如此練法，根本沒把掌門師叔的精要融入其中。不過又看了一會兒後，他們發現齊天龍的烈日劍法威猛異常，宛如烈日當頭，令人難以逼視。儘管與掌門師叔的劍法大異其趣，隱約之中卻又顯露出相似的意境。一套劍法使完，練的人練得是欲罷不能，看的人也看得意猶未盡。五個司刑房弟子鼓掌叫好，都說齊師兄天賦英才，實在佩服佩服。

卓文君跟眾弟子一起鼓掌，說道：「不錯，練得不錯。鎮天塔那天要不是五師兄偷襲得手，他要制伏你也沒那麼容易。」他等齊天龍取回劍鞘，掛回腰上，繼續說道：「憑你在劍法上的造詣，四師姊倘若跟你動手，當會施展金針……」

齊天龍惶恐，忙道：「弟子不敢與四師叔動手。」

「別這麼說，打不還手也不是道理。萬一眞要動手，你也得有應付之道。」卓文君揚手讓他別再打岔，說道：「四師姊的雲仙掌爐火純青，當今世上沒人使得比她更好。她與後輩過招，針上不會帶毒，所以會專攻穴道。你以烈日劍法與她對攻，佔盡兵器優勢，盡力把她封在三步之外。注意了，當你使到『風捲日環』這一招時……」卓文君說著攤手要齊天龍擺出風捲日環的架式，「左脅不是會露個破綻嗎？就這裡呀。」他比向齊天龍左脅下方三吋之處，跟著運出右掌，比出雲仙掌的招式。「四師姊就會施展這招『雲盡風來』，欺身刺你期門穴。這情形看似凶險，實則她左半邊的視線都會讓你的劍光封住。這時候你只要順勢施展『風起雲湧』這一招……」

齊天龍問：「那不是旭日劍法嗎？」

卓文君瞪眼：「不能混著用嗎？」

齊天龍張口結舌，片刻才道：「可以？」

卓文君提起樹枝，先是一招風捲日環，順勢又來風起雲湧。這兩招連在一起十分順暢，毫不困難，實在沒有不能混在一起施展的道理。「學功夫不要這麼死腦筋，好嗎？」

「師叔教訓得是。」齊天龍回想適才兩招，覺得也不如何巧妙，也不如何難擋，便問：「這樣施展，四師叔便無法應付了嗎？」

卓文君搖頭笑道：「她當然應付得了。不過你們這一架打到這裡，就算打完了。你只要負責在此之前別敗給她就好了。」

「敢問師叔，四師叔究竟為何要來教訓弟子？」齊天龍問。「當年的事情，不是已經揭過了嗎？」

這回輪到卓文君張口結舌：「當……當年又什麼事情了？」跟著他垂頭喪氣，伸手搓揉額頭。「是呀，是呀，當年當然有事了。不然憑你這等人才，怎麼會被打入冷宮，淪落到看守鎮天塔的地步？」他苦笑幾聲，搖頭道：「罷了，不管當年什麼事，總之與眼前之事無關。牢裡面關了三個囚犯，四師姊會想要提問他們。你今晚幫我看守牢房，別讓四師姊進去了，知道嗎？」

齊天龍面有難色。「只怕弟子攔不住四師叔。」

卓文君一聲不吭，冷冷看他。

齊天龍深吸口氣，躬身行禮。「弟子盡力而為。」說完倒退兩步，轉身走向牢房。

□

卓文君走出司刑房，王正義立刻迎上，聽候師叔差遣。卓文君交代晚膳不去餐堂，改在煮劍居用餐，各司房弟子有事稟告，便來找他一起吃飯。回到煮劍居，信步晃到藥圃，卻見吳曉萍蹲在地上澆水施肥。卓文君先是一愣，繼而笑道：「怎麼好勞駕吳仙姑親自照料藥圃呢？」

吳曉萍哎呀一聲，連忙起身，說道：「師叔回來了。弟子來找師叔回話，見師叔不在，便到藥圃瞧瞧。其實這幾年，莊師兄的藥圃也都是我在看顧的。師叔回來之後，弟子不敢擅入煮劍居，才讓阿芬他們來顧。」

卓文君笑問：「不敢擅入？妳避什麼嫌呀？」

吳曉萍低頭：「師叔……師叔一回來，就跟我師父在鎮天塔打了一架。弟子是怕師叔……不喜歡見到我。」

「這是怎麼想的？真是傻孩子。」卓文君搖頭。「妳若有空，便常來煮劍居走走。就只怕妳青囊齋事情太忙，沒空理會我老人家。」

吳曉萍忙道：「師叔才不老呢。」

卓文君笑了笑，比比藥圃：「這邊忙完沒有？」

「快好了。」

「忙完進來，陪師叔吃晚飯。」

「是，師叔。」

來到煮劍廳，只見廳中已經擺好一桌酒席，八菜一湯。桌旁茶几上放著一個大飯桶，桶旁還有兩壺酒，幾名伙房弟子站在旁邊侍候。除了司刑房顏彪外，六部司房的掌房弟子都已入座，一見掌門師叔進來立即起身。卓文君點了點頭，走到主位坐好，眾弟子跟著坐下。卓文君一看還有兩張空椅，便問站在身後的王正義還有什麼人要來。

王正義道：「稟師叔，一張是吳曉萍師姊的；另一張是趙言嵐師兄的。」

卓文君揚眉：「趙言嵐有什麼事情找我？」

王正義低頭：「這個……」

卓文君轉頭看向其他人。一眾弟子唯唯諾諾，不敢接話，只有司兵房任勳回話：「稟師叔，從前大師伯在養氣閣用餐議事，趙師兄都會出席。」

「喔？」卓文君問。「既然你們都來了，他為什麼還沒來？」

「想來是有什麼事情耽擱了。」

「是呀，」卓文君斜嘴一笑。「他今晚可忙了。」

王正義彎腰低頭，在卓文君耳邊低聲道：「稟師叔，趙師兄一直等在煮劍居外，只是未得師叔傳喚，不敢擅入。」

卓文君輕哼一聲，說道：「罷了。叫他進來。」

「是，師叔。」王正義神色一喜，得令而去。卓文君見他喜不自勝的模樣，對其他人問道：「趙言嵐很得人心嗎？」

掌房弟子紛紛點頭。任勳道：「趙師兄武功高強，處事公正。總壇弟子都很服他。」

卓文君心想任動久歷沙場，又比趙言嵐大上十幾二十歲。既然連他都服趙言嵐，趙言嵐必定有過人之處。他點了點頭，轉向張大洲，說道：「他也不會擋人財路，是吧？」

張大洲笑容滿面，說道：「趙師兄明白事理，很會做人。」

卓文君問：「唷？那是說我不會做人了？」

張大洲笑容不減：「弟子不敢。」此人身材矮胖，穿金戴銀，一副精打細算的商人模樣。卓文君原先以爲他只是個唯利是圖的小人，然則半個月相處下來，此人始終堅持己見，從不屈服於他的威嚴，在總壇弟子中算是頗有骨氣的人物，只是骨氣似乎用錯了地方。

片刻過後，王正義領著趙言嵐入廳，吳曉萍也跟著走了進來。眾人入席之後，卓文君吩咐開飯，大家才舉筷用餐。席間，卓文君一直注意趙言嵐神色，只見他心不在焉，眉頭緊蹙，但又神色堅決，彷彿下定決心要做什麼事情，只是尚不肯定該如何去做的模樣。卓文君心知他有事要想，催促無益，於是問起各房弟子有何事稟報。

當日是月底，張大洲取出幾本帳冊，回報本月總壇與各分舵收入支出、人數增減；接著談起玄武大會的額外開支，各門派繳交報名費後的應用明細。卓文君要他想辦法把報名費降低一半，作五百兩。張大洲說他頂多只能降一百兩，再多就要他老命。卓文君命他回去想想，改日再議。

司工房掌門使魯白月回報各分舵修繕花費，及玄武大會會場布置事宜。最後交出請款帳簿。卓文君叫他去跟張大洲談。

司吏房提出本月升遷名單。卓文君讓他留在桌上，晚點再看。

任動取出一管飛鴿傳書小竹筒，筒上刻有卓文君名諱。「五師叔傳書一封，指名要給掌門師叔，弟子不敢私閱。」

卓文君接過竹筒，取出其中字條，攤開來看。梁棧生擅長扒竊機關之術，練得一雙巧手，能寫蠅頭小字，一張小字條寫得密密麻麻。卓文君凝神細看，只見梁棧生寫道：

文君，森兒傷在拜月教月盈真人的凝月掌下，得我救治，已無大礙。春夢無痕案一事，此後由我接手。此案複雜，牽扯梁晉王府，勾動江南道武林同道，就連退隱許久的巫山仙子也出面管事，案情可能一發不可收拾。我徒弟在巫州開的堂口也讓梁王府給滅了，三十幾口人，無一倖免。此乃私怨，我不會跟朱全忠善罷甘休。請掌門人看著辦。另，梁王府勾結拜月教，務須提防。五師兄筆。

卓文君沉吟半晌，抬頭問道：「五師兄說他徒弟在巫州開的堂口給人滅了？」

司禮房掌房使羅翔回話：「五師叔弟子華飛在巫州開了家棧生門，算是本宗支派。今日巫州刺使衙門傳來消息，棧生門一夜之間慘遭滅門，動手的是武林高手，衙門無力偵辦，請本宗派人協助辦案。」

卓文君皺眉：「地方衙門倒好，遇上難辦案件，推給玄日宗便是。」

羅翔說：「遇上武林高手，地方衙門確實辦不了事。」

「嗯，」卓文君想了想道。「讓潭州分舵派人調查。五師兄說行凶的是梁王府的人。倘若查證屬實，回報總壇便是，不要輕舉妄動。」

「弟子遵命。」羅翔說著取出幾份陳情書，神色嚴肅地道：「稟師叔，弟子有要事回報。」

他將陳情書一一抽出，恭恭敬敬地給卓文君，說：「徐州飛馬莊莊主田飛上個月十五日陳屍家中，眉心一劍貫腦，據徐州分舵調查回報，傷口極似本門劍法中的『日正當中』所造成的。」

各掌門使聞言，同時轉頭看他。張大洲道：「田飛急公好義，白馬莊與徐州分舵素來交好，照理說本門弟子不會對他動手。他最近有犯什麼事嗎？」

羅翔搖頭：「徐州分舵的童知秋詳加追查，並無線索。田飛武功不弱，尋常弟子也殺不了他。當時在徐州附近的本門高手都已問過，沒人動過田飛。」

任勳道：「眉心中劍也不是只有本門武功可以辦到。光河南、河北兩道起碼就有五家擅長使劍的門派，功夫裡有專攻眉心的招術。此事未必是本門所爲。」

卓文君望向任勳，神色嘉許：「你倒見多識廣，對武林各派的武功多有研究？」

任勳道：「師叔過獎了。當年協防幽州，弟子曾統御過河南、河北兩道前來響應號召的武林同道，是以熟悉當地武學。」

「嗯，」卓文君點頭。「遇上了就記下來，見識便是這麼來的。」

羅翔指著卓文君手中其他陳情書。「光是田飛一件，弟子也不會大驚小怪。師叔請看，上個月還有三峽幫的喬大元、『狂龍手』岳峰、『四海劍』柳三刀等命案，看起來都像是死在本門武功之下。經查證都與田飛一案類似，並無本門弟子承認動手。這些都是外地案件，死者彼此並無關聯，他們家屬和同門遞狀陳情時還不至於起心聯想。然則過去十日中在成都城內也出了三件武林人士離奇死亡案……」

眾人吃了一驚，都問：「有這等事？」

張大洲道：「玄武大會將近，城內武林人士比往常多，糾紛也多。莫不是江湖仇殺？」

羅翔道：「不管是不是江湖仇殺，遲早都會有人發現這幾名死者是死在玄日宗武功之下。到時候事情就麻煩了。」

卓文君問：「你懷疑是本門弟子所為？」

羅翔道：「本門弟子，臥虎藏龍，私下出手行俠仗義，或是……為非作歹，也都是曾經發生過的事情。不過弟子以為，倘若這些案件當真有關，光憑一名本宗弟子，不太可能在一個月內走遍大江南北，四處動手殺人。我想……多半是針對本宗而來的陰謀。」

卓文君皺眉：「難道不會是一整群臥虎藏龍的弟子合起來幹？」

「這……」羅翔遲疑。「也不無可能……」

卓文君沉吟片刻，吩咐：「盡快查出死者之間的關聯。若能證明這些案子彼此無關，自然最好。倘若確實有關，咱們也不可對外隱瞞。」

「是。」羅翔道。「此案死者眾多，不少位於外地。弟子想請掌門師叔指派有威望的弟子，專責查緝此案。」

卓文君瞧他片刻，問道：「你是想要一代弟子出面查案？」

羅翔道：「事關本宗顏面，若有哪位師叔願意擔此重任，自然事半功倍。」

「嗯，」卓文君點頭。「眼下總壇閒置的一代弟子就只剩下三師兄。」他轉向任勳：「你師父最近在幹嘛？」

任動答：「師父最近都往各節度使辦事衙門跑。根據本房弟子回報，梁王和晉王的兵馬最近出現不尋常調動，各有兵馬使往西集結。目前查到朱全忠的兵馬目的地是梁州；李克用的是秦州。王建也下達軍令，將劍南道部分兵馬調回茂州。師父擔心他們在這個時候兵馬西進，或許會對玄武大會不利，是以一直在各衙門間奔走查探。他還說這幾天可能要往茂州走一趟，去找王建探探虛實。」

「那三師兄可忙著呢。」卓文君對任動道：「你請他出城之前，先來跟我說說情況。」

「是。」

羅翔說：「師叔，既然眾位師叔都沒空，弟子認爲趙言嵐師兄可擔此重任。」

此言一出，卓文君當場神色一沉，所有人嚇了一跳，氣氛登時尷尬。卓文君從左到右，一一掃視眾人臉色，最後目光停在趙言嵐臉上，緩緩說道：「好哇，你們今天是一起幫趙言嵐遊說來著？」

趙言嵐低頭不語。羅翔連忙搶道：「師叔千萬不可誤會。此事趙師兄並不知情。弟子只是以爲既然眾師叔都沒空，趙師兄又……暫無他職，正好可以負責此案。」

吳曉萍也說：「是呀，師叔。此案非同小可，萬一日後傳開，我們也要讓武林同道知道玄日宗有派重要人物偵辦此案。眼下總壇裡就屬趙師兄最合適了。」

「嗯……」卓文君看看吳曉萍，又看看趙言嵐，說道：「妳這麼說合情合理。我若不肯答應，倒顯得我太小心眼了。」

吳曉萍惶恐：「弟子不敢。」

卓文君問趙言嵐：「你想偵辦此案嗎？」

趙言嵐立刻道：「師叔怎麼說，弟子便怎麼做。」

卓文君搖頭：「什麼我怎麼說，你怎麼做？你就沒有點自己的主見嗎？我問你，曉萍跟你說了那件事沒有？」

趙言嵐形容慚愧：「說了。」

「那你來我這裡幹嘛？」卓文君問。「你怎麼不趕去司刑房處置？」

「弟子……」

卓文君問：「是你娘叫你來的，是不是？」

「師叔……」

卓文君咄咄逼人：「你娘叫你來這裡看著我，讓她去司刑房處置張春，是不是？」

趙言嵐滿臉委屈，卻又不得不認。他點頭道：「弟子不是……」

「不是什麼？」卓文君問。「不是對你娘言聽計從？不是我怎麼說，你怎麼做？」他指著趙言嵐，訓道：「你這輩子……從小開始就一直在迎合父母期待，不想讓任何長輩失望，甚至不想讓這些師弟妹失望。他們以你爲榜樣，聽說你遭我冷落，全都來幫你說話。你值得他們這樣爲你嗎？如果你只是個什麼事都聽娘說的乖兒子，你有什麼資格當他們的榜樣？你這輩子只想當玄日宗少主？當大俠趙遠志的兒子？還是要爲你趙言嵐自己闖出一番天地？」

「我……」

「你說啊！」

吳曉萍忍耐不住：「師叔，你就聽趙師兄好好說呀！」

卓文君也發現自己根本沒給趙言嵐說話的機會，但他就是忍不住咄咄逼人。所謂愛之深，責之切。從前趙遠志老忙，鮮少有空陪伴兒子，相形之下，趙言嵐小時候跟卓文君更為親近。這次回玄日宗，卓文君早準備好面對師兄、師姊間的爾虞我詐，但卻沒想到從前情同父子的趙言嵐也會如此對待自己。他越想越氣，忍不住還要發作，幸而吳曉萍說話在他心裡有點分量。他忍著不吭聲，等趙言嵐說。

趙言嵐站起身來，正對卓文君道：「師叔，弟子……侄兒今天來，是跟師叔拜別的。」

卓文君揚眉：「你上哪去？」

「出去闖闖。」趙言嵐說。「我不是想逃避什麼。該面對的，我會面對。但我不能繼續待在總壇。不是因為師叔冷落，也不是為了張春之事。當年師叔離開，我好羨慕莊師兄可以跟你一起走。我也想去西域遊歷，想去……隨便哪個不是總壇的地方，過不一樣的日子。我……我……」

卓文君見他嘴唇顫抖、情緒激動，怕他當眾哭泣，便向吳曉萍使個眼色。吳曉萍心細乖覺，當即悄悄起身，在趙言嵐身後比個手勢，叫其他人跟她出去。轉眼之間，煮劍廳上走到剩下卓趙二人。

「師叔，你不知道他們要我幹什麼。」趙言嵐眼中含淚。「當皇帝！他們要我當皇帝！他們要我興兵造反，併吞天下，取代唐室，榮登大寶。他們一步一步都幫我安排好了，絕不容許絲毫差錯。我……我有野心，但我沒有那麼大的野心。每當我心生疑慮，他們就拿天下蒼生來壓我，為天下蒼生請命！我不知道他們是為了私心，還是當真心懷天下。我認為是都有的。但是我……

我不想滿手血腥，腳踏萬人枯骨，成就一己天下。」

卓文君搖頭，「你爹不可能要你這麼做。」

趙言嵐說：「所以我爹也是他們的絆腳石。」

卓文君頭皮發麻：「什麼絆腳石？他們打算怎麼對付你爹？」

趙言嵐搖頭：「我不知道。他們不告訴我。我娘保證不會讓二師叔對爹不利，但是二師叔在想什麼，我從來都看不透。我想離開總壇，讓他們無人輔佐，或許就不會去對付爹了。」

卓文君凝望著他，輕嘆一聲：「就怕事情沒有那麼簡單。只要能夠取得黃巢寶藏，二師兄難道不會自己出來當皇帝嗎？甚至於你娘……雖然難辦了些，但咱們大唐也不是沒有出過女皇帝。」

「二師叔說他跟娘都沒有皇帝命，一定要輔佐我才有可能成事。」趙言嵐說。

「二師兄的命理之術深得師門眞傳。他算得準，我是信的。」卓文君道。「我只是不相信他說的話。算不準的江湖術士用命理騙人只是可惡而已；算得準的人還拿命理騙人可就很可怕了。」

趙言嵐說：「無論如何，我離開總壇都能打亂他們既定的計畫。」

卓文君側頭看他，想了一想，說：「你什麼時候走？」

「我本來打算這兩天把總壇的事情交代一下再走。但剛剛看到我娘打定主意要去殺張春滅口，我就再也忍耐不住了。我已經在娘房裡留書一封，來此與師叔告別後立刻離開。」

卓文君本想交代他出門順便調查玄日宗武功殺人案，或是會合莊森一起追查大師兄和二師兄的下落。但他轉念一想，趙言嵐既然打定主意要走自己的路，自己就不便再多吩咐什麼，若趙言嵐心中覺得重要，自然就會去辦。於是他說：「自己保重。玄日宗始終是你的家，想家的時候，回來看看。」

「師叔也保重。」趙言嵐跪倒在地，向卓文君磕三個響頭。卓文君坦然受之。趙言嵐起身之後，轉身便走，來到廳門前，回頭問道：「師叔這幾日諸般冷落，是否也想逼侄兒離開？」

卓文君微笑：「年輕人出門闖闖，日後才知道家在哪裡。」

趙言嵐展顏笑道：「謹遵師叔教誨。」說完跨出廳門，往旁奔跑，翻牆離開煮劍居。

□

趙言嵐才剛翻牆，煮劍居院門已經砰的一聲，讓人踹開。就看到崔望雪一反往常翩翩仙子的儀態，怒氣沖沖，大步而來，邊走邊喝道：「卓文君，給我出來！」

卓文君迎到煮劍廳門口，笑容滿面地說：「師姊有何見教？」

「我見你教！」崔望雪說著就是一巴掌下去。卓文君側頭避過，正要說話，崔望雪又是一陣拳打腳踢。卓文君左閃右躲，也不還手，待崔望雪使到「雲盡風來」這一招時，卓文君比出劍指，使出他教齊天龍的「風起雲湧」。風起雲湧跟雲盡風來招意神似，乃是同一招功夫分作掌法與劍法的不同變化，攻的都是左乳下方的期門穴。齊天龍以長劍攻向四師叔期門穴，眼中所見的乃是對手要害。卓文君以手指戳向四師姊的期門穴，在素有情愫的兩人眼中自然是別有風光。當年兩人相互愛慕，私下練功時，經常練到這招。卓文君從未當眞點中師姊穴道，崔望雪卻也沒有避嫌不使雲盡風來。每當練到這一手，崔望雪總會臉紅低頭，神色羞怯；卓文君便微笑不語，痴痴看著意中人。儘管兩人未曾當眞踰矩，私下相處時依然處處曖昧，只是無人道破罷了。

卓文君教齊天龍引出此招，一來是爲了勾起崔望雪當年之情，亂其心神，讓齊天龍有機可趁。二來也讓崔望雪心生疑慮，懷疑卓文君既然連這等私密招術都教給了齊天龍，是否連其他破解自己武功的法門也一併教給了他。他在司刑房外公然傳授齊天龍武功，其實也是刻意爲之。他料到崔望雪心中一亂，便會罷手不鬥，丟下齊天龍來找自己。但他萬萬沒想到怒氣沖沖的崔望雪一路出招搶攻，待自己終於使出風起雲湧指時，她竟然沒像往常般羞怯退走，反而挺起胸膛，迎上劍指。卓文君變招不及，指尖輕拂到師姊胸前衣衫，立刻如同烈火灼傷般急忙收指，向後跳開，形容狼狽。

崔望雪瞧他模樣，忍不住好氣又好笑，故意手摀胸口，斥道：「你這輕浮小賊，爲老不尊，教你師侄那什麼招數來著？」

卓文君心下惶恐，臉上不動聲色，說出早已準備好的說詞：「天龍那孩子出招再正經不過了，難道師姊吃了什麼虧嗎？」

崔望雪哼了一聲，說道：「齊天龍那點本事，又能讓我吃什麼虧？倒是你這小子，指導後輩這等專門對付我的功夫，究竟是何用心？」

卓文君搖頭：「我教的都是本門功夫，哪有什麼專門對付誰的呢？」

「你倒挺會說的。不肯承認是吧？」

「承認，我承認了。」卓文君坦言道。「天龍也不懂這兩招有何精妙之處，師姊不必責怪他。」

崔望雪道：「怎麼不怪？你告訴他這劍招是用來對付我的，他也在跟我過招的時候使了出來。這傢伙如此用心，我還有不教訓他的？」

卓文君皺眉：「師姊傷了他？」

崔望雪搖頭：「我只是罰他在司刑房跪一個時辰。」見卓文君想要追問，她又說：「你放心。齊天龍盡忠職守，脾氣很拗，他既已答應你不讓我去見張春，自然不會乖乖跪在那裡讓我過去。他是等我離開司刑房後才開始跪。」

卓文君嘆道：「眞是苦了他了。」

崔望雪瞪他一眼：「怪我？人家好端端地看守鎮天塔，多年不涉總壇鬥爭，是你硬要把他扯進來蹚這渾水的。」

卓文君問：「我不找這種不涉總壇鬥爭的弟子，還能找誰？」

「你有什麼事情跟師姊說就好了，何必去找弟子麻煩？」崔望雪語氣冷淡，聽不出怒氣是否緩和了些。

「喔？師姊是我的心腹之人嗎？」卓文君問。

「我連要反大師兄的事情都告訴你了，還有什麼不心腹的嗎？」

卓文君笑問：「那妳聽說張春之事，怎麼不來找我談，先去司刑房找張春呢？」

「這點小事，不必驚動掌門人。」

「小事？」卓文君道。「曉萍把當年的事情都告訴我了。師姊認爲這是小事嗎？」

「張春是小人物。張春的事就是小事。」崔望雪語氣輕慢，似乎眞不把他當一回事。

「師姊的意思是說，似張春這等消失了也沒人在乎之人，大可以就這麼消失了？」

崔望雪斜眼看他，說道：「你以爲我是去殺人滅口的嗎？」

卓文君一揚眉：「難道師姊是去放他走的？」

崔望雪輕笑一聲，也不答話，在飯桌前拉把椅子坐下，喝道：「王正義，盛飯來。」

王正義進門道：「是，師叔！」喚來伙房弟子，不但盛飯，還收拾餐桌，將整桌用過的菜餚換新。掌門人吃飯，伙房總會多備幾盤菜在旁伺候。幾名弟子三兩下將菜換好，擺上兩副新碗筷，斟上兩杯好酒，請兩位師叔用膳。

崔望雪拿起碗筷，慢條斯理吃了起來。卓文君默默瞧她吃飯，猜不透她打什麼主意。瞧了一會兒，沉不住氣，問道：「師姊等人嗎？」

崔望雪放下碗筷，取出手絹輕輕擦嘴，笑道：「是呀。顏彪還沒吃飯，應該一會兒就過來了。」

卓文君神色一凜。「顏彪審案，難道還能審出問題？」

「那得看張春有沒有供出問題了。」崔望雪輕啜一口高昌葡萄酒，嫣然笑道：「師弟可眞有心，還記得師姊愛喝高昌酒。」

卓文君背靠椅背，心中微涼。自從崔望雪於杜甫草堂外坦承要反大師兄後，他自以爲在四師姊面前佔盡上風。想不到崔望雪就這麼坐下來吃碗飯、喝口酒，自己當場便回歸下風。他凝望崔望雪，苦思自己究竟哪裡算錯。毫無頭緒。他覺得在崔望雪面前，自己始終還是一直以來的那個小師弟。

門外王正義道：「掌門師叔，顏彪師兄求見。」

「進來。」

顏彪步入煮劍廳。「掌門師叔，四師叔。弟子審問張春一案，有所發現，特來稟報。」

卓文君比張椅子。「邊吃邊說。」

顏彪也不客氣，自行走到旁邊盛飯。坐下來後，他並不起筷，而是自懷中取出一張公文紙，遞交卓文君。「師叔吩咐弟子審問張春殺人之事。犯人合作，供出三具屍首埋屍處。請師叔過目。」

卓文君接過一看，紙上寫了三個人名、三個地點。他眉頭一皺，心想：「張春殺人賣肉，記人姓名做啥？又埋什麼屍？」他問：「只有三具屍首？」

顏彪道：「犯人供稱共有一十三具屍首可挖。先交三具出來，證實他所言不虛。」

卓文君問：「挖出來沒有？」

顏彪道：「已經挖出來了。犯人所供地點確有三具屍首，還有三樣可供查驗身分的信物。」說著提起隨身帶來的一大包東西，放在桌上，攤開包布，露出三件事物，分別是長劍、令牌，及一枚銅錢。

卓文君瞧瞧那三樣信物，又瞧瞧三個人名，毫無頭緒，問道：「這三人身分可查明了？他保留信物，是何居心？」

顏彪搖頭：「弟子不知。張春說掌門師叔若想知道，可以問二師叔或四師叔。」說完拿起碗筷，挾了些青菜，配隻雞腿，鞠躬道：「兩位師叔慢聊，弟子出去吃飯。」說著帶著飯碗離開。

卓文君將信物及名單推到崔望雪面前，說：「敢問師姊，這三個是什麼人？」

崔望雪接過名單，想了一想，跟著拿起長劍，指著名單上第一個名字。「這李神力綽號大力飛劍，乃是少林派俗家弟子。此人急公好義，素有俠名，不過成名於師弟西遊之後，是以你不曾聽說過他。」

卓文君問：「張春為何殺他？」

崔望雪喝一口酒，輕放酒杯，看著卓文君，反問他：「師弟眞想知道？」

「又是一件我知道後會越陷越深的祕密？」

崔望雪點頭：「本宗祕密眾多，今日不聽這件，明日也會有下一件。師弟要當掌門，免不了污了耳朵。」

卓文君點頭：「早有準備。污吧。」

崔望雪道：「李神力查到三師兄交往拜月教，意欲聯合外族，成就霸業，於是來找大師兄告發。二師兄不想讓大師兄心煩此事，便令張春解決了他。」

卓文君呆若木雞，恍若不聞。崔望雪叫他兩聲，他才眨一眨眼，問：「張春幫你們殺人滅口？」

崔望雪也眨眨大眼。「是二師兄教他殺的，我可沒教。」

「妳倒撇得乾淨。」

崔望雪淺淺一笑：「師弟取笑了。這怎麼可能撇得乾淨呢？」她拿起桌上令牌，比向名單第二個名字，說：「大理寺卿楊讚，宋百通從前的上司。宋百通千方百計想要重開鄭道南案，終於引起楊讚疑心。他雖然不知黃巢寶藏之事，但還是循線查到玄日宗頭上。二師兄不想大師兄為此煩心，便交給張春去解決。」

卓文君眉頭緊蹙，神色不善。崔望雪不為所動，繼續拿起銅錢，放在第三個名字上。「劉廣生乃一介平民，並非武林中人。他是揚州一座礦場的監工。去年他們礦場挖到一條大礦脈，倘若人手充足，銅產可增三倍。他來找我們，是希望玄日宗出資讓他加僱人手，添置鑄錢爐。」

卓文君側頭問道：「他來找你們私鑄銅錢？」

崔望雪點頭：「自己要用錢自己鑄，不是挺好的嗎？」

卓文君搖頭：「近年銅價高漲，官鑄錢無利可圖，聽說有半數官爐都已連續幾年沒開爐了。」

崔望雪道：「官鑄錢無利可圖，私錢卻還有賺頭。那些官爐也不是不開爐，而是多半直接改鑄私錢來了。還有節度使不鑄朝廷官錢，改鑄自己的新錢，只是推行不易，浪費礦產罷了。這幾年錢荒，追根究柢，就是銅產不足之故。咱們只要掌握足夠的銅產，便能鑄出足與官爐比美的大量良幣。這對穩定天下民生是有好處的。」

「說得眞好聽。」卓文君輕哼一聲。「那又為何殺人？」

「此人貪得無厭，找完我們還想去找朱全忠，說什麼價高者得。」崔望雪道。「朱全忠已經在鑄他的宣武錢了。若是讓他掌握過多礦源，搞不好天下貨幣都讓他給改了。」

卓文君冷冷瞪她：「咱們沒有在囤積銅錢吧？」

崔望雪搖頭：「總壇庫房雖不空虛，可也還沒滿到囤積銅錢的地步。」

卓文君語氣冷酷：「你們最好懂得分寸。操弄貨幣可是會搞到民不聊生的。」

「師姊自有分寸。」

卓文君冷眼瞧她，自顧自地喝了幾杯悶酒，想著適才聽說之事。崔望雪始終笑盈盈的，吃菜喝酒，等他說話。卓文君喝乾一壺酒，正要叫王正義再打一壺來，想起下午跟吳曉萍聊得高興，還以爲可以少喝兩杯之事。想不到僅不過兩個時辰，心裡便悶到又要藉酒澆愁。他深深吸氣，緩緩吐納，說道：「武林人士、朝廷命官、平民百姓。你們還有誰不敢殺的？」

崔望雪道：「你別說我們我們的。張春是二師兄的弟子。人都是二師兄下令殺的。二師兄不想讓大師兄知道，也是爲了大局著想。」

「大局？」卓文君怒拍桌子，滿桌飯菜盡數跳起。

崔望雪不樂意：「你跟我生氣做什麼？是二師兄下令殺的。」

「妳一切知情，同流合污。」

「二師兄要做什麼，我攔得住他嗎？」

「妳可以告訴大師兄。」

崔望雪嘆問：「你現在跟我講這個？」

卓文君語氣苦澀：「我覺得我跟妳已經沒什麼好講的了。你們根本是爲非作歹……是無惡不作。」

崔望雪瞧他片刻，搖頭道：「隨你怎麼說。成王敗寇，只要我們日後成事，這一切都無所謂。」

卓文君難以置信：「你們濫殺無辜，怎麼能無所謂？」

「我們是爲了天下蒼生。」

卓文君大怒：「我現在殺了妳，也是爲了天下蒼生。」

崔望雪玉手一掀，飯桌一分爲二，飯菜碗盤散落滿地。她站起身來，大步來到卓文君面前，昂首直視他的雙眼，說：「你好正氣、好威風。就你明白事理，我們這些師兄姊都是非不分。我就是愛算計？就是愛殺人？你心目中的崔望雪就是這種人嗎？你遠走西域，不問世事，哪裡懂得民間疾苦，瞭解輕重緩急？大師兄指望你能充當清流，成爲師門良心，但你若不曾體會我們的世界，不願理會我們的用心，光靠書上那一套來評論我們的作爲，這良心未免也太好當了點。」

卓文君本不欲退讓，然則崔望雪當胸挺來，擠得他不得不退。這一退，氣勢便餒了。他說：「我不必充當良心便能告訴妳：殺少林弟子不對，殺朝廷命官不對，殺平民百姓更不對。凡是傳出去會讓玄日宗成爲天下公敵的事情就是不對。妳難道不要我當師門良心？妳不要我這股清流，只願我同流合污嗎？」

崔望雪一時無言，默默看他，目光轉柔，緩緩伸出玉手，輕撫他的手臂。「你究竟爲什麼要回來？」

卓文君看著她白皙的玉手，轉頭又見到她彷彿含情脈脈的雙眸，忍不住說出心裡的話：「如果我說是因爲想見妳呢？」

崔望雪眼泛淚光，也不知是眞心，還是作戲。「爲了見我，値得嗎？」

卓文君輕抖右臂，退開一步，說道：「値不値得，得看妳怎麼做。張春爲求自保，埋屍留證。師姊以爲該如何應對？」

崔望雪道：「自然得問出所有一十三具屍首埋屍處。」

卓文君問：「問出之後呢？」

「此人私藏證物，意欲要脅本宗，已非可用之人。」崔望雪細看卓文君神色，謹愼道：「我知你不欲殺人滅口，然則此人得知本宗太多祕密，留下活口，終究是心腹大患。」見卓文君不置可否，又道：「他殺人賣肉，我早想除了他。只是二師兄借他黑店殺人滅口，幾年下來無往不利，一直教我緩緩再說。有些人本無必要滅口，二師兄卻爲圖方便，依然下令去幹。留下此人，有害無益。請掌門人定奪。」

「定奪？」卓文君苦苦一笑。「這幾件事情傳了出去，玄日宗還是武林盟主不是？玄武大會還辦不辦？妳教我定奪？」他突然心力交瘁，腳下一軟，向後跌坐在椅子上。「這還有什麼能定奪的？」

「我可以用藥逼他吐實。」崔望雪輕聲獻策。「你若執意不肯殺他，我可以把他關在沒人找得到的地方。只是他永遠不得再見天日。」

卓文君凝望崔望雪，努力回想她從前美好的模樣，想像當年倘若牽她的手，遠走西域，如今會是何等光景。但是崔望雪不會跟他遠走西域。當年不會，如今也不會。於是他只能回想她美好的模樣，期待她不要改變太多。「妳知道妳是在要求我做什麼嗎？」他問。

「不要推到我身上。」崔望雪說。「你早已不是少不更事的小師弟。你的才略無人能及。你的武功天下無敵。你唯一要做的就是捫心自問，這一切究竟值不值得。」

「哼！」卓文君自嘲笑道。「無人能及？天下無敵？我可感覺一點也不像。」他伸手輕揉太陽穴，試圖趕跑並不存在的疼痛。片刻過後，他說：「就照妳的意思去做。」

第十八章　尋藥

梁棧生僱輛大車，讓莊森一面休養，一面趕路前往潭州。莊森以傷練功，進境神速，才第二日便已悟得轉勁訣第五層的運勁法門。之後他依法行功，化解烈日丸的火勁。梁棧生每日按三餐苦勸，說那十年功力，棄之可惜。莊森恍若不聞，自行練功。到得第四日，他不僅進一步悟出第六層轉勁訣，還因為沿路讓梁棧生灌輸吸納功力的念頭，隱約悟出了些將外來功力據為己有的法門。

玄日宗轉勁訣共分九層，內功心法卻就是那麼一篇。練第一層是那篇心法，練到第九層也還是同一篇心法。所不同者，悟也。依照練功弟子悟性不同，除了能夠領悟的層次不同外，轉勁的法門與運勁方式也各有巧妙，只是殊途同歸。莊森悟出的轉勁訣第六層能夠轉化外來功力，在玄日老祖眼中屬於旁門左道，本應載入《左道書》中，不加傳授。然則轉勁訣修練端看個人心領神會，並非百年前的祖師爺有權置喙。於是莊森終究還是吸納了烈日丸最後一些功力，再加上融會貫通近日幾場大戰的武學心得，當凝月掌的寒毒徹底拔除時，他無論在眼界還是修為上都堪稱脫胎換骨。

到得第五日上，莊森傷勢已無大礙。兩人棄了大車，騎馬連夜趕路，終於在第六日午後趕到潭州。春夢無痕標售日已經過去一日。兩人入城之後，直奔玄日宗分舵。沿途詢問路人，都說這兩日城內並無大事。兩人心想江南六大派在巫州鬧成那個樣子，來此當眞競標奇藥，豈有不鬧到滿城風雨的道理？商談片刻，不得要領，先去分舵再說。

來到潭州分舵，舵主蘇平一聽五師叔駕到，連忙出來迎接。

「弟子蘇平參見五師叔、莊師兄。」他將梁莊二人迎入正廳，吩咐弟子奉茶，這才又道：「昨日趙言楓師妹趕到潭州查案，說起莊師兄隨後便來。想不到五師叔也一起來了。」

莊森關心師妹，問道：「趙師妹此刻何在？」

蘇平道：「不知。她昨日傍晚帶了三名弟子出門，到現在還沒回來。」

莊森和梁棧生都吃了一驚。梁棧生問：「有沒有去找？」

「有找。分舵半數弟子都派出去找了，至今沒有半點消息。」

莊森心急：「跟師妹同行的還有一位李公子呢？」

「是，那李公子也帶了幾名幫手，看來個個武功不弱。武安藥局不以武功見長，跟去的弟子裡也有擅長用藥之人，料想不會吃虧。」

「對頭不只武安藥局。你打探到他們在何處標售春夢無痕嗎？」

「沒有。」蘇平搖頭。「不但事前未曾查到，事後也一點蹤跡都沒留下。倘若眞如趙師妹所言，江南六大派出動這麼多人標藥的話，我們沒道理查不到丁點消息。六大派的人確實有進潭州，我們一早都派人去盯著。他們分別下榻，並未聚集。昨日傍晚各派都有派人在城內四下打探，似乎也不清楚標藥地點。」

「果然他們也被耍了。」梁棧生說。「我本就奇怪，江南這些門派有何財力跟梁王府那等勢力競標奇藥。看來他們也是受人利用，見證藥效，把話傳開。眞正競標根本沒他們的份。」

「武安藥局呢？你們去找過他們了嗎？」

「今日一早就去了。他們撇得一乾二淨，說沒聽過什麼春夢無痕。我找他們大掌櫃說話，又說大掌櫃昨晚出門了。江南分舵跟武安藥局素來交好，總壇也有不少藥材是跟他們批的。咱們不清楚狀況，是以沒有當場撕破臉。」

「走。」莊森起身。「去找他們撕破臉。」

梁棧生走前還不忘吩咐弟子將七百兩飛錢兌換成銅錢，送去他在潭州的住所裡放著。該弟子道：「師叔，銅錢太重，帶這麼多在身上怎麼方便？」

梁棧生斥道：「我老人家就是愛聞銅臭味兒，行嗎？你可給我看著點，別換到劣質私錢。」該弟子摸摸鼻子，得令而去。

莊森想起自己取來的甲級請願書裡有件荊州鑄錢案，便問：「師伯，我剛回中原，諸事不了。敢問近年民間盛行私鑄銅錢嗎？」

「盛行。」梁棧生道。「亂世之中，誰不想自己鑄點錢來花花？」

二人在蘇平帶領下來到武安藥局，只見大門深鎖，沒做生意。蘇平上前叫門，一名鼻青臉腫的伙計出來應門，見是蘇平，便道：「蘇大爺請見諒，今日小號不做生意。」

蘇平皺眉：「怎麼給人打了？」

伙計一面開門迎入玄日宗眾人，一面拿跌打傷藥搓揉大腿瘀傷。「還不是爲那什麼春夢無痕。咱們就說不知道了，可卻無人肯信。蘇大爺你也知道，小號向來正派經營，怎麼會去賣這害人春藥呢？」

莊森等人進藥局一看，只見外堂桌倒椅爛，血跡斑斑，十幾名藥局伙計癱坐一地，各自取藥療傷。莊森醫性大發，連忙上前幫忙。蘇平問那伙計：「貴藥局的大對頭天仙門都為此藥給人滅了，你們想要置身事外，只怕沒那麼容易。」他往堂內一比，問道：「是誰幹的？」

梁棧生拔出插在一張椅子上的飛鏢：「神鏢門的凌風鏢。」

伙計說：「是，小人認得胡濱那個老渾蛋。他們幾十個人突然闖入，見人就打，自抬身價說是什麼江南六大門派，逼問咱們春夢無痕要上哪裡買。咱們不知道，他們就把二掌櫃給綁走了，想來是要找個隱密的地方嚴刑逼供。蘇大爺，你老人家行行好，救救咱們二掌櫃吧！」

武安藥局二掌櫃陳堯淵從前綽號「鬼手大仙」，多年前在江湖上以用毒見長，手段十分毒辣。其後遇上人倫慘劇，錯手毒害了自己妻兒，從此棄毒從醫，矢志救人。蘇平沉吟道：「六大派不知好歹，莫要惹惱你們二掌櫃，最後鬧得灰頭土臉。」

伙計憂形於色：「蘇大爺有所不知，二掌櫃若肯使毒，六大派的人早就死光啦。他老人家鐵了心腸，寧死也不願再使毒害人。給人抓走大半時辰了，這會兒也不知道還有命不。」

梁棧生迎上前去，蘇平介紹說是玄日宗五師叔駕到，嚇得那伙計下跪磕頭，直呼：「請梁大俠救救二掌櫃！」

梁棧生托起伙計，問他：「二掌櫃知不知道春夢無痕之事？」

伙計面有難色，吞吞吐吐：「回梁大俠的話，二掌櫃知不知道什麼，小人實在不知。近幾個月來，二掌櫃跟大掌櫃時常吵架，也不知道在吵些什麼。小人以為，小號若真與春夢無痕那等邪藥扯上關係，二掌櫃定是第一個跳出來反對。」

梁棧生點頭：「就是說他多少知道一些。」轉向莊森：「森兒，怎麼樣了？」

莊森回到梁棧生身旁，回話：「師伯，六大派的人出手不留情面，雖然沒有打死人，但有不少伙計都傷得很重。幸好此地不缺傷藥與醫生，不然後果不堪設想。」

梁棧生點頭：「六大派不是好人。一會兒若要動手，想想當初他們是怎麼對付天仙門的。」

三人離開武安藥局，直奔神鏢門下榻的潭福客棧。來到客棧街口，蘇平派來監視神鏢門的弟子迎了上來。六大派的人以胡濱爲首，綁了陳堯淵後便即躲回客棧審問。此刻神鏢門派人守在門口，不准其他客人進入。梁棧生率領眾人走向客棧，還沒到門口便聽見有人叫囂。

「走開走開！今日大爺辦事，客棧不做生意！」

梁棧生正要喝罵，門口突然滾了個人出來。眾人只道有人打架，正自準備動手，卻見那人滾到莊森面前跪倒，當頭便拜，語氣驚慌：「原來是玄日雙尊的尊者駕到！小人給您老人家磕頭啦！」

莊森手足無措，伸手意欲扶起對方，讓梁棧生給攔下。他對地上之人道：「你小子眼力不錯，過目不忘，還認得在巫州大展神威的莊森莊尊者。」

地上的神鏢門弟子道：「莊尊者神功蓋世，義薄雲天，小人佩服得是五體投地。千眞萬確！您瞧，小人這不就是五體投地嗎？」說著又連磕三個響頭。

梁棧生笑道：「那好。莊尊者要見你們掌門，快快教人通報。」

那人也不起身，轉身爬到門口，喝道：「王師兄，快上樓通報師父，玄日雙尊來找他老人家！」

就聽見嘩啦一陣，客棧內傳來杯碗粉碎之聲，緊接著又是一陣慌亂腳步聲。莊森見地上那人還要再爬回來，連忙說道：「這位兄弟，起來說話。」

那人站起身來，戰戰兢兢，不敢抬頭，說多恭敬便有多恭敬。片刻過後，客棧樓上有人驚叫。眾人不敢怠慢，立刻衝入客棧，只見有人從大堂對面的樓梯上滾了下來。神鏢門弟子衝過去問：「王師兄！怎麼回事？」那姓王的弟子邊滾邊道：「死啦！師父他們死啦。」說完滾入大堂，兩腳一伸，竟也死去。

莊森迅速搶上，在神鏢門弟子撲到自己師兄屍體前把他抓了回來。「別碰他，有毒！」那名弟子遭遇大變，嚇得傻了，摔在地上什麼話也說不出來。玄日宗眾人來到莊森身後，看著地上屍體，只見那姓王的神鏢門弟子渾身發紫，七孔流血，死狀悽慘。蘇平皺眉問：「這什麼毒藥，這麼厲害？」

梁棧生說：「看來是鬼手大仙的獨門毒藥『七竅生煙散』。武安藥局的人說他打死不肯用毒，看來還是給逼急了。」

莊森搖頭：「此人上樓才中毒的，一樓應該沒有問題。蘇師弟，你先帶人在一樓看看，不要亂碰東西。客棧的伙計都不知道上哪兒去了，先去確保他們安全。」

梁棧生走到他身旁，抬頭看向二樓。「該擔心這毒嗎？」

莊森皺眉：「師伯可服過『玄藥眞丹』？」

梁棧生搖頭：「沒有。我沒那本事。」玄日宗的醫道博大精深，儘管入門弟子多半是爲了習武而來，還是有不少弟子會利用課餘專研醫術。玄日宗弟子在習醫習到一定程度後，可以透過祖傳醫書中的線索悟出奇藥「玄藥眞丹」的煉製法門。服過玄藥眞丹的弟子，便有百毒不侵之能。行走江湖，極為方便。然則祖傳規矩，此藥只能自煉自服，不能多煉幾顆給同門師兄弟吃，藉以鼓勵門下習醫風氣。梁棧生興趣廣泛，博而不精，醫術是還過得去，但那玄藥眞丹可就沒煉過了。

莊森道：「不妨。師伯內力深厚，尋常毒藥也近不了身。不過保險起見，還請師伯跟在弟子身後，不要亂摸東西。」說完跨過地上屍體上樓，梁棧生跟著上去。

一上二樓，便在走廊上瞧見屍首，每間房門口各有一兩具不等，多半是六大派臨時相聚，各有房間，派人看守。所有人死狀都與樓下那人同等悽慘。莊森一一推開房門，在每間房內發現更多屍首，各大門派都有，還包括幾個當日在巫州見過的首腦人物。推開最後一扇門，江南六大派掌門癱倒一地，盡數死亡。房間中央有名中年人被綁在椅子上，垂頭閉目，看不出生死，至少沒有七孔流血。莊森跨過神鏢門胡濱的屍體，伸手去探椅中人的脈搏，活著。莊森回頭瞧向梁棧生。梁棧生點頭：「救醒了問話。」

莊森在對方手腕神門穴上推拿幾下，運送功力。片刻過後，對方猛然吸氣，上身前挺，睜開雙眼，但卻神色茫然，彷彿沒有瞧見眼前的莊森。莊森喚他幾聲，沒有反應，於是反手甩他一巴掌。那人哎唷一聲，回過神來，看著莊森道：「這……我……你……」然後他低頭一看，發現滿地屍首，大驚失色，問道：「他們……他們……」接著他雙眼紅潤，淚如泉湧，搖頭苦道：「這死法……這是我……我……我……」

莊森輕彈手指，引他注意，問：「閣下可是武安藥局陳堯淵掌櫃？」

那人忍住淚水，哽咽道：「我是。」

莊森一邊解開他手腳上的繩索，一邊介紹：「在下玄日宗莊森，這位是本宗梁棧生師伯。我們受貴藥局所託，特來營救陳掌櫃。」

「多……多謝兩位。」他愣愣看著胡濱的屍首，彷彿不把自己獲救放在心上。

梁棧生說：「看來也不用咱們出手相救，陳掌櫃自己便能打發了。」

陳堯淵抬頭看他：「我沒有殺他們。但他們……又確實是死在我的毒藥下……我不記得了。我被他們抓來，什麼都不記得了。」

梁棧生冷笑：「死了這麼多人，陳掌櫃一句不記得了就想打發嗎？」

陳堯淵啞口無言。

莊森點起桌上蠟燭，拿到陳堯淵面前，細看他瞳孔反應。跟著搭上手腕，察其脈象，皺眉道：「陳掌櫃身上也有中毒跡象。瞧脈象……應是中了春夢無痕。」

陳堯淵一驚：「你怎知春夢無痕？」

莊森點頭：「在下數日前於巫州見過幾起案例。這藥能控制人心，中藥者受人擺布，事後也不會記得事發經過。」

陳堯淵渾身顫抖，喃喃唸道：「如此邪藥……如此邪藥……」

梁棧生冷冷看著陳堯淵，似乎不怎麼信他是中了春夢無痕。

莊森問：「陳掌櫃怎麼會中春夢無痕？」

陳堯淵搖頭：「我不知道。我在藥局裡都好好的，讓六大派的人抓來綁在這裡後便一直昏昏沉沉。猜想是被帶來此地的途中中毒。」

莊森問：「你說被綁住之後還有印象昏昏沉沉？那是說你雖然中毒，卻還沒有收到暗示，催動藥性。要你毒殺六大派的指令是在客棧下達的。陳掌櫃回想一下，除了六大派掌門人外，還有誰接近過你？」

陳堯淵皺眉沉思，說：「當時……似乎……有不知道哪一派的弟子在我身後檢查繩索。六大派人手眾多，彼此也不相熟識，要混進來不難。」

莊森問：「對方如何下達暗示，陳掌櫃可記得嗎？」

陳堯淵神色茫然：「他似乎……有動過我的風府穴和肩井穴。但是不是點穴，我也不太記得。莊大俠認爲此藥是在手按穴道時下達暗示嗎？」

「總不會是隨便說句話，中藥之人立刻照辦吧？」莊森道。「不然，誰知道藥是誰下的，該聽誰的話？」

陳堯淵點頭：「大俠見解，果然高明。」

「敢問陳掌櫃可知道，春夢無痕的賣家是誰，昨晚在何處標售此藥？」

陳堯淵搖頭：「我曾見過大掌櫃跟賣家密談，知道賣家長相，卻不知他是何身分。由於我反對販售此藥，跟大掌櫃吵了幾架，所以他也沒有跟我多提細節。昨日江南六大派入城，大掌櫃又臨時出門，我料想是與此藥有關，於是派了兩名親信伙計跟蹤。他們都死了。」

莊森問：「你不知道藥在哪裡賣？」

「不知。」

「那你可知買家有些什麼人？」

「不知。」

莊森想了一想，回頭看看梁棧生。梁棧生聳肩攤手，無話要問。莊森扶起陳堯淵，說道：「客棧死屍眾多，本宗會報官處理。陳掌櫃身體不適，就先回藥局休息。我們會讓官府的人去藥局找你。」

陳堯淵愣愣看著地上屍首。「這些人……都是我殺的。就算我受人控制，還是難辭其咎。便讓我留在這裡等官府的人來吧。再說，我也得花點工夫清理殘毒，免得後來的人又再中毒。」

莊森跟梁棧生下樓。蘇平等人已經在後院找到客棧的人，集中在客棧大廳。他們讓六大派嚇得躲了起來，不敢出來招呼客人，倒也沒有受傷。梁棧生吩咐蘇平報官，留在現場處理善後，隨即帶莊森離開潭福客棧。

來到街口，梁棧生回頭望著客棧，問莊森道：「森兒，你眞相信他是中了春夢無痕？」

莊森搖頭：「他有藥物反應，但不是春夢無痕。多半是六大派餵他吃了什麼逼供藥。」

梁棧生揚眉：「那你還演這一齣？」

莊森嘆道：「我瞧他眼淚不假，是眞難過，他不想殺那些人的。我順著他的話頭，給他道台階下，也好順便問問他對春夢無痕知道多少。巫州走得匆忙，沒機會觀察中藥之人的情況。我一直想知道他們如何下達暗示。」

梁棧生神色嘉許，又問：「那你怎麼知道他是眞的逼不得已殺害這些人，還是專程過來殺人滅口的呢？他跟春夢無痕無關，都只是他自己在說；但武安藥局跟春夢無痕有關，卻是我們可以篤定的事實。」

莊森抬頭看向客棧二樓。「那就要看他是眞的待在客棧等官府的人來，還是我們一離開就逃離現場了。」

客棧二樓一扇窗戶打開。陳堯淵探頭瞧瞧樓下，隨即跳窗下樓，順著側巷而去。莊森搖頭，說：「看來他畢竟不是好人。」

「但他要眞是好人，咱們線索可就斷了。跟去瞧瞧。」梁棧生說著起步追上。

陳堯淵擅長用毒，武功並不高明，似乎也沒在注意有無讓人跟蹤。莊梁二人尾隨其後，出西城門，走上一片樹林小徑。林中人少，難以掩飾行蹤，莊梁二人飛身上樹，遠遠跟著。莊森沿路注意梁棧生的跟蹤法門，想要學學跟蹤不爲人知的功夫。一趟跟蹤下來，堪稱大有斬獲，許多原先意想不到可以藏身的地方都讓他見識到了。

陳堯淵來到樹林深處，小徑盡頭，站在兩座墓碑前。莊森隱約聽見他在說話，不過離得太遠，聽不眞切。他跟梁棧生輕聲下樹，緩緩走近，停在陳堯淵背後十步之外。

就聽陳堯淵對著墓碑道：「……想當日我對著娘子的墓發誓，此生不再使毒害人。今日爲了自保，還是破了此誓。我陳堯淵害人不淺，罪孽深重，就算死後，也無顏面對妻兒。」他突然跪下，朝兩座墓碑各磕三個響頭。「我數過了，一共四十三具屍首，就這麼不明不白死在我手下。只因爲我一時惡念，導致這麼多家庭家破人亡。不管他們用心如何歹毒，打算用那邪藥怎麼害人，我也無法爲我自己的罪行開脫。我眞的好想去找你們，但我是惡人，你們是好人，我們永遠不會相見。我今天來只是想說，對不起，我辜負了你們母子。對不起。」說完身體一側，倒地不起。

莊森連忙上前，只見他七孔流血，渾身發紫，顯是服了他自己的七竅生煙散。莊森愣愣看著他的屍體，不知該怎麼看待此事。聽見梁棧生來到身後，他才說道：「師伯，他……自盡了。」

梁棧生點頭：「他是個爲過往罪孽所苦之人。儘管這些年來盡心補救，卻依然走不出過去，原諒不了自己。他求生的念頭原已薄弱，這次只是借題發揮罷了。」

莊森緩緩起身，但目光還是離不開死者面孔。「師伯，你這輩子可曾做過原諒不了自己的事情？」

梁棧生道：「人生在世，遺憾難免。至少我敢肯定每個死在我手中的人都有可死之道。我梁棧生雖然素行不端，可從沒幹過濫殺無辜的事情。他心裡揹負的罪孽，我不曾體驗，也不想體驗。」

莊森轉頭看向兩座墓碑，一座是愛妻，一座是愛子，姓名卻都遭風刷侵蝕，模糊不清。他說：「我們該把他埋在妻兒旁邊。」

「讓武安藥局派人來埋吧。」梁棧生道。「楓兒失蹤一天了，咱們不能浪費時間。」

莊森問：「可是線索都斷了，還能上哪去找？」

「先回我家去等。我想很快就會有人找上門來。」梁棧生說著起步回城。

莊森跟上：「誰會找上門來？」

「買家。」梁棧生說。「沒標到藥的買家。」

莊森若有所悟，問道：「師伯猜到買家是誰？」

「這有什麼難猜的？」梁棧生點頭道：「李存孝標售此藥，絕不是爲了賺錢。他想要的是興風作浪，找尋合作對象。宣武軍實力龐大，若有春夢無痕之助，無異如虎添翼，角逐天下，大有可爲。但宣武軍是李存孝的舊敵，不到必要，他不會挺他們的。這就是爲什麼明擺著梁王府派遣高手相助，他還是要公開標售的原因。能跟梁王府同台競標的，會是些什麼人？」

莊森驚問：「各大節度使？」

梁棧生又問：「那些節度使要是沒標到藥，又會有什麼反應？」

莊森沒想多久：「不讓得標者帶藥離開？」

梁棧生豎起大拇指，讚他腦袋靈光。「論實力、論財力，最有可能得標的還是朱全忠。他梁王府高手如雲，光是你在巫州會過的那幾個，就不是一般人對付得了。節度使想要攔截他們，必須派遣軍隊才行，而那就等於是公然跟宣武軍宣戰了。除了李克用，沒人敢跟朱全忠公然對立。其他節度使想動他們，就得借助江湖勢力。你猜，他們會找誰？」

莊森恍然大悟。「潭州境內，確實只有玄日宗梁五俠治得了梁王府高手。」

「莊尊使過獎了。」梁棧生斜嘴一笑。「要請我出馬對付梁王府，這個價錢可得好好哄抬哄抬。」

第十九章 木鵲

莊森跟著梁棧生往城裡走。快到城門口時，梁棧生轉入一旁小徑，直通路底一座莊園。莊門上有道牌匾，上書「三辰莊」。莊森見這三辰莊占地甚廣，兩側田地遍野，分作好幾塊，每塊作物不同，水稻、棉花、茶樹、果樹什麼都有。灌溉渠道上各式各樣翻車、筒車、轆轤一應俱全。稻田旁擺來好幾架造型不一的曲轅犁，宛如一座大型農具市場。

莊森問：「師伯，這是你家？」

梁棧生：「師伯是有錢人。各大城鎮裡都有置產。像這種莊子，我少說也有個七、八座。」

莊森點頭：「所謂狡兔三窟就是這個意思。」

梁棧生道：「可不是嗎。」

莊森又問：「這外面擺這許多農具。師伯對於務農也有心得？」

梁棧生說：「農業是立國的基礎。百姓只要吃得飽，一切好談。本來江南地區，良田遍野，農業一旦振興，足供天下半數百姓溫飽。只可惜連年戰亂，農地荒蕪。如今有在打理的農地不多，投入農產的百姓也少。你辛苦種出的穀物，官府、盜賊誰都想要來搶，是我也不想種田，你說是不是？」

莊森走到一台曲轅犁旁細看：「這台耕犁設計獨特。從這犁建、犁評的結構來看，犁鑱深淺的彈性頗大，使用上也很省力。這是師伯設計的？」

梁棧生點頭：「這沒什麼。曲轅犁的設計本就精良，改進空間不大。我只是玩玩而已。想要增加農穫產量，得從振興水利和改進品種做起。這學問可就大了。」

一名在田裡耕作的壯漢摘下斗笠，迎上前來。「莊主回來了。」

梁棧生問：「阿財，近日莊內有事嗎？」

阿財道：「回莊主，我們照你吩咐，已經派人前往劍南、嶺南、淮南、山南各道試種四季米。若是試種成功，便藉玄日宗分舵之力，當地發種，教導農民灌溉養護法門，盼能舒緩連年水患造成的飢荒。」

梁棧生點頭。「南方飢荒問題不大。北方各道才眞叫糧食不足。汴州那邊有消息嗎？」

「齊總管說麥、黍、麻都已成功縮短收穫時程，但尚且無法大量栽種。他們還得多多研究。」

梁棧生道：「好，等我這邊忙完，也上汴州瞧瞧。」

阿財迎著兩人進入三辰莊，立刻跑去招呼下人出來迎接莊主。梁棧生帶莊森來到昭明廳，立刻有人送上茶水毛巾給兩人梳洗。稍作打理之後，莊內能放下工作的人通通來到廳裡給莊主請安。梁棧生笑嘻嘻地讓大家下去，只留下幾個管事的人回報近日事務。莊森坐在一旁，瞧得目瞪口呆，想不到五師伯在潭州城外的一座莊園裡養活了這許多人。除了剛剛那個擅長耕作的阿財外，尚有負責織造、舟車、建築、精算儀器等工匠一一向他稟告研究進展。最後講話的是個鬍鬚花白的老人家，講的是一種名叫「黃道天測儀」的器具。這器具是從梁令瓚的「黃道游儀」演變而來，可觀測日月運行的方位，測量星宿經緯。老頭的天測儀精準推測出上個月的日蝕時刻，顯是一大成就。梁棧生嘉勉他幾句，遣眾人各回崗位。

莊森滿臉讚歎，問道：「師伯對觀測天象也有興趣？」

梁棧生笑道：「天象乃曆法之本，觀天象影響的層面可廣了。我這座莊子名叫三辰莊，自是以研究日、月、星三辰走勢為主。當年我看過《左道書》後，仿製的第一座渾天儀就放在這裡。」

莊森訝異：「師伯，你做過渾天儀呀？」

梁棧生點頭：「想看嗎？跟我來。」

梁棧生領著莊森來到昭明廳後方的院子。這座院子中不種花草，而是擺滿各式各樣機關器具。從防風燈具到指南車什麼都有。院子正中央有座大型銅具，以四條龍獸為腳，撐起許多相互交錯的圓環，便是東漢張衡所創的渾天儀了。

梁棧生邊走邊道：「這院子裡的東西都是我親手打造。不過也只是依照古人製圖仿造的東西，沒有什麼新意。」他在渾天儀前停下腳步，面露微笑：「製造渾天儀不但要計算精準，鑄那幾條龍也得要有藝術天賦才行。咱們祖師爺在《左道書》裡就說，只要做得出渾天儀，在製作機關的手藝上就不是問題。真正工匠大師的功力在於如何發揮巧思創意。」

莊森揚手觸摸中層三辰儀的銅環，幽幽嘆道：「小時候在總壇見過渾天儀的製圖，當年我就一直想要做台小號的出來玩玩。後來跟著師父西遊，一直沒辦法定下來做要耗工夫的事情。真是呀……哎呀！這……這……」他指著渾天儀旁邊一個大銅鼎，鼎身上有八條小龍，下方對應處有八隻蟾蜍。「這是……候風地動儀？」

梁棧生大笑：「這地動儀只得其形，不得其意。當年張衡的候風地動儀毀於戰火，沒有留下製圖。後代工匠就只能依照《後漢書．張衡傳》寥寥幾句記載，各自發想，努力重現候風地動儀。本宗歷代工匠高人都有在《左道書》機關篇裡加註重建候風地動儀的心得，只是傳到我們這一代都還沒能成功。你退到那裡，拍拍那面牆壁試試。」

莊森遠遠走到院子牆邊，輕拍牆壁。毫無反應。他運起功力，再拍一掌。這一掌打得牆壁隱隱震動，梁棧生的地動儀機關運轉，面對莊森方向的龍嘴開啓，一顆龍珠落在下方蟾蜍嘴裡。

莊森鼓掌叫好。梁棧生只是搖頭。「也就這樣了。出了這院子，再大的震動也測不到。」

莊森問：「要是潭州眞有地震呢？」

梁棧生說：「那所有龍珠都會落下，有測跟沒測一樣。」他撿起龍珠，塞回龍嘴，口中背誦《後漢書》裡的句子：「陽嘉元年，復造候風地動儀。以精銅鑄成，員徑八尺，合蓋隆起，形似酒尊，飾以篆文山龜鳥獸之形。中有都柱，傍行八道，施關發機。外有八龍，首銜銅丸，下有蟾蜍，張口承之。其牙機巧制，皆隱在尊中，覆蓋周密無際。如有地動尊則震，龍發機，吐丸而蟾蜍銜之。震聲激揚，伺者因此覺知。雖一龍發機，而七首不動，尋其方向，乃知震之所在。」

莊森走回梁棧生身旁，問他：「這些都是好學問呀。祖師爺爲什麼要編入《左道書》中，避而不傳？」

梁棧生苦笑：「怕弟子玩物喪志吧。這玩意兒比琴棋書畫更容易著迷。不管是否有利於百姓民生，這都不是主流學問。歷代主政者認定詩詞歌賦比預測地震、改進農作重要。除非你能做出有助於攻城掠地的新玩意兒，不然根本沒人理你。本宗上代有人利用煉丹術士的『伏火礬法』混合硝石和硫磺配置藥物，據說能產生威力驚人的爆炸。可惜這位師叔死於黃巢之亂，配方沒有流傳下來。我跟進這方面的研究，已然取得一些成果，但怕一旦公諸於世，讓人用於戰場之上，死的人就多了。」

莊森愣愣看著他，覺得對五師伯印象徹底改觀。

阿財突然走過來。「莊主，玄日宗派人送來銅錢七百兩。小的正要送去庫房。」

梁棧生說：「給我吧。」阿財將一袋銅錢交給梁棧生，然後告退。梁棧生掂掂錢袋，朝莊森側頭：「跟我去庫房走走。」

兩人穿越院子，來到庫房。庫房不大，裡面擺了許多木箱，多半放有許多值錢的東西，只是梁棧生不開箱來看，莊森也不好意思多問。梁棧生進庫房後，往右邊走，只見庫房右牆邊擺了十幾個一模一樣的木箱。梁棧生打開最外面的箱子，裡面滿滿都是銅錢。他把袋子裡的銅錢倒出來，疊個整齊，擺進箱內。

莊森問：「師伯，這些箱子裡都是銅錢嗎？」

梁棧生點頭。「是呀。」

「那少說也有幾十萬兩吧？」

「有的。」

「師伯眞有錢。」

「你可別出去亂說。」梁棧生蓋上木箱，走到角落，指著擺在那裡的四個箱子，要莊森打開。莊森一看，又是銅錢，只是大小厚薄不一，一看就怪。

梁棧生說：「那些是我這些年來收到的私錢。數量不多，但是應有盡有。大部分都有標示出處和成分。你自己研究研究，摸摸咬咬，瞭解私錢是怎麼回事。你要查荊州鑄錢案，可以拿些我這裡的錢去，假扮私錢賣家或買家，查起案來比較方便。」

莊森喜道：「多謝師伯。」

梁棧生吩咐下人在庫房內擺上桌椅，端出飯菜，就跟莊森二人邊吃飯，邊研究錢幣。收集銅錢也有學問，光大唐一朝便有不少銅錢好收。除流通最廣的開元通寶外，尚有乾封年間的乾封泉寶、安史之亂時的得壹元寶和順天元寶、乾元年間的乾元重寶、毀佛鑄錢的會昌開元、討好懿宗所鑄的咸通玄寶等。這些錢幣字體、圖案常有不同，品質美觀各有差異，想要全部弄清楚很不容易。莊森聽梁棧生講解得頭頭是道，聽得是津津有味。

莊森嘆道：「師伯，我常聽他們說你不學無術，其實你學識淵博，弟子歎爲觀止。」

梁棧生笑道：「人世間稱得上學問的事情太多了。有些人喜歡以自己的觀念定義學問，不喜歡的東西就加以貶低，說人家難登大雅之堂。我反而還同情他們不知道錯過了什麼。」

莊森點頭：「師伯改革農具、縮短農穫時程，都是對百姓生計大有助益之事。他們只在乎爭奪天下的大事，將民生視爲枝微末節，似乎有點本末倒置。」

「他們爭他們的，我們做我們的。不衝突。」

莊森眼看梁棧生拿著本《大唐通寶錄》翻閱，取枚乾元重寶比照書中圖案，一副樂在其中的模樣。他問：「師伯，你說想看《左道書》，是爲了研究一門機關的做法？究竟是什麼機關？」

梁棧生放下書本和錢幣，笑著看他。「木鵲。」

「木鵲？」

梁棧生解釋：「公輸子削竹木以爲鵲，成而飛之，三日不下，公輸子自以爲至巧。子墨子謂公輸子曰：『子之爲鵲也，不如匠之爲車轄。須臾斲三寸之木，而任五十石之重。故所爲功，利於人謂之巧，不利於人謂之拙。』」

莊森笑道：「想起來了！這故事不是在講墨子認爲要對百姓有利的東西才叫作巧，公輸般做的木鵲不管多精巧，沒有用處就算拙？這是在闡述墨子的理念，不是眞有木鵲這種東西吧？」

梁棧生嘆氣：「唉，這些古人，好東西都不好好記下來，只會在這種學術經書裡面輕描淡寫，隨口一提。這不折騰人嗎？」

莊森遲疑問道：「成而飛之，三日不下？師伯當眞相信？」

梁棧生：「我想相信。當年私閱《左道書》，短短一晚，哪看得完？尤其這機關篇裡，隨便一張製圖都充滿巧思，得要研究老半天。大師兄天亮了要收書，我還有大半本沒看呢。我匆匆翻閱，知道後面有一整章都在討論木鵲是否可行。與地動儀一般，寫滿了歷代高人的筆記。當時我沒放在心上，但後來那張祖師爺的木鵲想像圖卻時常浮現腦海，令我悠遊神往。」

莊森問：「師伯何以對木鵲情有獨鍾？」

梁棧生道：「墨子說木鵲沒用，我認爲只是妒忌公輸般罷了。《韓非子》裡提到墨子當年也做過木鳶，『三年而成，一日而敗。』他自己做的木鳶比不過公輸般的木鵲，就來說人家的木鵲沒用。其實公輸般曾經搭乘木鵲飛去打探宋城裡的軍情，這麼好的東西，怎麼會沒有用處？世上的學問都是這樣，看人會不會用罷了。」

莊森問：「師伯想做木鵲打探軍情？」

梁棧生笑而搖頭：「我不想做任何可以用在軍事上的東西。只是很多好東西剛好都可以用來打仗。我做木鵲，是想乘風飛翔，遨遊四方。我想飛過不能越的高山，進入人跡罕至的谷地。天下之大，足夠天下人生存。黃巢亂後，人口銳減，種田的人都找不到了，搶那麼多地做什麼？我想做木鵲，是想要做一樣能讓天下人目瞪口呆的東西。讓他們知道這個天下還有很多值得追求的事物。大家都說群雄割據，戰事不斷，只要有人統一了天下，百姓就能過好日子。其實統一天下之後，哪一朝哪一代的皇帝沒有想要往外發展，開疆擴土？你不統一天下，難道就不能讓百姓過好日子嗎？野心罷了，森兒，一切都只是少數人的野心罷了。」

莊森愣愣看著師伯，良久說不出話來。

梁棧生嘆道：「這些話，我跟大師兄說過。大師兄對我說：『只要有天下，就有野心。你不去搶，自然有人去搶。』大師兄是個不想搶天下的人，但他還是得要一天到晚跟搶天下的人周旋。當此亂世，想當個不搶天下的閒人也不容易。」他走到門口，叫人送酒來。下人幫他和莊森各倒一杯酒。梁棧生端起酒杯，朝莊森一比。「提起天下，就想喝酒。今日有事，不能多喝，咱們就乾這一杯吧。」

一杯酒下肚，梁棧生把桌上的《大唐通寶錄》推到莊森面前。「荊州鑄錢案，我也略有所聞。舉凡大量私錢入市，當地錢莊必定深受其擾。荊州最大的錢莊是荊南錢莊，莊主易寶通喜好收集錢幣，你讀通這本書便可投其所好。收下吧。」

莊森謝過師伯，問他：「師伯查出這易寶通有嫌疑？」

梁棧生笑得高深莫測：「你到時候去找他便是。」

阿財來到庫房門口，敲門道：「老爺，武安節度使馬殷馬大人求見。」

梁棧生眼睛一亮：「馬殷親自來了？那可眞是給足面子。走吧，森兒，咱們去跟節度使打打交道。」

第二十章　買賣

兩人來到正廳，只見廳內站了十來個人，大多粗布短衫，做下人打扮。居中一人約莫四十來歲年紀，英氣勃勃，氣宇不凡，儘管刻意扮作有錢員外的模樣，還是給人一種久歷戰陣之感。梁棧生領著莊森，迎上前去，作揖笑道：「不知節度使大人駕到，有失遠迎，草民梁棧生在此謝罪了。」

那員外站起身來，說道：「本官來得冒昧，還望梁先生見諒。」

兩人客套幾句，相互介紹。馬殷隨行之人都是武安軍中貼身保護他的親兵，領頭的叫許德勳，官拜內外馬步軍都指揮使，乃武安軍中地位僅次於馬殷的大人物。阿財送上熱茶。梁棧生請馬殷及許德勳坐下喝茶。

馬殷放下茶杯，開門見山：「本官今日前來，實有一事相求。」

梁棧生道：「大人請說。」

馬殷道：「這事說來難堪。昨日軍情回報，各方節度使派遣人馬齊聚潭州，居心不明。這些人越境辦事，來到武安軍治所，竟然不與本官招呼，實在囂張跋扈。梁先生試想，本官倘若放著他們不管，豈不是讓人欺到頭上了？」

梁棧生點頭：「果然欺人太甚。大人可有查到他們爲何而來？」

馬殷哼了一聲：「那還有什麼爲何而來？江南道物產豐饒，產米量全國居冠。南方各道也還罷了，北方近年缺糧缺得厲害，宣武、河東都得跟我進口大量米糧。他們覬覦本官的地盤已久，自然是來密謀對付我的。」

「哎呀！」梁棧生氣得哇哇大叫：「這還得了？這些人想要對付大人，竟還跑到大人的地盤上開會？簡直是不把大人放在眼裡！那大人還不派兵把他們挑了？」

馬殷搖頭：「不能挑呀！別的不說，宣武軍派來主持此事的乃是朱全忠的三子朱友珪，河東軍來的又是李克用的親生兒子李存勗。我要是把他們給宰了，豈有不開戰的道理？我馬殷向來不怕戰，但同時得罪宣武、河東，直與找死無異。」

梁棧生道：「大人果然英明，草民好生佩服。話說回來，你何不趁此機會抓了朱友珪和李存勗作爲人質，用以要脅朱全忠和李克用，豈不甚好？」

馬殷嘆道：「眞能抓到，自然甚好。只是此事敏感，倘若處理不善，就得兵戎相見。武安軍一旦開戰，江南道的糧食收穫豈能不受影響？到時候全國飢荒，對誰都沒好處。這些年本官圓融處事，與各方節度使維持良好關係，都是爲了天下蒼生著想呀。」

梁棧生感動：「大人處處爲了百姓，眞是父母好官，父母好官呀！不知道大人有什麼用得到草民的地方？」

馬殷道：「此事若不難辦，本官原也不敢上門打擾梁先生。朱全忠這次派來潭州的人手，功夫著實厲害，據說都是江湖上響噹噹的人物。本官想請朱三公子來我節度使衙門作客幾日，但又不想大張旗鼓，調動兵馬。是以想請先生出馬，幫本官攔住他們。」

梁棧生皺起眉頭：「哎呀，馬大人，你要我對付梁王府，這可不容易呀。我大師兄向來嚴禁門下弟子參與藩鎮鬥爭。我是玄日宗一代弟子，幫著武安軍對付宣武軍，這怎麼說……都脫不了玄日宗立場偏頗的風評。此事……也不是草民不想幫忙……」

一直沒開口說話的許德動揮揮手，立刻有親兵送上一個小箱子，放在茶几上。許德動打開箱子，金光乍現。馬殷笑道：「要請梁先生幫忙，自然不會空手而來。這五百兩黃金，就請梁先生收下吧。」

梁棧生眉開眼笑，說道：「馬大人果然深明世理，快人快語。只不過梁王府此來潭州，高手如雲，像那『斷水刀』柳義、『一掌定海』劉大海什麼的也還罷了，『神劍居士』薛震武當年可是跟我大師兄齊名的一流高手……大人要草民一次對付這許多人，可就……這個有點……」

許德動冷笑一聲，問道：「你怕了？」

梁棧生側頭看他：「咦？許大人講話這麼不中聽呀？」

許德動說：「跟什麼人講什麼話。要在武林盟主趙大俠面前，我姓許的連屁都不敢亂放。在你蜀盜梁棧生面前，要講什麼好聽的？」

馬殷斥道：「德動！怎麼這麼沒禮貌？」

梁棧生伸手擋在馬殷面前：「不妨，不妨，許大人是想考校梁某人來著。」

許德動神色傲慢，只哼一聲，並不否認。

梁棧生語氣客氣：「聽說許大人是南海派烏沙掌的傳人，一雙肉掌練得好似烏金般漆黑，有徒手擋兵刃之能。加入武安軍後，戰無不勝，攻無不克，乃是一代悍將。大人這麼厲害，肯定不把我們這些武林閒人放在眼裡了？」

許德勳給他來個默認。

梁棧生又說：「然則我又聽說，許大人跟馬大人同鄉情深，互相關照，每每上陣，馬大人都把許大人安排在安穩之地，不需親自對敵。這種閒話，自然也是好事之徒瞎說的了？」

「你！」許德勳拍桌起身，氣得就要動手。

梁棧生忙搖手：「許大人不要生氣。好事之徒的話，草民是不放在心上的。不過玄日宗忝爲武林盟主，在武林之中總是有些道義責任。其中有一件事，我們非常看重。大人也知道，普天之下武林派流眾多，各家武功又雜，修練法門各有不同。你一家武功練到大成，說不定給另外一家武功提鞋都不配。我們玄日宗向來提供掂斤論兩的服務。許大人若不清楚自己的功夫有多少斤兩，來給咱們試一試就知道了。」他轉向莊森：「森兒，去讓許大人打一掌試試。」

許德勳喝道：「什麼叫讓我打一掌？」

莊森也問：「是呀，師伯，什麼叫讓他打一掌？」

梁棧生道：「你挺起肚子，讓他一掌打下去便是。」

許德勳哇哇大叫：「你欺人太甚！」

莊森也說：「是呀，師伯，這不是欺人太甚嗎？」

梁棧生輕嘆一聲：「咱們是爲了許大人好呀。要是他自恃武功高強，自己去找梁王府，那可不是自討苦吃？」

許德勳大喝一聲，一掌朝向梁棧生面門推出。莊森移形換影，擋在梁棧生面前，挺起腹部受了這一掌。許德勳眼看一掌沒能將對方打退，當即催動功力，將烏沙掌的毒勁送入莊森體內。莊森運起新近領悟的轉勁訣第六層功夫，毫不費力地便把許德勳的功力導向腳底，透鞋而出。許德勳眼看自己一雙烏沙掌越來越白，深怕苦練數十年的功力就此廢了，心急之下，想要撤掌。莊森心想師伯說得不錯，以許德勳這點三腳貓的功夫，對上梁王府必死無疑。他有心嚇嚇對方，於是使出黏勁，不讓對方撤掌。許德勳抽了兩次抽不回雙掌，簡直嚇得魂飛魄散，冷汗直流。莊森見他嚇成這樣，心裡反而過意不去，丹田勁力一鬆，便即放開了他。

許德勳四肢痠軟，著地便倒。莊森吃了一驚，連忙上前輕輕在他手上一扶一推，讓他後退跌回椅子上，不至於當眾出糗。許德勳氣喘吁吁，氣焰全消，垂頭喪氣，不再說話。

「森兒，」梁棧生問。「許大人的功夫怎麼樣呀？」

「啊？」莊森轉向梁棧生：「師伯，這……我想許大人知道他功夫怎麼樣了。」

梁棧生坐正，朝許德勳拱手道：「許大人戰無不勝，攻無不克，強是強在兵法謀略，不在武功。不敵一般武林高手，倒也不必放在心上。」他瞧許德勳眼看莊森的模樣，顯是信心全失，有如喪家之犬，倒又有點不太忍心，便說：「說真的，許大人，別看我這師侄年輕，其實他是本宗二代弟子首徒，武功不在我之下。你敗給他，不失顏面。」

許德勳點一點頭，勉強笑道：「莊先生武功高強，許某獻醜了。」

馬殷使個眼色，又有人送上一個木箱。「此事既然如此難辦，咱們可不能虧待梁先生。這五百兩黃金，給梁先生加菜。」

「馬大人出手果然不同凡響，五百兩黃金的加菜金，堪稱聞所未聞。」梁棧生說著眉頭深鎖，幽幽嘆息。「如果只是梁王府的高手，草民雖然不才，還有幾分把握。但是朱三公子隨行之人中還有一個身材曼妙，貌如天仙的姑娘，不知道王爺昨晚可曾見到了？」

馬殷神色大變，與許德勳對看一眼，兩人都是心有餘悸。馬殷回過頭來，神色狐疑，問道：「梁先生對梁王府派來潭州的人馬似乎知之甚詳？」

「略知一二。」梁棧生故作神祕，湊上前去。「瞧兩位大人神色，敢情那位月姑娘昨晚露過一手了？」

馬殷欲言又止，想要否認昨晚見過此人，偏偏之前反應已經露餡。他神色尷尬，只道：「昨晚……這個……那位姑娘……」

梁棧生問：「大人可知這位姑娘是什麼來頭？」

馬殷說：「正要請教梁先生。」

「她便是吐蕃拜月教護教法王月盈眞人。」梁棧生說著舉杯喝茶，讓馬殷自己想想吐蕃高手混在梁王府裡是何意義。片刻過後，他放下茶杯，靠回椅背，坦言道：「月盈眞人乃是拜月教第二高手，武功絕頂高強，我不是她的對手。」

馬殷訝異：「連梁先生都不是對手，那該如何是好？」

梁棧生笑道：「打不過有打不過的辦法。我梁某人也不是第一天在江湖上混了。不過此事風險甚高，節度使大人這加菜金……」

馬殷愣了愣，乾脆道：「梁先生心裡有個數兒，不妨就直說了。」

梁棧生大笑：「馬大人快人快語，我就等你這句話。咱們公公道道，童叟無欺。大人昨晚出多少錢競標春夢無痕，我今日就收多少錢去幫大人辦事。大人意下如何？」

馬殷尚未開口，許德勳先叫了一聲。可惜他之前氣勢餒了，這一叫也不如何威嚴，只好小聲說道：「姓……姓……梁先生如此坐地起價……」

馬殷揮了揮手，接過去道：「梁先生既然知道春夢無痕之事，咱們適才說詞欺瞞，倒是缺了禮數。然則兩千兩黃金，不是小數目，梁先生若收此數，可否幫我取得春夢無痕？」

梁棧生搖頭：「此藥害人，用之折壽。梁某人不會幫任何人取得此藥。最多我幫你銷毀此藥，確保你馬大人得不到的東西，他朱大人也不能拿去用。大人怎麼說？」

「這……」馬殷沉吟半晌，說道：「咱們得商量一下。」

梁棧生起身：「我去院子裡溜溜，大人只管商量。可別商量太久，拖到朱友珪出了江南道，事情可就難辦了。」說完跟莊森一起走出大廳，來到外院。

莊森跟著梁棧生走到樹下，說道：「師伯，兩千兩黃金？我這輩子沒想過能見到這麼多錢。」

「是吧？跟著師伯，可開眼界。」

莊森讚歎：「師伯平常都開這種價錢嗎？」

「說笑了，這什麼世道，哪這麼好賺？」梁棧生搖頭。「節度使大人有求於你，還是為了這種見不得光的事情，此等可遇不可求的機會，當然要好好把握。」

「是。」莊森又問：「師伯賺這麼多錢，都花到哪裡去了？」

「存一半，花一半。這世道，多存點錢總有好處。」他本想隨口說說，表過就算，但是莊森就這麼一直看著他。他笑了笑，又說：「荊州出假錢，當地經濟就亂了。等這邊事情忙完，你從我庫房裡提個十萬兩銅錢去，到荊州好好花一花。看要起個園子，還是做個買賣，總之讓大量眞錢流入市面。只要市面上還有足夠的眞錢流通，當地的幣值就不會一直上升。但是十萬兩可撐不了多久，我頂多過段時間再派人送十萬兩給你。你可得盡快破了荊州鑄錢案，要等到當地幣制崩潰，再來修補可就難了。」

莊森目瞪口呆：「大家都說師伯貪財敗家。原來師伯囤積銅錢，是爲了應付假錢？」

「有錢能辦的事情多，不光只是爲了應付假錢。」他稍停片刻，又補充一句。「至少不是爲了荊州假錢。」

莊森聽出他話中有話，揚眉問：「師伯？」

梁棧生長嘆一聲，說道：「四師姊他們圖謀大事，籌劃已久，自然不會把財源完全寄望在除了大師兄外沒人見過的黃巢寶藏上面。他們老早就在布置自己的鑄錢爐，此刻不知道已經私鑄了多少銅錢出來。只是他們行事隱密，我一直打探不出是在哪裡鑄錢。荊州鑄錢案屬忠義軍管轄，趙匡凝辦了半年，毫無頭緒。那張請願書壓在總壇起碼三個多月了，要不是讓你取了出來，還不知道要多久才辦呢。」

莊森訝異：「師伯的意思是……？」

「叫你照子放亮點的意思。」

阿財走過來。「莊主，馬大人請您進去說話。」

梁棧生跟莊森回到正廳。一看武安軍的人都還站在原位，許德動坐在茶几旁，唯獨不見馬殷。梁棧生正要詢問，耳邊突聞破風聲響，連忙側頭閃避。就看到一把長劍劃過他的臉頰，割斷幾根髮絲，出手之人正是馬殷。馬殷一擊不中，持劍又上。梁棧生不知他爲何說打就打，當場手忙腳亂，縮身閃避。那馬殷發狂似的，長劍虎虎生風，一味狂攻，毫不防備，彷彿跟梁棧生有不共戴天之仇。梁棧生邊閃邊道：「馬大人，有話好說啊……」馬殷充耳不聞，死命搶攻。梁棧生不願出手傷他，只是一味閃躲，好幾劍都擦身而過。

馬殷突然發難，嚇了莊森一跳。但見馬殷只打梁棧生，並不理會自己，他也就決定不去理會，畢竟馬殷再怎麼厲害，也傷不到梁棧生。他望向許德勳，只見武安軍的人神色驚慌，顯然不知道節度使大人爲何突然動手。許德勳叫道：「大人！你這是……不是說要請梁先生……」

莊森來到許德勳面前，指著馬殷道：「許大人，馬大人雙眼充血，臉色漲紅，太陽穴凹陷，這是春夢無痕發作的病徵。剛剛可有人碰過馬大人的風府穴和肩井穴？」

許德勳神色迷惘，微微搖頭，跟著轉身去看身後侍衛。其中一名侍衛舉手：「大人，方有爲剛剛一直站在馬大人身後。」

許德勳左顧右盼：「他人呢？」

「說是方便去了。」

許德勳大喝：「快去把他找出來！」

莊森朝梁棧生叫道：「師伯！馬大人中了春夢無痕。先制伏他再說！」

梁棧生出手要拿馬殷穴道。馬殷狂亂出劍，毫無章法，逼得梁棧生不得不縮手。如此拿了三次，終於拿中後頸風府穴。他封住馬殷的風府和肩井二穴，提著他回到座椅上放好。莊森自懷中取出自煉丹藥，餵馬殷服下。

梁棧生問：「這是解藥？」

莊森搖頭：「我沒見過春夢無痕，配不出解藥。這藥可以壓抑症狀，至於春夢無痕的藥效，一個時辰後自然會消退。請師伯先看著馬大人，我去抓下暗示之人。」

莊森搶到廳外，剛好遇上一名武安侍衛。侍衛邊跑邊道：「莊大俠，我們的馬都在。他沒有騎馬逃跑。料是躲到附近的田裡去了。」

莊森躍上圍牆，四下打量，在莊外東側稻田中看見一條黑影。他跳下圍牆，奔向稻田，幾個起落就擋在黑影面前。那個名叫方有爲的侍衛拔出佩劍，朝莊森疾刺而出，劍法凌厲，堪稱高手。莊森一腳踢中劍柄，侍衛撒手放劍。跟著莊森一掌甩在侍衛臉上，打得他翻轉一圈，落地昏厥。莊森扛起侍衛，走回三辰莊。

回到正廳裡，莊森把方有爲丟在一張椅子上，吩咐阿財取來繩索綑綁。馬殷神智不清，尙在休養，梁棧生轉而向許德勳問道：「許大人，昨晚情況究竟如何，可否告知？」

許德勳望向馬殷，見馬殷點頭，便道：「昨晚武安藥局大掌櫃在城西柳家莊舉行標藥會。各大節度使都派人參加。」

「哪些節度使？」

「宣武朱全忠、河東李克用、西川王建、鳳翔李茂貞、范陽劉仁恭、忠義趙匡凝，加上我們武安軍。」

梁棧生問：「李茂貞還算大節度使？鳳翔之役後，他的地盤不是都讓王建跟朱全忠給分得差不多了嗎？」

許德勳攤手：「武安藥局約了他。或許幕後賣藥之人認定他還有機會東山再起。總之，武安藥局雖說競標，但又有誰出得起宣武的價錢？朱全忠已然形勢大好，倘若再讓他奪得此藥，誰還能夠與他抗衡？昨晚馬大人親自出席，就是為了聯合其他節度使的使者，大家湊一湊錢，蓋過朱全忠的標價。想不到武安藥局開出條件，不准我們聯合標藥。宣武價高，拿了藥就走。咱們……嗯……其他節度使使者不肯讓他們帶藥離開，大家說僵了動手。梁王府高手雖多，但這次各大節度使都抱持搶藥之心，派來的人大多身手不凡。當時多方混戰，各有死傷，直到那位姑娘……那拜月教護法出手……」

「許大人嚇得還眞是厲害。」

許德勳嘆氣：「許某人雖然武功不濟，向來還是自恃膽大。可不瞞梁先生說，我眞是給嚇得魂不附體。那姑娘不但能把人變成冰柱，玉手隨意一抓，便能把人的心給挖出來。她……她挖了心不算，還伸舌頭去舔呀！」

梁棧生與莊森對看一眼，心中都在想像月盈舔心的畫面。

許德勳續道：「那姑娘一出手就連殺五人，沒人擋得了她一招半式。眾人都給嚇傻了，紛紛收手罷鬥。就連梁王府那些高手也一樣膽顫心驚。那姑娘看我們不打了，朝我們笑笑，丟下心臟，又坐回朱友珪身旁去，彷彿完全沒事發生過。接著大家收拾死傷，各自散去了。」

莊森問：「跟李存勗同行的有位姑娘，大人可有印象？」

許德勳點頭：「那姑娘容貌清秀，武功高強。莊大俠可放心，她沒有受傷。」

莊森稍微安心，又問：「大人可有派人盯著李存勗？我找那位……我找他有事。」

許德勳點頭：「有。」

莊森問：「李存勗十分看重此事，不會善罷干休。他跟著朱友珪？」

許德勳搖頭：「根據探子回報，朱友珪往北走，李存勗卻是向東。」

「有這等事？」莊森皺眉沉思，問道：「標藥都是武安藥局主持的？幕後製藥之人始終沒有現身？」

「沒有。」許德勳眼睛一亮。「莊大俠知道這藥是誰製的嗎？」

莊森看看他，又看看馬殷，只見馬殷也是神色熱切地凝望著他。莊森長嘆一聲，說道：「兩位大人趁早死心了吧。這春夢無痕就連梁王府也休想保住，便是讓大人得到此藥，你們難道會有機會用它嗎？萬一那月盈姑娘上門索藥……小心惹上殺身之禍呀。」

許德勳面露懼色。馬殷深吸口氣，奮力道：「莊先生說得是，本官身受此藥所害，竟然還妄想使用此藥，簡直就是失心瘋了。我心意已定，就出兩千兩黃金，望梁先生、莊先生爲天下蒼生著想，毀了這害人的藥物。」

梁棧生一拱手：「大人既然抬出天下蒼生，草民自當盡力而爲。那兩千兩黃金，草民就先收下了。」

梁棧生找來下人處理收錢事宜。莊森走到那方有爲面前，倒杯熱茶，灑到他臉上。方有爲咳嗽幾聲，掙扎幾下，睜開雙眼，看著莊森和馬殷等人。許德勳上前就是一巴掌，喝道：「方有爲！馬大人待你不薄，你竟然吃裡扒外，幫著朱全忠來害他！」

方有爲呸地一口，吐出一顆斷牙。「朱大人花錢標藥，公公道道。馬大人明的玩不過人家，就僱人暗箭傷人，這樣算是什麼英雄好漢？」

許德勳又一巴掌：「馬大人做事，還要跟你交代嗎？」

莊森壓著許德勳手背，上前問：「那製藥之人跟朱友珪在一起？」

方有爲大笑：「我哪知道。」

許德勳又要再打，莊森攔著他。「許大人，這人在貴府當差，只是遭人收買，外面的事情，他也沒理由知道。」

許德勳怒道：「我瞧著他就想打。」

「那便請大人帶回衙門慢慢打。」

許德勳交代朱友珪和李存勗此刻的下落，並告知武安軍探子聯絡常用信號，說好十日之內回覆消息，便即攙起馬殷，告辭離去。梁莊二人送到莊門口，待得武安軍眾人遠去，這才開始商議。

「李存勗不追朱友珪，卻轉向東行。師伯以爲如何？」

「莫不是心知無力搶藥，向東去找幫手？」

莊森皺眉：「要找人幫忙打架，爲何不找玄日宗？言楓師妹在月盈手下受挫，按理說該是回潭州分舵跟我會合，而不是跟著李存勗去找幫手。」

梁棧生揚眉：「你認爲他們向東，別有所圖？有什麼比追回春夢無痕更重要的？」

莊森道：「自然就是找出製藥之人。李存勗此行，本來也不是爲了標下春夢無痕，而是爲了捉拿李存孝。」

梁棧生問：「李存孝既已售藥，怎麼不跟朱友珪一道離開？難道他不是要幫朱全忠打天下嗎？」

莊森搖頭：「天知道他想幹嘛。師伯請想，此藥既然價高者得，那肯定是讓朱全忠買去了，又何必辦標藥大會？既然辦了標藥大會，與會的又都是有雄心壯志的大節度使，昨天這場會，有可能不打起來嗎？各節度使實力如何，大家心裡都有個底。要不是梁王府多了月盈這個技壓群雄的絕世高手，昨晚朱友珪能否脫身也是未知之數。我看李存孝標售春夢無痕，本來就是另有所圖。」

梁棧生神色嘉許：「你小子腦袋挺清楚的，確實可以獨當一面。」

「師伯說笑了。」

梁棧生笑道：「照你說，咱們該怎麼做？」

「要照我說，自然先去跟師妹會合。」莊森道。「此事李存孝才是主兒。不抓李存孝，斷絕不了春夢無痕。然則師伯又答應了馬殷要追朱友珪，咱們若是先向東，再轉北，只怕誤了時日，拖到朱友珪離了江南道。但若先追朱友珪，偷不偷得到藥還說不準，萬一失去李存孝的蹤跡，他孤身一人，可更不好找了。」

梁棧生攤手：「好辦。你去找言楓，我追朱友珪。」

莊森面有難色：「如今形勢，也只好兵分兩路。怕只怕師伯不是月姑娘的對手。她的凝月掌可不是鬧著玩的。」

梁棧生笑道：「我梁棧生別的沒有，自知之明倒還有一點。若要正面交鋒，你跟我再加上言楓，或許能跟月盈一鬥。但我向來不跟人正面交鋒。總之，我帶幾個潭州分舵的弟子同去，你會合言楓之後盡快趕來。如果能拖到跟你們聯手最好，否則就看我蜀盜梁棧生有沒有能耐從月姑娘手中盜出一包春藥。」

第二十一章 合戰

莊森跟阿財去馬廄領了匹白馬，打包飲水乾糧，掛上一把長劍，出三辰莊，快馬加鞭，向東往洪州而去。他心繫師妹，執意趕路，餓了便啃乾糧充飢。到了晚上，看不清楚，他便下馬，牽馬疾行。如此行到午夜，烏雲遮月，伸手難見五指，這才在路旁找棵樹安頓馬匹，倒頭便睡。

這一夜睡不安穩，惡夢連連。第一夢，夢到李存勗會同李存孝，對趙言楓施展春夢無痕。那兩個禽獸不是人，命令趙言楓做出各式不堪入目之舉。莊森想救師妹，卻被關在牢裡，力不從心，只能眼睜睜看著他們凌虐趙言楓。第二夢，夢到師父在總壇孤掌難鳴，讓二、三、四師伯給五花大綁，放火焚燒。莊森想救師父，依然力不從心，眼看師父給燒成焦炭。第三夢，夢到月盈點了自己穴道，笑盈盈地在嘴裡含一口酒，湊上來要餵他喝。莊森竭力抵抗，偏偏又不想抵抗。他總覺得那口酒宛如春夢無痕，一旦喝下肚去，便會對月盈言聽計從，難以自拔。這酒絕不能喝，但他又好想喝，好想喝……

莊森赫然驚醒，口乾舌燥，炙熱難耐，宛如那烈日丸的火勁再度發作。他膽顫心驚，立刻起身打坐，運起轉勁訣搬運體內氣息。一轉之下，卻發現什麼也沒轉到，身體燥熱根本不是烈日丸發作之故。他深吸口氣，依照轉勁訣的口訣行功六回，從第一層一路練到第六層，逐漸放鬆心思，想道：「這多半便是書上寫的『慾火焚身』了。我玄陽內勁本來已有小成，前幾日收納部分烈日丸火勁，雖然有助功力，畢竟太過躁進，管不住這股勁兒。當日月盈露乳的模樣……實在揮之不去，我莊森二十八年不近女色，哪裡受過這等刺激？這該如何是好？如何是好呀？」

他行功完畢，自知難以入眠，便往道旁樹林裡走。沒過多久，聽見水聲，循聲而去，找到一條山澗。他除去衣物，跳下水去，好好泡了個冷水澡。烏雲散盡，明月當頭。莊森躺在水裡，瞭望明月，依稀看見一條婀娜多姿的身影在月中飛舞。莊森痴痴看著，想起月盈左乳上那道傷疤。「月姑娘說她曾見過自己的心，究竟又是怎麼回事？拜月教行事殘暴野蠻，挖心獻祭之事也是有的，莫非月姑娘也曾讓人當作祭品？她若曾被獻祭給明月尊，又怎麼會成爲拜月教護教法王？」

月中身影突然拔起，施展出玄日宗劍法裡的「破雲見日」。當日莊森假扮拜月教徒跟趙言楓交手，趙言楓就是用這一招破了他的假奔月掌。想起趙言楓，莊森內心羞愧，暗嘆：「我明明心裡已經有了言楓師妹，卻老是去想月姑娘。如此念頭，實在糟糕。唉，姑且當作是月姑娘作風豪放，刺激太大吧。」

想是這麼想，他卻也清楚每當想起月盈，他可不是只想著她露出左乳的模樣。當日月盈一舉一動，一顰一笑，莫不在他心中留下深刻印象。他苦笑：「且看我出口成章，正所謂『二十八載勤修練，一入江湖動凡心。』跟著師父遊歷西域，看盡各國美女都沒事。如今回歸中原，不過就遇上這兩個女人，不知不覺便給迷得神魂顛倒。哎呀，這可不是神魂顛倒嗎？」

他在水裡足足泡了半個時辰，這才回到道旁，躺下休息。睡不著，等天亮，繼續趕路。

第二日正午，路過山道下一處驛站。莊森出示蓋有節度使官璽的辦事公文，管事的館驛巡官恭敬回報：「莊先生，李存勗一行五人，一個時辰前才路過山口。大俠現在趕去，當可在十里外的雲天客棧趕上他們。」

莊森拴上自己的白馬，跟驛站借了匹快馬，加緊趕路，不一會兒工夫便趕到了雲天客棧。一進客棧，只見飯廳裡坐了好幾桌客人，櫃台旁一桌坐著兩名男子，商賈打扮，五官輪廓甚深，不似中原人士。他們對面牆邊也有兩名男子坐在一桌，獵戶打扮，空椅上擺有長弓與箭筒，貌似北方胡人。靠門口有兩張桌子併桌，一共坐了五人，趙言楓和李存勗都在其中。趙言楓擠眉弄眼，似是教他不要相認。三方人馬隱隱圍住中央一張桌子，桌旁有一名男子獨飲獨食。莊森一進門，除了獨坐男子逕自吃麵外，所有人都轉頭盯著他瞧。

莊森伸手招呼店小二，逕自往右方空桌走去。店小二過來招呼，莊森點盤牛肉，帶碗乾麵，端起小二倒的熱茶便喝。眾人見他是尋常旅人，當即不再理他，回過頭去。有些人心不在焉地吃飯，有些人則明目張膽瞪向獨坐男子。莊森細看該名男子，只見他身材魁梧，相貌剽悍，散發一股戰陣殺敵，久歷沙場的武將之風，面不改色地吃他的麵，喝他的酒，渾然不把圍著他的三桌人馬放在心上。

莊森心想：「這位多半便是那李存孝了。晉王府十三太保名震天下，其中最武勇的就是排行十三的李存孝。據說他不但擅於兵法，而且武功高強。瞧他這面不改色的定力，武功多半不在李存勗之下。師妹說多年以來本門一直查不出十三太保師承何處，這倒也是奇事一樁。」

他轉向趙言楓，見她和李存勗有說有笑，心裡登時不是滋味。他們那桌三個不認識的男人都目不轉睛地瞧著李存孝，神色緊張，如臨大敵。李存勗雖然在和趙言楓聊天，但卻顯得心不在焉，故作鎮定，目光三不五時飄向李存孝。看來在晉王府的人心中，李存孝是個極難應付的大魔頭。

莊森打量另外兩桌。商賈打扮的兩人都上了年紀，起碼五、六十歲，紅光滿面，目光銳利，看來也是內家高手。另一桌獵戶打扮的胡人都是滿面虯髯，看不出年紀，肌肉大，胳臂粗，似乎擅長橫練的外家功夫。「這李存孝又去哪裡招惹來兩派胡人？這些人個個看來武功不弱，李存孝今日想要脫身，只怕很難。」

李存孝吃完了麵，拍拍肚子，豪爽笑道：「好飽哇！好飽！吃飽了好辦事。不知道大家吃飽了沒有呀？」

這時店小二剛好端了莊森的乾麵和牛肉上桌。李存孝指著莊森笑道：「哎呀，這位兄弟還沒吃飯呢。咱們要不要再等他一會兒？」

商賈打扮之人中較為年長的那位說道：「姓李的，別再拖延時間。你既然已經吃飽，這就來受死吧！」

李存孝問：「我李存孝究竟惹到你們拜月教什麼事？」

那人道：「梁王花了那麼多錢，可不只要買你的藥，還要買你的人。你不肯回梁王府做食客，難保不會製更多藥，再去賣給別人。」

「原來拜月教已經成為梁王走狗。」李存孝恍然大悟。「我就奇怪梁王府什麼時候多了個武功絕頂的美貌姑娘，原來是勾結番邦請來的外援。」他搖一搖頭：「武安藥局早就告訴過你們，這藥藥材難得，百年之內不可能再煉出來。你們這麼死纏猛打，不是惹人討厭嗎？我李某人並非無名之輩，難道還會說大話騙人嗎？」

拜月教老者說：「全天下的人都以為你十年前就被車裂了。你連自身生死都能詐騙，誰還相信你的話？」

「哎呀，你這麼一說，我還眞是大騙子。」李存孝嘆氣。「既然如此，報上名來！」

老者喝道：「拜月教貪狼尊者。」另外一人道：「巨門尊者。」兩人說著站起身來，便要動手。

「且慢。」李存孝伸掌阻攔他們，跟著朝李存勗一比。「我有話跟我義兄說。要待會兒給你們打死了，我就沒機會說了，是吧？」說完也不管兩位尊者理不理他，逕自轉向李存勗：「三哥，你來抓我回去？」

李存勗搖頭：「我是來帶你回去的。爹吩咐過要銷毀春夢無痕。你不聽爹的話，私下販藥，爹很傷心。」

「他傷心好啊。」李存孝道。「十年前要不是你們求情，他根本不會饒我。我在王府裡忍了十年，是看在你們的面子，不想你們在存信面前難做。如今存信已死，我還有什麼理由待在那裡？」

李存勗道：「爹待你不薄……」

「那是因爲我戰功顯赫，幫他打江山。你眞當我們父子情深嗎？」李存孝說。「這十年來，他不能用我，對我可曾和顏悅色過？不能打仗的將領，對他來講就是廢物。」

李存勗搖頭：「你怎麼這麼說？爹才不會……」

李存孝搖搖手，突然往趙言楓指去：「別說那些不開心的。這位是嫂子吧？」趙言楓還沒否認，他已經端起兩只酒杯。「嫂子，我是十三弟存孝。你們喜酒，我是沒命去喝了。這就先敬妳一杯。」說完左手輕抖，酒杯疾旋而出。

趙言楓右掌輕揮，接住酒杯，連一滴酒都沒灑出來。貪狼、巨門兩尊者神色一凜，沒想到這嬌滴滴的小姑娘能有這等本事。眼看李存孝在攀交情，要是讓李存勗這邊的人跟他聯手起來，他們兩人未必討得到好去。兩人眼神交流，準備出手。

卻聽趙言楓道：「我不是你嫂子，這酒就不喝了。」她把酒杯放回桌上，又說：「你做那種藥來害人，我很不齒。今天本姑娘是跟李公子一起來抓你回去的。」

李存孝微笑：「那妳得要排隊。」

李存勗一行人全部起身。掌櫃跟小二連忙躲進廚房。

李存孝笑容不減，轉回去面對拜月尊者，比向身後兩名獵戶，說：「這兩位仁兄也是一直盯著我瞧，大家不想知道他們意欲何為嗎？」

巨門尊者說：「多半是看你長得噁心。」

李存孝說：「一會兒混戰起來，他們拉弓搭箭，你就不怕他們射你？」

所有人目光飄向胡人獵戶。

「不用看了，」李存孝說。「他們跟我一道的。」

兩名獵戶拉弓搭箭，眾人一聲發喊，立刻動手。就聽見唰唰兩聲，一名獵戶的箭射向貪狼尊者，尊者徒手接箭，衝勢受阻。另外一名獵戶的箭卻是轉身射向一直在旁沒有吭聲的莊森。莊森眉頭一皺，拉起麵碗側身閃避。再回頭去看時，只見飯廳裡十個人已經打成一團，剛剛射他的獵戶也不再理他。他轉念一想，已明其理。那獵戶看不出莊森眞是路過還是對方的幫手，於是先射一箭加以試探。莊森考慮加入戰團，想起趙言楓要他裝作不認識的神色，心知她是拿不定這些人的武功實力，是以要他靜觀其變。他決定繼續吃麵，看看再說。

貪狼和巨門尊者名列拜月教七星尊者之首，武功比莊森之前會過的五星尊者又高出了一籌。他三師伯郭在天曾經傷在貪狼尊者的凝月掌上，從郭在天還能一路躲避追殺，跑回成都來看，貪狼的凝月掌功力多半不及月盈。巨門尊者使得一把大刀，刀身沉重，刀氣縱橫，每揮一刀都有桌椅粉碎，牆壁裂開。武功稍差的人完全近不了身。此刻貪狼全力對付李存孝，巨門則分心應付獵戶和李存勗的人。

李存勗帶來的三名隨從武功不弱，但跟在場高手都還差了一截，在巨門的大刀之前根本難以加入戰團。李存勗跟趙言楓一邊留意戰況，一邊低聲商議。片刻過後，商量已定，他們兵分兩路，李存勗對拜月教的人出手，趙言楓則對付李存孝。

兩名獵戶始終拉弓搭箭，卻只有在李存孝情況危急時才偶爾出箭解圍。似乎他們旨在保護李存孝，而不是出手傷人。莊森本來想要先打發了這兩個獵戶，以免他們暗箭難防。但看他們這種打法，一時也就不急著出手。那李存孝果然身負驚人藝業，面對貪狼尊者和趙言楓左右夾攻，兀自游刃有餘，毫無敗相。貪狼尊者運起一雙肉掌，掌法凌厲霸道，招招攻向李存孝要害。李存孝閃躲爲主，格擋爲輔，邊閃邊以巧妙手法化解貪狼的掌力，始終不與貪狼正面比拚。趙言楓加入戰團之後，李存孝移形換位，讓貪狼擋在中間。趙言楓數度出掌，都差點擊中貪狼。她雖與貪狼聯手攻敵，卻也不算同一陣線，即便打傷了他，也沒人會說什麼。然則她與貪狼無怨無仇，不想主動出手傷他，行招間難免礙手礙腳。貪狼擔心趙言楓會突施偷襲，亦不敢盡力對付李存孝，平白失去好幾次搶攻的機會。

李存勗拔出長劍，刺向巨門尊者。巨門大刀砍落，竟讓李存勗的長劍硬生生接下，當場吃了一驚。他人如其名，武功也如其名，打從十年前功夫大成之後，從未有人接得下他的巨門大刀。驚訝之餘，狠性大發，運起蠻橫功力朝李存勗猛攻。李存勗雖然擋得下他的大刀，畢竟還是微感吃力。此刻見他刀勢更沉，出刀更快，不想繼續硬拚，於是展開輕功，在他身邊遊鬥。

莊森細看李存勗的劍法，輕靈之中沉沉穩穩，絲毫不受對方刀勢牽制，儘管看來有半數時間都在閃躲大刀，但只要有機會進攻，他總是能攻向巨門刀招破綻之處，顯然武學見識極高，實戰經驗豐富。莊森微微點頭，心想：「十三太保果然不是浪得虛名。李存勗的劍法厲害，李存孝的拳腳紮實。師妹說查不出來他們師承何處，我本以爲只是沒有用心去查。但看他們武功如此高強，眾師伯一定有費心查探。這倒奇了。師父說黃巢亂後，武林人才凋零，不世出的高人都死得差不多了，全天下再也無人能與玄日宗爭雄……倘若十三太保的武功個個如此，那他們師父的武功只怕不會比師伯他們差呀。」

貪狼尊者掌勢一變，飯廳內登時寒冷異常，就連坐在一旁的莊森都有所感。他見貪狼尊者雙掌發青，拖曳兩道白氣，地上灑落的水酒結成冰霜，心中不禁佩服：「我雖曾見過月盈施展凝月掌，但她一出掌就把我打癱；巫山仙子又功力強橫，打得月盈只有硬接電光掌的份。我嘗過凝月掌的功力，卻沒當眞見過這套掌法的招式。此刻貪狼尊者施展開來，果然不同凡響。凝月掌不但寒氣逼人，掌招也承襲拜月教武學的詭譎之風，招招都從意想不到的方位拍出。我若無劍在手，只怕會應付得手忙腳亂。」他再看片刻，嘴角上揚：「與劉大海般若掌一戰，開了我拳腳肉搏的眼界。從前我總會去想如何以劍招破敵。但此刻靜下心來想想，本門朝陽神掌也有不少巧招，大可以跟這凝月掌放手一搏。」

凝月掌一經催動，宛如天山暴雪，寒氣凜冽，可凝明月。李存孝突感行招窒礙，不敢怠慢，連忙催動功力，與其抗衡。就看他氣灌雙臂，大袖鼓起，渾身鋒利，有如刀刃。四周的東西讓他袖角一帶，莫不碎裂斷折，就跟劍斧砍過一般。貪狼尊者本以爲凝月掌一出手，必定手到擒來，托大之下，行招不慎，左臂讓李存孝的衣角劃出一條口子。貪狼也不驚慌，寒氣上手，冰封傷口，一滴血都沒灑出去。他收斂心神，沉著出招，減少四溢的寒氣，將功力聚於掌心。原先大範圍雪崩之勢變成了兩顆衝勢極快的大雪球。李存孝神色凝重，全力應付貪狼。

莊森搖頭可惜。「這時候師妹只要使出玄陽掌的火勁，跟凝月掌來個冰火夾攻，李存孝立刻就會敗陣。可惜師妹要在我面前隱藏實力，不肯施展玄陽掌，這場架可有得打了。」他望向兩名獵戶，只見他們箭在弦上，一人對著李存勗和巨門尊者，另一人則對著趙言楓。他想：「李存孝專心應付貪狼尊者，師妹就得交給獵戶負責。此刻形勢明白，不必繼續假扮。我先出手打發了這兩個獵戶再說。」

莊森站起身來，正要朝獵戶出手，卻見箭指趙言楓的獵戶突然箭頭一偏，轉向貪狼尊者放箭。莊森正感奇怪，只見李存孝趁著貪狼攻勢受阻，突然大喝一聲，身形疾旋，勢若奔雷般竄到趙言楓身後。莊森大駭，連忙轉身，尚未跨出一步，已經看到李存孝雙掌搭在趙言楓背後，一手貼著肩井穴，一手貼著風府穴。莊森赫然想起趙言楓適才接過李存孝送去的酒杯，莫不已經中了春夢無痕？他當場嚇得魂不附體，冷汗直流，大叫：「住手！李存孝，你給我住手！」

他這一叫中灌注獅吼功力，所有人都感到耳朵一震，頭暈目眩。李存勗的三個手下當場摔倒，其中一人功力太差，就此暈了過去。眾人心裡一驚，暫時罷鬥，全部轉頭望向莊森。李存勗和巨門這才發現李存孝已經制住趙言楓。

李存孝冷笑：「好厲害的獅吼功。閣下是什麼人，竟然跑來扮豬吃老虎？」

「玄日宗莊森。」莊森急道。「你可知你手上抓的什麼人？她是武林盟主的女兒！你膽敢傷她一根寒毛，玄日宗不會跟你善罷甘休！」

李存孝愣了一愣，探頭到趙言楓耳邊：「哎呀，看不出嫂子這麼大來頭。」他轉向莊森，冷冷一笑：「幸虧我不打算傷她一根寒毛。倒是你們各位要小心了，這位可是武林盟主的女兒！你們要是傷了她，玄日宗不會善罷干休！」

「住手！不要！」

李存孝壓下趙言楓兩處穴道，輕聲道：「眼前這些人，殺光他們。」然後放開趙言楓。

趙言楓側頭看向眼前所有人，眼中逐漸浮現殺機。

李存孝退到兩名獵戶旁邊，笑道：「少陪了。」說完轉身便從窗口躍出。

貪狼、巨門、李存勗同時大叫：「站住！」朝李存孝撲去。莊森側身疾竄，一把抓住李存勗，拉著他退到門口。李存勗動手掙扎，說道：「莊兄弟做什麼？不能讓他跑了！」掙扎之下，發現莊森握著他的手掌宛如鐵箍，怎麼扯都扯之不動。他抬頭，卻見莊森神色緊張，額頭冒汗，全神貫注盯著已經跟貪狼和巨門大打出手的趙言楓。

「莊兄弟，你就算不追存孝，也去幫幫趙姑娘呀！」李存勗說。「拜月教這兩個老頭武功都很高的！」

莊森緩緩搖頭。「他們不是我師妹的對手。李兄，你若還想活命，這就帶著手下離開。」

李存勗搖頭：「你在說什麼？咱們只要聯手制伏趙姑娘，餵她服用你煉的丹藥，那春夢無痕……」

就聽見噹的一聲，巨門大刀飛向屋頂，破板而出，在屋頂留下一個大洞。李存勗轉頭看向場中，只見巨門尊者神色驚駭，難以相信眼前這個嬌滴滴的小姑娘竟然能震脫他的大刀。趙言楓趁他吃驚，竄到他懷裡，掌起掌落，巨門尊者當場狂吐鮮血，飛身而出，把客棧櫃台撞得粉碎。

「李兄，你功夫稍弱，留下來只是枉送性命。帶他們走吧。」莊森放開李存勗，往趙言楓跑去，邊跑邊道：「師妹！楓兒！快住手！我是莊師兄啊！」

趙言楓跟貪狼尊者對上一掌。貪狼後退三步，臉上冒出白霜。玄陰掌的寒勁比他的凝月掌更加陰寒。趙言楓上前一步，提掌又要拍下。莊森斜裡出掌，攻向她不得不救之處。趙言楓掌勢一偏，擊向莊森面門。莊森運起朝陽神掌中的一招「彩雲片片」，掌勢翻飛，連消帶打，連出七掌才終於把趙言楓架到一旁。趙言楓提掌又上，雙眼血紅，六親不認。莊森竭力抵抗，把轉勁訣第六層的功夫發揮到淋漓盡致，每接趙言楓一掌，便把她大部分的功力轉入腳底，在地上踏出道道裂痕。

「貪狼尊者！」莊森邊打邊道，「不想死就快來幫忙！」

貪狼在拜月教中位高權重，武功又強，與人動手過招向來沒有聯手制敵的道理。儘管七星尊者的七星陣法可以大幅強化實力，但在吐蕃之中，又有誰能逼貪狼去跟其餘尊者聯手上陣？上個月遇上郭在天，已經是他生平罕逢的對手。他想這玄日宗第一代人物也不過跟他打成平手，中原武林之中夠資格跟他過招的自然寥寥可數。今日對上李存孝，久攻不下，已經讓他十分驚訝。趙言楓這麼個弱不禁風的小姑娘竟然能夠打得巨門毫無招架之力，更是讓他震驚莫名。待得自己以凝月掌與她對掌，發現對方的寒氣勝過自己後，他簡直已經嚇得魂不附體，鬥志全失，竟然起心想要逃命。然而巨門尊者跟他情同手足，他又怎能丟下不管，自行逃生？

莊森出場，連接趙言楓數掌，終於讓貪狼心神稍定。他凝神觀戰片刻，心想：「玄日宗這姓莊的武功不如這個女娃兒，卻能憑靠借力打力的法門撐上這會兒工夫。看來這女娃兒武功雖然厲害，畢竟是受到藥物控制，心神不夠細膩，一味施展剛猛的招式，以強橫內力取勝。我該學這姓莊的，不跟她硬拚功力，改以巧勁應敵。」打定主意後，他深吸口氣，上前再戰。

他輕手輕腳來到趙言楓身後，手掌方才提起，趙言楓立刻驚覺。她身子前傾，右腳後蹺，便似背後長了眼睛般，踢中貪狼掌心。貪狼手掌微撤，以凝月掌的卸力法門欲卸趙言楓的勁道，卻發現趙言楓功力聚而不散，卸得十分吃力。他皺眉想道：「玄日宗的內力運轉確實有些門道。我瞧這姓莊的卸力卸得舉重若輕，想不到自己出手，竟會這麼難卸，十成之中最多卸掉三成。如此接掌下去，遲早會受內傷。但我只守不攻，總能撐得一段時間。只盼巨門傷勢不重，調息之後能夠與我一同逃跑。」

貪狼又接兩掌，趁隙望向巨門一眼，只見他動也不動躺在地上，是死是活都看不出來。他心想：「小姑娘功力雖強，卻還不至於一掌打死巨門。我眞糊塗，剛剛就該去給他推宮活血，先把他救醒了再說。」正想跳出戰團，突然感到對方掌勢變幻，火氣翻飛，竟然轉眼間從寒冷異常的陰掌變成燥熱陽剛的陽掌。貪狼雙掌之後拖曳的寒氣當場變短，硬如堅冰的掌心也開始融化水滴。他大驚失色，狂運寒氣，不受對方火勁牽引，連避三記火掌之後，這才終於凝定心神，想道：「我的媽呀！這小姑娘不但寒勁勝過我的凝月掌，體內的火勁也比我當初服用的烈日丸更加炙熱！本教之中，除了教主和月盈護法之外，再也沒人能與之抗衡。話說回來，她怎麼能在體內積蓄陰陽兩種內勁？這樣不會相生相剋嗎？這女人是怪物！這女人是怪物呀！」他越想越怕，心裡又起逃跑之意。

然則可怕之事竟還沒完。貪狼才剛壓下趙言楓右掌帶來的火氣，突然間又吸入一口寒氣，凍得他喉嚨生痛，差點岔了氣息。他心中怯意早濃，當即不架而走，連退好幾步後，這才發現趙言楓左掌陰，右掌陽，竟然同時運起陰陽雙掌攻敵。貪狼駭然莫名，僵在原地，心想：「這……這……這……」這了半天，這不出所以然來。眼看趙言楓揚起陰陽雙掌，朝自己撲上，貪狼愣愣站著，完全想不出應敵之道。「這……我這就死了嗎？」

他感到右側冒出另外一股火勁，連消帶打接走趙言楓的陰掌，隨即在與趙言楓陽掌過招時聽見莊森的聲音：「貪狼尊者，你陰我陽，左右開弓。」貪狼本已六神無主，聽到莊森之言，宛如溺水之人抓到根大木頭，終於回過神來，依照莊森所言，專以凝月掌應付趙言楓的玄陽掌，讓莊森用玄陽掌去對付玄陰掌。

趙言楓力分雙掌，功力依然強橫，貪狼與莊森始終全力接招，無力反擊。貪狼苦撐片刻，奮力說道：「莊……莊公子，令師妹左臉蒙霜、右臉冒汗，如此運功，定傷五內。這樣下去，不出一炷香的時間，她若不能把我們累死，自己便會走火入魔。」

莊森想說師妹練的是玄門正功，不走捷徑，怎麼打都不會走火入魔。然則轉念又想：「師妹能夠自悟玄陰掌，天資聰穎的程度只怕不下本門祖師爺玄日老祖。然則此功既然自悟，難保不會有什麼想不明白的地方。」他心下雖亂，嘴裡卻很清楚，說道：「春夢無痕發作關鍵在於肩井與風府兩穴。只要能點中這兩個穴道，便能制伏我師妹。」

「好！我攻正面。你想辦法繞到她背後……」

就聽見啪的一聲，貪狼尊者丹田中掌。他腹部劇痛，宛如烈火焚身，雙腿一軟，坐倒在地。幸虧他在習練凝月掌時呑過兩枚烈日丸，熟悉消弭陽剛內勁的法門，中掌之後立刻運起凝月寒氣，收服趙言楓的火勁。若非如此，他此刻已經內臟冒火，化為焦屍。

莊森為防趙言楓追擊貪狼，當即迎上前去，接下趙言楓雙掌攻勢。他應付玄陰掌早已深感吃力，這時再加上比他還要剛猛的玄陽掌，單靠轉勁訣第六層的功夫實在難以卸力。他捨棄玄陽掌不用，改以玄日宗基礎掌法朝陽神掌應敵，施展渾身解數，嘗試積蓄趙言楓的陰勁來對付她的陽勁。轉勁訣的要旨就在以敵攻敵，但要專門積蓄敵人一種內勁，用以應付另外一種截然相反的內勁，卻是莊森從未經歷過的臨陣法門。他心知此法一通，他就算是練成了第七層的轉勁訣，只是他得先從此戰中存活下來才行。當此兵荒馬亂之際，實在不是領悟新招的好時機。他剛起始積蓄趙言楓的陰勁，立刻發現對方內勁太過霸道，必須卸勁三分，方能為其所用。可惜想通此節，為時已晚，他只能看準趙言楓的火掌，強行將體內寒勁推送過去。如此雖然抵銷了趙言楓的玄陽掌，但是寒氣運行通過的經脈皆已凍傷。一時之間，他就像數日前中了月盈的凝月掌般，渾身僵硬，難以動彈。

趙言楓深吸口氣，再度撲上。

突然間，客棧內劍光大作，劍氣縱橫，原來是李存勗率同兩名手下出手救人。就聽見「啊」「啊」兩聲，兩名手下飛身而起，分別自客棧左右破窗而出，連怎麼中招的都瞧不清楚。李存勗武功高出手下許多，加上之前觀戰已久，儘管明知不敵，心中總也有些應敵計較。他出劍迅捷，只攻不守，繞著趙言楓身邊飛竄，每一劍都虛實不定，且攻且走，不求傷敵，只盼能幫莊森和貪狼拖延時間調息。

莊森行功片刻，身體已能移動，只是尚不順暢。他一邊調息，一邊觀戰，說道：「李公子，我不是叫你走了嗎？」他適才全神觀戰，沒空理會李存勗到底是一直待在客棧裡看，還是去而復返。

李存勗邊打邊道：「莊兄弟不要見外。要是讓趙姑娘知道我丟下你送死，日後我還有臉見她嗎？」

莊森叫道：「小心關元穴！」

李存勗橫劍一封，擋是擋到關元穴了，但劍身卻讓趙言楓拍中一掌。陰寒內勁透過長劍傳來，李存勗右手前臂隨即凍僵。他心下駭然，不敢戀戰，足下輕點，拔身而起，當場撞穿屋頂，消失得無影無蹤。

趙言楓並不追擊，轉身朝莊森走去。

就聽見屋頂嘩啦一聲，木屑紛飛，李存勗的長劍從天而降，插在莊森面前的地板上。劍身尚未開始搖晃，莊森已經拔劍而起，左手捏起劍訣，指向趙言楓，說道：「師妹，快醒醒。我是莊師兄！」

趙言楓神色遲疑，但還是提掌又上。莊森施展輕靈見長的晨星劍法，採用跟李存勗類似的打法。不過他劍法比李存勗高，不需繞著趙言楓遊走，將攻擊範圍侷限在趙言楓正面，爲貪狼和李存勗製造背後突襲的機會。趙言楓掌法和內力上的造詣遠遠強過莊森，但莊森的劍法也堪稱登峰造極。即使難以傷到趙言楓，若只想要持劍自保，短時間內也不至落敗。他跟趙言楓以快打快，轉眼拆了數十招，慢慢將趙言楓引到背門大開的位置。這時貪狼已經調息完畢，爬起身來；李存勗也從屋外跳下屋頂，偷偷回到客棧。兩人在趙言楓身後分站左右，對看一眼，然後朝莊森使個眼色，準備動手。

莊森大喝一聲，身形疾旋，宛如狂風暴雨般使出師門絕招「烏雲蔽日」，以猛烈劍勢封住趙言楓周身大穴，務求令她手忙腳亂，難以緩出手來應付偷襲。趙言楓左手陰，右手陽，神功催動之下，整間客棧內彷彿以她爲中心，左半間變成寒冬、右半邊變成盛夏。跟著她雙手翻轉，冬夏顛倒，搞得莊森氣息大亂，出劍歪斜，封住趙言楓周身大穴的劍勢就這麼讓對方封了。

便在此時，李存勗和貪狼雙雙自背後來襲。貪狼內力遠勝李存勗，出招之時又有冰寒之氣，讓趙言楓搶先驚覺。她掌勢再翻，帶動莊森的長劍往右後方竄去，直插貪狼心口。莊森與貪狼同時變招，卻被趙言楓的蠻橫內力所制，貪狼僅能微微側身，莊森也僅能移劍半吋。就聽見唰的一聲，鮮血狂噴，貪狼尊者右肩中劍，整條胳臂差點都給卸了下來。

李存勗偷襲得手，封住趙言楓肩井、風府兩穴。趙言楓適才兩度翻轉陰陽，耗力甚鉅，兩穴一封，當場渾身軟癱，暈了過去。李存勗於身後扶著她，慢慢放倒在一張長凳上。

莊森內息紊亂，舉步維艱，走到桌旁，放下長劍，自懷裡取出丹藥，放入趙言楓口中。李存勗運起內力，輕觸趙言楓喉嚨，引導丹藥入腹。莊森深吸口氣，再度起身，來到躺在地上的貪狼尊者身旁，出指封住創口附近的穴道，然後扶他在椅子上坐下。他臉露歉色，說道：「尊者，實在抱歉，你這條手臂……」

貪狼尊者搖頭苦笑，說道：「今日能夠死裡逃生，已是不幸中的大幸。莊公子是我的恩人，不必跟我道歉。」

李存勗放倒趙言楓，也走過來跟他們兩人坐在一起。三人死裡逃生，都有驚魂未定之感。一時之間，誰也沒有說話。

第二十二章　相交

李存勗招來客棧掌櫃，取出一袋錢，賠償打爛的桌椅餐盤。跟著他包下整間客棧，安置自己的手下及貪狼、巨門兩名重傷尊者。莊森抱起不醒人事的趙言楓，走進全店最大的天字號房，穩穩當當地將師妹放在床上，拉起棉被蓋好，把脈調氣，確定她身體無恙後，這才步出客房。

當地官府收到報案，派了兩名官差前來查探。莊森取出蓋有節度使官印的辦事公文，打發他們離開。他一間一間房間去巡，察看所有人的傷勢，然後開出藥單，請店小二到附近的藥局去抓藥。貪狼內外傷皆重，但他功力深厚，應無大礙。巨門中了玄陰掌，寒氣入體，持續昏迷。莊森先給他服用些驅寒的藥物，打算等自己功力稍復後，再以玄陽內勁助他療傷。李存勗的三個手下傷得都不算重。其中讓莊森獅吼功吼昏的，喚醒之後便無大礙。李存勗讓他下去幫忙收拾客棧。

一切忙完已是一個時辰過後。莊森眼看趙言楓沒有甦醒的跡象，知道她適才惡鬥，耗力甚巨，倒也不如何擔心。他推開隔壁空房，坐下來想要休息，李存勗的手下立刻迎了上來。

「莊爺要喝茶嗎？」

莊森一輩子沒給人叫「爺」過，當即愣了一愣，正要說不用，卻又覺得有點口渴。他點頭說道：「有勞你了。」

那手下端了一盤茶具過來，邊泡茶邊道：「莊爺，這茶具和茶葉都是我們自己帶的，不必擔心有人下藥。我們的茶葉是各地貢茶院運來，我推薦常州的陽羨茶、湖州的紫筍茶、溪州的靈溪茶，和峽州的碧澗茶，莊爺想喝哪種茶？」

「呃……」莊森向來有茶就喝，這些名茶雖曾聽過，卻也分辨不出滋味。他道：「你幫我挑個提神醒腦的茶葉吧。」他跟趙言楓交手，早已筋疲力竭，之後又幫眾人治療傷勢，應付官府，這時坐回房內，只想躺下去大睡。只是趙言楓未醒，他心裡不安。加上客棧裡尚有拜月教兩大高手在，儘管都受了傷，卻也不得不防。尤其是貪狼尊者，武功肯定在他之上。自己倘若睡去，李存勗的人可不是他們對手。他端端正正坐著，雙手平放在丹田之前，閉上雙眼，運功培元。片刻過後，茶香撲鼻而來，頗有心曠神怡之感。他面露微笑，張開雙眼，說道：「好香，好香。」

李存勗自門外而來，說道：「所謂『天子須嚐陽羨茶，百草不敢先開花。』這南岳寺的陽羨茶乃是家父的最愛，既香且醇，堪稱茶中之王。莊兄弟可得嚐嚐。」

「李兄請坐。」莊森指著對面的坐椅說道。「原來這就是盧仝詩裡提到的陽羨茶？我也曾喝過陽羨茶，卻沒喝過這麼香的。貢茶院的茶果然不同凡響。」那手下倒了兩杯茶，恭恭敬敬在李存勗和莊森面前各放一杯。莊森端起茶杯，放在鼻子前聞了一聞，吟道：「『一碗喉吻潤，二碗破孤悶。三碗搜枯腸，惟有文字五千卷。』」

李存勗笑問：「莊兄弟也喜歡盧仝這首〈走筆謝孟諫議寄新茶〉嗎？」

莊森哈哈一笑，說道：「我師父命我背下此詩，說是喝茶時吟上幾句，可以附庸風雅。其實我只記得這是『盧仝的那首茶詩』，詩名太繞舌，我還記不起來呢。」

李存勗也大笑：「哈哈，莊兄弟真性情，夠爽快！老實說，我背此詩，也只是要討我爹歡心罷了。哈哈哈。」

門外有人敲門。兩人回頭一看，只見是貪狼尊者。貪狼左肩中劍，貫穿身體，莊森用白布圍著他的胸口包紮了好幾圈。此刻他換上新衣，左臂下垂，衣襟之間隱約可見染血的白布。他說：「莊公子，李公子，方便叨擾杯熱茶嗎？」

莊森和李存勗請他進來，三人同桌共飲，氣氛融洽。品茗片刻後，貪狼尊者正色道：「兩位公子武功高強，師承武功各有神妙。不用到我這個歲數，便能把我比下去了。」莊李二人謙虛幾句，貪狼又道：「這次並肩作戰，大家死裡逃生，算得上過命的交情。所謂不打不相識，老夫到了這個年紀，有幸認識兩位少年英雄，實在深感欣慰。」

李存勗道：「尊者說笑了。李某人年近四十，莊兄弟也快三十歲了，說什麼少年英雄？讓人聽見了，豈不笑掉大牙？」

貪狼搖頭：「在老夫眼中，兩位都是後輩。唉，後輩……我一生待在吐蕃，半輩子位高權重，向來心高氣傲，狗……狗眼看人低。這次來到中原，沿路上瞧不起這兒、瞧不起那兒，總以為一切都讓我踩在腳下，所有人都不配給我提鞋。今日遇上兩位公子……還有那位趙姑娘，才知我是井底之蛙。」

莊森道：「尊者快別這麼說。你武功很高，莊森不是對手。只是剛好遇上了……我師妹，那可是誰遇上了都討不到好去的。」

貪狼凝望著他。「莊公子，你的武功已經出類拔萃，日後必定是宗師級的人物。但你師妹……簡直出神入化，駭人聽聞。她小小年紀怎麼練得出這種功夫？玄日宗的武學當眞玄妙至斯嗎？」

莊森道：「我跟師妹十年沒見，她的武功什麼時候變這麼好，我也不知道。她使的都是玄日宗本門的功夫，並沒有外來的驚世神功。或許是我大師伯教導有方，或許是師妹她天賦異稟……」

貪狼搖頭：「恕我直言。莊公子，你才是天賦異稟，你師妹……神人也。」

莊森問：「貴教月盈眞人年紀大不了我師妹幾歲，功夫也不比我師妹差了。」

貪狼面上微微露出懼色，皺眉道：「月盈她……並非常人，不該拿來跟令師妹相提並論。就算眞要相提並論，莊兄弟想想，天下出了一個這麼可……這麼厲害的姑娘，已經十分難得。今日讓我再遇上一個，這……老實說吧，我嚇得腳都軟了。」

李存勗說：「我也是。我跟趙姑娘相處數日，一直沒發現她功夫這麼厲害。就連前天晚上在柳家莊動手的時候，她也一直隱藏實力，沒有跟月盈正式交手。會不會是春夢無痕的藥性能夠增進功力，讓中藥者變得更厲害呢？」

莊森搖頭：「短時間內增強功力的藥物是有的，不過都非常傷身，所以少有人用。就算用了，也不可能差這麼多。」

李存勗看他：「莊兄弟一見趙姑娘中了春夢無痕，立刻叫我逃跑。可見你是知道她功夫底蘊的。」

莊森點頭：「我也是在機緣巧合下才知道她在掩飾眞實功夫。但她的功夫究竟有多厲害，我不清楚。我只知道她不希望別人知道她身懷絕世武功，所以我就假裝不知道了。我想她可能是不希望自己的鋒芒蓋過她哥哥，或是……我。我師妹心地善良，只想幫助需要幫助的人，從小地方做起。名利對她而言，並不是那麼重要。」

李存勗和貪狼對看一眼，似乎認定他太過天眞，只是不好意思直說。莊森揚眉詢問，李存勗咳嗽一聲，說道：「我喜歡趙姑娘。我知道她本性絕對是善良的。但是莊兄弟，沒有人能單靠天賦把武功練到那種地步的；趙姑娘一定下過很多很多苦工，而她會這麼努力，一定是想做大事。我沒有不敬的意思，只是想說……趙姑娘在你面前掩飾武功，或許有更深一層的理由。」

莊森聳肩。「我相信她有很好的理由。如果她願意告訴我，自然會說出來。」

貪狼說：「莊公子說她使的都是玄日宗本門的功夫？老夫印象所及，玄日宗有一套至剛至陽的玄陽掌，但卻沒有能跟本教凝月掌類似的陰寒掌法呀？」

莊森自從聽師父說過《左道書》的故事後，已經把跟玄陽掌相輔相成的玄陰掌當成理所當然師門該有的武功。是以見到趙言楓施展出來，並不特別吃驚。如今貪狼提起此事，他覺得莫名其妙心情一沉，說道：「其實是有的。此乃本門武功私密，不方便跟外人提起。還請尊者見諒。」

貪狼點頭：「是我踰矩了。」

莊森突然感到一陣心煩意亂，似乎爲了趙言楓會使玄陰掌的事情困擾。他想：「祖師爺棄玄陰掌不授，總是有他的道理。這掌法怎麼說都給人一種陰邪之感，師妹學了會不會有壞處？」他胸口鬱悶，決定換個話題。「幫李存孝的那兩個獵戶究竟是什麼人？」

莊森只是隨口問問，並不認爲會有答案，想不到李存勗跟貪狼異口同聲回道：「契丹人。」

莊森愣了愣，問道：「契丹人？」

李存勗又跟貪狼對看一眼，似乎也很訝異對方會知道獵戶的來歷。貪狼心想自己是外族之身，身處大唐境內，總是嫌疑之地。談起其他外族，還是搶先把自己所知的說出來，也好避嫌。反正那是契丹人的事情，又不是他吐蕃人的事情。他說：「我們一直在留意唐政局……」突然驚覺這種話似乎不好在唐人面前提起，但是既然已經起頭，這兩個唐人又是「過命的交情」，乾脆繼續說下去：「兩位都是明白人，我也就坦白說了。我吐蕃既然會在唐節度使中挑選合作對象，其他國家自然也會。唐宗室積弱不振，名存實亡，覬覦他李家天下的，可不會只有你們自己的節度使而已。是以多年來，我們不但有在留意各大節度使的動向，還有在查探唐土鄰近各國的動向。耶律阿保機覬覦燕雲十六州已久，他當然也要找個節度使同盟。」

莊森皺眉：「燕雲十六州屬於盧龍、河東節度使管轄。多年以來一直在抵禦北方契丹入侵。」他轉向李存勗，問道：「照理說契丹人跟令尊應該算勢不兩立吧？」

李存勗點頭：「勢不兩立歸勢不兩立，打仗的事情還是會涉及外交。這幾年耶律阿保機幾度遣使暗訪盧龍、河東兩境，想要利用我們爭雄天下之心跟他們合作。我爹已經趕走他們好幾回了。劉仁恭應該也沒給他們好臉色看過。」

莊森問：「那他們怎麼會跟李存孝在一起？」

李存勗凝望著他，似乎心照不宣。莊森點頭：「李存孝詐死十年，還有舊部嗎？」

李存勗說：「我爹早已把他的舊部拆散，配發到其他義兄弟麾下。但他離開王府這段日子有沒有跟他們聯絡，我不得而知。契丹人找上他，或許是認定他爲我父王所負，會心生反叛之心。」

莊森問：「但若李存孝無兵無權，契丹人又跟他合作什麼？」

李存勗點頭：「莊兄弟說得是。契丹人既然找上他，一定有利可圖。我得盡快抓回存孝，問個清楚才行。」

貪狼咳嗽一聲，說道：「李公子，請恕老夫直言。你的武功可不是李存孝的對手。說要抓他回去，只怕……」

李存勗笑道：「這便不勞尊者費心了。」

貪狼見他不再多說，知道他不想對己吐露太多。他輕嘆一聲，說道：「老夫此行奉命前來截殺李存孝。此刻雖然受挫，事情還是要辦的。」

李存勗臉色一沉：「尊者，我不會讓你殺存孝。我要帶他回去見我爹。」

貪狼說：「他叛心已起，令尊又是做大事的人。你帶他回去，他絕活不了。」

李存勗知道他所言不虛，當下低頭不語。

貪狼又道：「我和巨門傷勢沉重，只怕得在這家客棧多待幾日了。李公子要追義弟，先去便是。」他舉起茶杯，看著他們兩人。「今日能與兩位公子坐著閒談，實在開心。日後見面，各爲其主，可就沒機會說什麼眞心的話了。」

莊森喝乾熱茶，嘆道：「兩位立場已經存在，即是今天，也有很多話不方便說，以免壞了大事。我就不同了，初出茅廬，不爭天下，想做什麼，就做什麼。只是不知道這種日子能過多久。」

李存勗道：「我很羨慕莊兄弟。但想莊兄弟如此人才，回歸中原才一個月，已經闖出一番名號。再過不久，你便不去招惹人，別人也會來招惹你。我怕你這毫無立場的日子過不長久了。」

「過一日算一日。」

貪狼問：「莊公子追查李存孝，可是爲了春夢無痕之事？」

莊森點頭：「是呀。」

「既是爲了春夢無痕，怎麼不去追標到藥的梁王府一行人？」

莊森哈哈一笑：「有人去追了。」

「原來如此，」貪狼恍然，隨即皺眉。「你們不怕月盈護法？」

莊森搖頭：「玄日宗人才濟濟。我怕了月盈，不表示所有人都怕月盈。」

貪狼面露愧色：「是我小看天下英雄了。」

莊森忍不住問：「聽起來……尊者對貴教的月盈護法……似乎也有點懼怕？」

貪狼苦笑。「請恕老夫不便批評本教護法之事。」

莊森還是想問：「月姑娘說……她曾見過自己的心。敢問尊者，那是怎麼回事？」

貪狼欲言又止，最後說：「那是月護法的隱私，等閒不會跟外人提起。還是等日後有緣，莊公子自己問她吧。」

莊森莫名其妙突然臉紅。他心想：「要再見到月姑娘……那可有點這個……」嘴裡卻說：「尊者，我在吐蕃住了一年多，聽了很多拜月教的事情。但總因爲師父不希望招惹是非，不許我與貴教之人結交，是以都是從村民百姓那兒道聽塗說來的。有些傳言，我很想問。」

貪狼道：「公子但問無妨。」

莊森點頭：「據說貴教命令百姓進貢活人，血祭明月尊？」

貪狼瞇眼瞧他，道：「莊公子問得真是直接。」

莊森正色道：「我有許多想問。這是最想問的一個問題。」

貪狼瞧他片刻，點了點頭：「莊公子問的可是每年明月慶典，各部族挑選處女進貢教主之事？」

「正是。」

「確有其事。」貪狼說。「至少上代教主還有進行血祭。現任教主於十年之前便廢除了血祭傳統。」

莊森皺眉：「但我聽百姓說起，每年似乎還是有進貢處女？」

「進貢處女是進貢處女，血祭是血祭，這是兩回事。」貪狼道。「處女進了總壇，不想回家。總壇也不好詔告天下，說我們沒有血祭處女，你說是吧？」

「是了。」莊森想了想，又道：「如此說來，貴教教主赤血眞人也是大仁大義之人？」

貪狼道：「本教教主仁義，自是不在話下。不過處女血祭乃是本教傳統，教主原也沒有廢除之心。教主廢除血祭，還是月盈護法竭力爭取而來的。」

「喔？」莊森眼睛一亮。「所以說月姑娘亦是心懷仁義之人？」

「月護法……乍似喜怒無常，行事驚世駭俗，但總也……會做好事。」他突然住嘴，似乎自覺失言。「那個……唉……咱們還是別提月護法吧。」

莊森見他談起月盈就渾身不自在的模樣，實在好奇月盈平日在拜月教中是如何處事。但既然貪狼不願談，他自然也不好多問。他換個話題，說道：「尊者，說起明月慶典，我也好生好奇。

傳統上信仰拜月教的百姓似乎對於明月慶典要齋戒七日還是九日一直存在爭議？」

貪狼尊者點頭。「莊公子對於本教信仰倒是眞有研究？」

莊森笑道：「有研究不敢說。我既然在吐蕃住過，當然得對吐蕃的民俗文化有點認識。吐蕃位於中土、西域，還有天竺等不同文化的交會處，宗教信仰也深受各國影響。儘管拜月教標榜恢復吐蕃傳統，畢竟還是在文化衝突下的一種反動。我跟著師父遊歷西域各國，對吐蕃也算情有獨鍾。」

「承蒙公子抬愛了。」貪狼道。「老百姓搞不清楚該齋戒多久，其實是因爲七跟九兩個數字在本教之中都具有獨特的意義。七乃明月尊的聖數；九則是烈日王的。公子既有研究本教教義，自當知道明月尊與烈日王在本教之中一直存在尊卑之議……」

三人便這麼聊了一個下午。貪狼講講吐蕃的風俗民情，莊森說些西域的奇人異事，李存勗也提點中土的鄉野傳說。三人淨聊些人生歷練中不同之處，刻意不提政治立場與權謀算計之事。一下午聊下來，聽了不少聞所未聞之事，三人都感到十分過癮。一路聊到用過晚膳，李存勗的手下收拾完餐桌。三人才在大笑聲中解散。

□

莊森煎好一帖大補藥，端去趙言楓房裡。趙言楓尚在沉睡，不過脈象平穩，已無大礙。他輕輕呼喚兩聲：「師妹，師妹？來喝藥。」

趙言楓微微睜眼，神色茫然，似乎認不得莊森。片刻過後，她才有氣無力地說：「師兄……」

「來，喝藥。」莊森伸手扶她肩膀，助她起身。

趙言楓渾身無力，依靠莊森支撐坐起，皺眉問道：「我怎麼……」跟著驚呼一聲，抬頭看著莊森：「我……我中了春夢無痕？」

「已經沒事了。」莊森微笑。「妳耗力過鉅，需要休息。乖，把藥喝了。」

趙言楓攙著莊森的手，神色迫切地上下打量他，看他身上有無傷口。「我可傷了人？」

莊森瞧著她擔心的模樣，拍拍她的手，安慰道：「沒事。我都幫他們治好了。」

「那你呢？」趙言楓緊握著他問。

「我也沒事。」莊森說。「別擔心了，休養身體。」

趙言楓鬆了口氣，整個人彷彿突然沒了力氣，癱倒在莊森身上。莊森在她旁邊的床沿坐下，讓趙言楓靠著自己肩膀，伸手拿起湯藥，慢慢餵趙言楓服下。「幾天沒見妳，師兄很掛念。聽說妳跟月盈交過手，我恨不得馬上飛過來找妳。對了，梁王府那邊，五師伯在處置。月盈武功太強，我怕五師伯有什麼閃失就不好了。等明天師妹力氣恢復了，我們就趕去幫忙他老人家吧。今晚妳先安心休養，別想太多了。」

「師兄……」

「怎麼了？」

趙言楓依靠在他肩膀上，仰頭看著他，神色羞愧。「對不起，我……我的武功……我瞞著你，沒說實話。」

莊森搖頭：「妳武功高強，師兄很爲妳高興。妳如果不想讓別人知道，師兄也不會說出去的。」

趙言楓欲言又止，最後低下頭去，身體傾斜，靠在莊森懷裡。莊森瞧著她的側臉，輕輕撫摸她的手。也不多說話，就這麼坐著陪她。坐了好一會兒，正當莊森以爲她又睡去之時，腹部突然感覺濕濕的。他低頭細看，發現趙言楓在哭。莊森慌了手腳，忙問：「師妹……」

趙言楓說：「師兄，我騙了你。你還喜歡我嗎？」

莊森說：「當然喜歡。妳這怎麼算騙我呢？妳只是有話沒告訴我罷了。」

趙言楓搖頭：「如果我日後騙你呢？」

莊森笑：「好端端的，怎麼會騙我？」

趙言楓在莊森懷裡轉頭，似是擦拭淚水。「我娘騙我爹，我爹也有事情沒告訴我娘。我哥哥……闖過大禍，娘若不幫他隱瞞，爹不會放過他。人與人相處，有太多理由彼此欺騙，就算最親密的人也一樣。我不知道我以後會不會騙你。如果我騙了你，請你相信我一定有理由。」

莊森深情看著她，說道：「我不會騙妳。」

趙言楓苦笑一聲，顯然不信。片刻過後，她說：「我倦了。」

莊森點頭：「我的藥會讓人想睡。」他緩緩起身，扶趙言楓躺下，細心幫她蓋好被褥，說：「妳休息吧。我就在隔壁。」

他轉身離去。趙言楓輕握他的手。

「師兄，你在這裡陪到我睡著，好不好？」趙言楓神色依戀，楚楚動人。

莊森點點頭，拉把椅子到床邊，就這麼坐下看著趙言楓，直到她睡著爲止。兩個人的手一直牽著，沒放開過。趙言楓睡著之後，莊森又繼續瞧了她一會兒，這才把她的手也蓋回被子裡，回房去睡。

第二十三章　惹事

莊森忙了一天，當眞累了，這一覺睡得跟豬一樣。第二天起床，他推開房門，伸個懶腰，只覺神精氣爽，通體舒暢。多日來一直擔心趙言楓的安危，如今終於放下心中大石。

他走到隔壁，敲敲趙言楓的房門，沒人應門。他推開房門。沒人。桌上擺了一封信，信封上寫著「莊師兄」三字。他抽出其中信紙，信中寫道：

師兄，我心裡很亂，想一個人靜靜。請你別來找我。這段日子跟你在一起，我很開心。謝謝你。楓妹。

莊森衝到飯廳，問掌櫃道：「跟我們一起的那位姑娘呢？」

掌櫃讓他嚇了一跳，忙道：「走啦，她跟那位李公子一起走的呀！」

「啊？李公子也走了？」

掌櫃的說：「是呀。李公子把所有帳都結清了，還幫莊公子您多付了一天房錢，說叫你好好休息。那位姑娘還……還說……」

莊森急問：「還說什麼？」

掌櫃的嘆氣道：「她說請莊公子別去找她。」

莊森深吸口氣，又跑回內院。他衝到李存勗的房裡。房內微亂，客棧尚未派人收拾。他站在房間中央，左顧右盼，也不知道在看些什麼。他心中慌亂，想道：「師妹……爲什麼要跟李存勗一起走？她不是……不是說要一個人靜一靜嗎？」他突然覺得胸口悶到快喘不過氣來，於是退出李存勗房內。他深吸幾口氣，在房門口來回踱步，跟著又晃到貪狼和巨門的房間。一樣沒人。

莊森皺眉：「貪狼也還罷了。巨門尊者根本無力行走。他們兩個又爲什麼不在了？」他怕他們又跟李存勗起了衝突，於是在他們屋內尋了一遍，沒有打鬥痕跡。他不明就裡，又晃回前廳，問掌櫃的：「掌櫃的，住在地字二號房的那兩位受傷的老太爺呢？」

掌櫃的搔搔腦袋：「咦？他們不在嗎？」莊森搖頭。掌櫃又道：「李公子也把他們的帳給結了，但是我沒看到他們出門。莫不是在後院散步？」

莊森搖頭，順手拉把椅子坐下，眼神發愣，失魂落魄。掌櫃的倒了碗熱茶，端到他面前，勸道：「莊公子……唉，我這話或許不中聽，但是男女之事，總是不好強求。那位姑娘當然是人間極品，但是女孩子家變了心，你也不好一直追著她跑哇。」

莊森轉頭想說不是那麼回事，突然間又覺得……會不會眞的是這麼回事？會不會她跟李存勗朝夕相處，培養出感情？他搖頭：「掌櫃的誤會了。我們不是那樣。」

掌櫃也拉開椅子坐下。「莊公子，我要是誤會，自然甚好。但是你想想，那李公子成熟穩重，一表人才，又這麼有錢。砸了我店裡這許多桌椅，連帶修繕牆壁跟屋頂的費用，他都二話不說全包了。再說，那姑娘昨日是跟著他來，可不是跟著你來的呀。莊公子英雄少年，何必如此糾纏？」

莊森張口結舌，一時說不出話來。他想說這掌櫃夾纏不清，不必跟他多說。但心裡就是感到不辯解不快活。他問：「你這修繕多少錢？我也出得起呀！」其實他錢都給梁棧生拿走了，一時哪裡出得起？但想五師伯說要送他十萬兩去荊州花，說出得起也不算胡吹。

掌櫃說：「莊公子，這不是出不出得起錢的問題。問題是你沒出這個錢呀！你有錢是一回事，肯不肯出錢又是另外一回事了。人家女孩子會看嘛！」

莊森給他教訓得無言以對，惱羞成怒，大聲道：「就說不是這麼回事嘛！」他當即起身，就往房裡走。

「莊公子上哪兒去？」

「收拾行李。」

「可人家叫你別追啦！」

「你給我閉嘴！」

莊森回房收拾行李，氣沖沖地走出客棧，也不再跟掌櫃招呼。往門外這麼一站，他立刻又躊躇了，不知道該往東走還是往西走。倘若李存勗還要追捕李存孝，自當是繼續往東走。問題是趙言楓要自己別去找她，他難道就乖乖不去找嗎？他向來尊重趙言楓，既然她說想要靜一靜，他自當不去煩她。反正趙言楓武功高強，遠勝於他，即使孤身上路，也不必擔心危險。偏偏她不是孤身上路！偏偏她是跟李存勗那個「成熟穩重，一表人才，又這麼有錢」的傢伙在一起。莊森犯了醋勁，心想：「李存勗那小子，昨日跟我並肩作戰，有說有笑，還說是過命的交情，想跟我拜把子。想不到才一轉身就扯我後腿！正所謂人不可貌相。他李存勗一輩子在權力圈子裡打滾，自然是滿腹心機。我莊森在他面前，直與剛出娘胎的小孩無異，可嘆我信了人性本善，可嘆我就是初出茅廬，不通人情世故！」

他想起梁棧生去追梁王府，還在等著自己會合師妹趕去相助。「五師伯是老江湖了，又是以偷盜絕活聞名天下。他要盜出春夢無痕絕對不是問題。我就算不去幫忙也沒關係。話是這麼說，但萬一他被月盈發現了，怎麼辦？五師伯的功夫或許跟我不相上下，但他久歷江湖，見多識廣，又熟知拜月教凝月掌的化解法門。要打是一定打不過月盈，想要自保總是綽綽有餘。我不必為他操心。」

他突然感到一陣羞愧。自己忌妒心起，想追趙言楓，竟然找理由找到連五師伯的安危都不顧了。自己答應了五師伯，會合趙言楓後就趕去找他，倘若棄他不顧，他莊森豈不是背信忘義之人？但是話說回來，當前的狀況可不算是會合了趙言楓呀。

客棧掌櫃見他在門口站了半天都不走，慢慢晃了出來，說道：「『侯門一入深似海，從此蕭郎是路人。』公子，你甘心當路人否？」

莊森搖頭道：「不甘心。」

掌櫃嘆道：「所謂英雄難過美人關。公子既然想不開，他們是往東走。」

莊森望著掌櫃，點了點頭，說：「掌櫃，我這馬是跟山口驛站借來的。勞煩你抽空幫我牽去還給他們。」

掌櫃問：「公子不騎馬？」

莊森說：「騎馬容易洩漏行蹤。」說完往東而去。

他左肩揹著包袱，右手拿著長劍，腰間掛副水袋，提起輕功，沿著官道疾奔。李存勗帶著受傷的手下，照說行走速度不快。莊森奔跑了一個時辰，早該趕上他們才對。他也不心急，知道他們一定轉入了適才路過的兩條岔路之一。他放慢腳步，但還是一味前進，打算跑過正午再回頭去尋他們。他心裡也沒特別想些什麼，只是放空了奔跑，懷念起過去十年無憂無慮的生活。離開總壇時，他還跟趙言楓滿腹抱負，打算一展身手，好好行俠仗義一番。如今還不到一個月，他就開始厭倦這種隨時都在煩惱的日子。不過就是查個春藥，抓個淫賊，能有多難？他怎麼會想到看似單純的春藥案竟然會引發江湖幫派殺人放火、各大節度使暗地衝突、吐蕃與契丹外族涉入，就連自己的意中人都要被人搶走等亂七八糟的事情？而這才只是他踏入江湖的第一件案子而已。

他想起離開總壇第一天，在成都城外挑掉黑店的事情。他眞希望行俠仗義能夠那麼單純。莫名其妙遇上，輕輕鬆鬆解決，然後就可以開開心心好幾天，覺得自己眞是厲害。他當然不知道黑店的事情其實沒有那麼單純，只是如今煩惱著落到他師父身上，不需要他去憂心罷了。他連吸好幾口大氣，絲毫無法舒緩胸口鬱悶。他很想找點閒事來管管。

耳聞道旁林間傳來刀劍交擊聲響，似乎好幾個人在附近打架。莊森大喜，立刻轉入樹林，往有閒事可管處奔去。來到近處，發現林間有塊小空地。十來個黑衣人圍攻五、六個白衣僧人。黑衣人使刀，白衣僧人使劍。雙方人馬功夫都不甚高，但是攻守有度，並非一般盜匪打劫。爲首的白衣僧約莫三十來歲，功夫高出同伴許多，但在以一敵三之下只能苦苦支撐。他邊打邊吆喝：「郝老三，你們廬山幫未免欺人太甚！搶地盤搶到我們柳蔭寺頭上來了！」

黑衣人中爲首的郝老三站在一旁掠陣，並未下場打鬥。他哈哈大笑：「笑話！年子通，你們柳蔭寺全寺上下僧人不過百人，但卻坐擁田產千頃，租佃課稅，放貸無盡藏。洪州附近的油水，都讓你們柳蔭寺剝光了。我們廬山幫在洪州靠放貸過活，本來跟你們井水不犯河水。你們要把無盡藏推到洪州來做，分明是來搶地盤的不是？況且你們還把利息壓得這麼低，我們還要不要做生意？」

年子通喝道：「本寺無盡藏雖是放貸收息，但卻本著救濟貧苦之心，利息向來就是這麼低。你們放高利貸的做不了生意，別來牽扯我們！」

郝老三冷笑：「那你們柳蔭寺護不住田產，也別怪到我們頭上。」他說著自一名手下手中取過長弓，拉弓搭劍，對準年子通身旁一名僧人放箭。

莊森順手拋出一枚石頭，打斷箭頭，救了僧人一命。

郝老三大喝：「什麼人？」餘下黑衣人中尚未出手的紛紛舉刀。

莊森信步走入空地，說道：「玄日宗門下弟子，姓莊名森。」

郝老三臉色一沉，問道：「你想怎樣？」

莊森道：「我看不慣你們人多欺負人少，還要動手行凶。這叫路見不平，拔刀相助。」

年子通大喜，忙道：「原來是玄日宗莊大俠。莊大俠救命呀！廬山幫殺人啦！」

郝老三道：「玄日宗不要多管閒事。我們老大已經跟你們洪州分舵蔣舵主打過招呼。這件事他們兩不相助。」

莊森搖頭：「我莊森是總壇來的。不歸洪州分舵管轄。」

郝老三大聲：「你們玄日宗是什麼規矩？打點了洪州分舵，還要另行打點總壇嗎？乾脆所有分舵都來跟我抽油水好了！你不要以爲自稱是玄日宗，我就怕了你。」

莊森上前兩步：「不怕就來試試。」

郝老三倒退兩步，氣勢當場餒了。

年子通跑到莊森身後，說道：「莊大俠，你幫我們打發了廬山幫，我付你一千兩銅錢！」

莊森大愣。他出手相助，自然不是爲了錢財。但是他也沒有想到這麼出手打發幾個毛賊，就能入帳一千兩銅錢。他回頭看向年子通：「一千兩？」

年子通解下腰間一袋錢幣，說道：「一千兩銅錢，付現！」

莊森瞧瞧他，瞧瞧錢袋，又轉頭瞧向郝老三。

郝老三身上沒那麼多錢，喝道：「年子通，有錢了不起呀？這等不義之財，你花得安心嗎？」

年子通道：「什麼不義之財？這些是香客捐獻的香油錢！」

郝老三轉向莊森。「你玄日宗是非不分，一定要幫柳蔭寺出頭嗎？」

莊森手癢腳癢，只想動手打架。他說：「你動手殺人就是不對。想要動手，本人奉陪。」

郝老三大喝一聲，舉起大刀朝莊森當頭砍下。莊森哈哈一笑，連劍帶鞘往前一刺，刺中郝老三右臂腋窩。郝老三上身僵硬，無法動彈。大刀砍到莊森頭上不過半吋，卻說什麼也砍不下去。

莊森收回劍，伸手取下郝老三手中大刀，往前一站，對廬山幫眾人道：「一個人不是對手，你們一起上吧！」

廬山幫眾盡是烏合之眾，郝老三的武功算是箇中好手。他們見郝老三一刀還沒砍完，刀就給對手奪了過去，哪裡還敢動手？左邊有人一聲發喊，拔腿就跑。餘下幫眾紛紛跟進，轉眼跑得一乾二淨，留下郝老三一個人站在原地，依然動彈不得。

年子通笑嘻嘻地走到郝老三面前，說道：「郝老三，你剛剛挺威風的，可沒想到會落得這個下場吧？」說完舉起手中長劍。

莊森轉頭瞪他：「你幹什麼？」

年子通嚇了一跳，說：「這……我……」

莊森皺眉：「出家人不是慈悲爲懷嗎？」

年子通說：「那什麼，我是俗家弟子，沒有出家。剃光頭只是方便在寺中出入。」

「喔，所以你不是出家人。」莊森點頭：「那就可以殺人嗎？」

「沒……沒有！我沒有要殺他！」年子通忙道。「只是嚇嚇他罷了。來呀，把他綁起來。」

兩名僧人立刻上前，撕下郝老三的衣襟，把他的手綁在身後。

年子通走到莊森面前，恭恭敬敬呈上錢袋，笑容滿面道：「莊大俠，您跟咱們回柳蔭寺一趟吧？」

莊森雖然救了柳蔭寺一行人，但對年子通卻無好感。他搖頭：「人都幫你打發了，回柳蔭寺做什麼？」

年子通道：「這郝老三只是個老三呀。廬山幫的老大名叫郝春秋，一手秋意刀在江湖上是赫赫有名的。他要是找上門來，我們柳蔭寺可就慘了！莊大俠送佛送上天，幫忙可得幫到家呀。」

莊森嘆氣：「你們惹不起人家，就別惹人家。」

年子通苦笑：「莊大俠明鑑，咱們也不是惹不起，是根本沒想過會惹來這等事情。天地良心呀，咱們眞的沒有刻意壓低無盡藏的利息，誰知道廬山幫高利貸放得那麼高呀？如今他們說要柳蔭寺交出洪州跟岳州境內五百頃農地，連帶佃農、油戶全數過戶給他們，不然就要殺光咱們全寺的人。莊大俠說說看，這不是欺人太甚嗎？」

莊森問：「你一間不足百人的寺廟，田產超過千頃。這不會太過分嗎？」

年子通搖頭：「不會，不會。要跟潭州法華寺比起來，咱們根本不算什麼。」

旁邊一名老僧說道：「莊施主，適才郝老三出言恐嚇，說道郝春秋已經帶領大批人馬出發柳蔭寺。要是咱們不交出田產地契，廬山幫就要一把火燒掉柳蔭寺呀。廬山幫幫眾逾千，這會兒也不知道抵達本寺了沒有。」

莊森見那老僧面相慈祥，適才動手時又讓廬山幫打傷，白花花的鬍鬚上沾染了斑斑血跡，心中感到不忍。他說：「地方幫派大舉圍攻寺廟，地方官府都不管的嗎？」

年子通道：「柳蔭寺位居洪、岳二州邊界，岳州刺史衙門叫咱們去找洪州刺史報案，洪州刺史衙門又叫咱們去找岳州刺史報案。咱們這幾個人就是去洪州報案時讓郝老三盯上的。」

莊森原本只想管完閒事便回頭去追趙言楓，卻沒想到這樁閒事得要管到別處去。「柳蔭寺離此多遠？」他問。

年子通答：「往北約莫兩個時辰。」

莊森皺眉。要跟他們去了，起碼得要明日方能折返。到時候可說不準趙言楓一行人會走到哪裡去。他瞧瞧郝老三，瞧瞧年子通，一時拿不定主意。

適才老僧道：「莊施主，柳蔭寺上下九十七條人命，就看施主怎麼做了。」

莊森長嘆一聲：「事不宜遲，走吧。」

一行人離開樹林，回到官道上。莊森取出總壇拜帖一封，請一名僧人前往洪州玄日宗分舵調請救兵。一行人轉道向北，往柳蔭寺而去。兩個時辰過後，他們來到一座熱鬧市鎮，喚作禮佛鎮，乃是柳蔭寺的附屬城鎮。柳蔭寺香火鼎盛，平日來參拜禮佛的香客甚多，久而久之，便以寺廟爲中心發展出了完整市鎮。除了做香客生意的店家之外，尚有許多依附柳蔭寺的佃農油戶定居於此。年子通邊走邊跟莊森介紹，莊森問：「禮佛鎮向來都這麼熱鬧嗎？」

年子通道：「這只是平日而已。遇上節日慶典，舉行誦經法會的日子，那才叫熱鬧呢！」轉上主街，遠遠就看到一座高聳的七級寶塔。年子通得意洋洋：「莊大俠，那就是本寺的浮雲塔了。這座塔雖作七級，但每一級都比尋常塔樓高上數尺，可比法華寺的華嚴塔更高。可以說江南道內沒有比我們更壯麗的塔了。」

莊森遮眼問道：「塔頂金光閃閃？」

年子通大笑：「十足眞金！黃昏時與夕陽輝映，乃是江南十八奇景之一！」

主街走到底便是柳蔭寺，寺門外右側是間富麗堂皇的大宅院，院門上的牌匾寫著：柳蔭別院。年子通解釋：「這是咱們留宿香客的地方。莊大俠可別小看，咱們柳蔭別院遠近馳名，乃是兩湖境內數一數二的大園子。不少達官貴人都會刻意跑來這裡住呢。」

「厲害厲害。」

莊森就著別院門口往裡一瞧，只見門後的園子假山流水，造景細緻，果然美輪美奐。只不過此刻遊園之人中有不少橫眉豎目之徒，腰間還大剌剌地掛著刀劍，怎麼看都像是廬山幫的惡霸。他拉過郝老三來，往門口一站，拍掌兩下，引人注目。園中有好幾個人一看見郝老三被人綁著便大驚失色，還有人當場就要拔刀。莊森右手握住郝老三後頸，把他整個人提在身前，信步走開。廬山幫的人嚇得不敢作聲，也沒人追來。

年子通顫聲道：「難……難道那些都是廬山幫的人嗎？」

郝老三冷笑一聲：「等我們幫主駕到，你們這群禿驢就要死無葬身之地！」

年子通一拳下去，打落郝老三兩顆牙齒。莊森換手提郝老三，另一手擋住年子通，說道：「快進寺裡去。」

年子通一入寺，立刻招來守門僧人，吩咐道：「別院裡有廬山幫的人。你去跟慈嚴說，叫他看到有人落單就動手除……動手抓起來。」

那僧人搖頭：「年師兄，師父早就發現有廬山幫的人混進去了。但他老人家說不肯定哪些是廬山幫的人就不可動手，莫不要得罪了香客大老爺，那可損失慘重了。」

年子通道：「師父英明。」他對同行的一名僧人道：「把郝老三押到柴房去。給我嚴刑……」一看莊森神色不善，當即改口：「給我問清楚了廬山幫在打什麼主意。」僧人得令而去。

年子通領著莊森進入大雄寶殿，來到一名身穿住持袈裟的老僧面前。他先是對老僧行禮，隨即幫莊森引見：「莊大俠，這位是我們師父，本寺住持妙海法師。師父，這位是玄日宗莊森莊大俠。他是來幫咱們解圍的。」

莊森拱手行禮：「大師好。」想起少林寺方丈妙法禪師來，忍不住問道：「大師是妙字輩的高僧？貴寺法號可與少林同源？」

妙海笑道：「高僧可不敢當。莊施主見多識廣，知道當今少林第一代高僧都是妙字輩的。貧僧系出少林，乃是少林寺方丈妙法禪師的師兄。」

莊森肅然起敬：「原來是少林高僧。失敬，失敬。」

「不敢，不敢。」

年子通道：「師父他老人家乃是少林派羅漢拳的大宗師。就連妙法禪師的羅漢拳造詣都不如我師父呢！」

莊森心想：「羅漢拳乃是少林寺的入門拳法，一般弟子習武有成之後就會轉練更高深的武功。我可從未聽說有人練羅漢拳練成大宗師的。話說回來，我還不是靠著本門入門的朝陽掌混了這麼多年？羅漢拳既然是少林寺用以紮根的基礎，自然有其獨到之處。」

年子通把今日之事說了一遍。妙海聽說莊森是來幫忙的，先是神色懷疑，似乎不信他有多大本事。待得聽說他是玄日宗代理掌門的獨傳弟子，玄日宗二代首徒之後，立刻眉開眼笑，語氣親熱，拉起莊森的手說：「莊施主，這回可得勞你費心了。你放心，事成之後，老衲絕對不會虧待你的！」

年子通在旁幫腔：「是呀，莊大俠。我師父慷慨得緊，只要你能幫本寺解圍，適才那一千兩只是個零頭罷啦！」

妙海大吃一驚：「什麼？他才出一劍，就收了你一千兩？」

莊森開口：「呃……」

妙海立刻自掌嘴巴：「莊施主，是我不對，我亂說話，你可千萬別放在心上。一千兩，小錢而已。只要你救得了本寺上下九十七條人命，我付你一萬兩當作酬金。」

莊森大愣：「一……一萬兩？」

妙海說：「公公道道，就是一萬兩！一個僧人一百兩。多三百兩算我奉送！但是咱們得先說清楚，倘若死一個本寺僧人，那可得要扣一百兩。死十個，扣一千兩。如果我死了，那就沒人付錢啦。」

莊森瞪大雙眼，無言以對。過了好一會兒，他說：「盧山幫大舉進攻，恐怕會傷及禮佛鎮的百姓。」

妙海立刻說：「哎呀！莊施主，做人不可太貪心呀！禮佛鎮的百姓都是趨炎附勢之徒，利用咱們柳蔭寺的名號在外面招搖撞騙的。老衲絕對不會幫他們付錢！一口價，一萬兩。再多是不行的！」

莊森目瞪口呆，又過了一會兒才能開口說話：「我不是那個意思。我是說爲免傷及無辜，貴寺應該通知鎮上百姓即將出事，看他們要先離開鎮上，還是躲入柳蔭寺來避難。」

妙海先是面露難色，跟著又陪笑道：「莊施主說得極是。禮佛鎮民跟本寺共生互惠，他們要是遭難，我們也有損失。罷了，子通，你帶弟子去鎮上散布消息。挨家挨戶去說，不要大肆張揚。別讓盧山幫的人知道咱們有所準備。」年子通得令而去。妙海繼續說道：「莊施主，不知道玄日宗的援軍什麼時候抵達呢？」

莊森聳肩：「我也不知。洪州分舵的人我見都沒見過，也不知道他們買不買我的帳。暫時就當作只有我一個人吧。」

「只……只有你一個人嗎？」妙海神色沮喪，坐倒在地。「廬山幫……可是上千人的大幫會呀。」

莊森道：「大師也不要太擔心了……」

妙海眼睛一亮：「難道莊施主武功高強，能夠以一當百……不，以一當千？」

「當然不行啦。」莊森說。「我們抓了廬山幫的老三，先問問看他再說。」

妙海忙道：「說得是，說得是！莊施主趕快去問吧。」

莊森出得大雄寶殿，感覺胸口鬱悶，深深吸了幾口氣。柳蔭寺內除了佛門香火味外，似乎還隱隱夾雜了些揮之不去的銅臭味。他咳嗽兩聲，向陪他出來的僧人問明柴房方向，便即往柴房走去。

推開柴房大門，只見郝老三給兩個僧人剝光了上衣，雙手綑綁，吊在房梁上，背上和胸口已經讓鞭子打得皮開肉綻。莊森喝道：「你們幹什麼？給我住手！」

那兩個僧人都是跟莊森一起回來的，見是莊森，立刻住手。其中一人回道：「莊施主，這傢伙嘴硬不肯招，非打他不可！」

莊森無奈：「你打他，他就招了嗎？」

二僧對看，同時搖頭：「沒有。」

「出去，出去。我來問他。」莊森冷冷瞪著他們離開柴房，忍不住唸道：「什麼佛門弟子，這到底算是什麼玩意兒？」

郝老三虛弱笑道：「你到現在還當他們是佛門弟子？」

莊森解開繩索，輕輕放下郝老三。他讓郝老三坐在地上，到旁邊的水缸裡舀了瓢水餵其喝下。「你說他們不是佛門弟子，又是什麼呢？」

郝老三道：「我們廬山幫雖然不是善男信女，但從來做什麼就是什麼，絕不怕別人閒話。他們呢？打著佛門的旗號斂財，骨子裡根本是兩湖境內生意做最大的幫派。而且還沒人說他們是幫派。別說咱們廬山幫了，洪岳兩州哪幫哪派不眼紅柳蔭寺，想搶他們地盤？可惜他們名聲響，人脈廣，動了他們，難保不會得罪其他人，搞不好還會犯眾怒。這次要不是他們吃相太難看，動搖到本幫的根基，我們也不會勞師動眾來對付他們。」

莊森拉了張板凳坐下：「至少人家不偷不搶。」

「不偷不搶？你以爲他們這麼多地，都是香客心甘情願捐的嗎？人家還不出錢，他們就強收土地。你以爲他們全寺僧人習武是爲了強身嗎？爲了收帳啊！如果地方權貴還不出錢，他們也不要你還，只要在需要的時候出面幫忙就好了。」

莊森搖頭：「但是洪州跟岳州衙門又不受理他們的案子？」

「你就知道我們花了多少錢去四處打點了。」郝老三說。「光是洪、岳兩州刺史衙門加上玄日宗分舵，就花了本幫將近半數財產。這次我們是斷尾求生，沒有後路了。要是除不了柳蔭寺，廬山幫就要解散啦！」

莊森想了一想，湊前問道：「你對我倒挺坦白？」

郝老三說：「莊大俠武功高強，又肯路見不平，拔刀相助，姓郝的很是佩服。我只是想讓你知道，柳蔭寺不是好人。你幫他們是幫錯了人。」見莊森冷冷看他，一時沒有作聲，又道：「還是我看走了眼，莊大俠是只要收錢就肯辦事之人？」

莊森沒有回答，只是問道：「你們來了多少人？」

郝老三說：「天黑前會集結五百人。」

「所以你們天黑進攻？」

「吃飽飯就動手。」

「柳蔭寺讓禮佛鎮的百姓進來避難。你們會怎麼對付他們？」

「除非他們反抗，不然我們不會濫傷無辜。」

「嗯，」莊森點點頭，站起身來。「我會交代他們不要再來折磨你。一會兒我會再來看看。」

他正要推門離開，郝老三問：「他們給了你多少錢來對付我們？」

「一萬兩。」莊森回頭說。「一個僧人一百兩，另外三百兩奉送。死人就扣錢。」

郝老三張口結舌。他本想說些像是「你爲了這點錢就出賣道德良知嗎？」的話，但是聽到這個叫他幹什麼都可以的數目，他不知道該說什麼才好。

莊森看了他一會兒，又說：「我很想想個兩全其美的辦法，不傷和氣，大家開心。但如果你們一心都只想除掉對方，我就算本領通天，又能怎麼樣呢？」

郝老三無言以對。莊森離開柴房。

第二十四章　難解

莊森回到大雄寶殿，與妙海商議片刻，將武功較好的年輕弟子派往各出入口守衛。剩下的老弱僧人則跟進來避難的百姓一起待在大雄寶殿。莊森爬上浮雲高塔，就著夕照觀察形勢。如今禮佛鎮民走得乾淨，街上除了廬山幫眾，再也沒有閒人。他遠遠瞧見柳蔭別院的前院裡有名虬髯大漢在發號施令，所有人得令後立刻帶人執行，天黑前已經將柳蔭寺團團圍住，所有出入門口起碼都有幾十個人把守，再也沒有僧人能夠出寺。

十幾名廬山幫眾闖入一間民房，從裡面推出好幾車柴薪，分運柳蔭寺外各處。

日落西山。玄日宗沒有派人來援。

年子通爬上塔來，說道：「莊大俠，我師父請你下去說話。」

還沒到大雄寶殿，妙海已經迎了上來。「莊大俠呀！他們圍寺放柴，打算放火把我們全部燒死！你收了錢，可得辦事呀！」

莊森問：「大師認為我該怎麼辦呢？」

妙海道：「莊大俠武功高強，要取郝春秋的首級就跟探囊取物一樣。不如你偷偷溜出去，把郝春秋那老小子給宰了。廬山幫群龍無首，咱們就能把他們各個擊破。」

莊森默默等他說完，問道：「大師是出家人，一開口就要取人性命，這樣好嗎？」

妙海道：「這是人家欺到本寺頭上來，可不是我們上門找碴。」

守門僧人來報：「師父！盧山幫幫主郝春秋在門外說要見師父！」

妙海掌心一抖，一串佛珠掉地上。莊森注意到是金珠。

「我答應要幫你們禦敵，可沒說要幫你們殺人。」莊森說著穿越前院，往大門走去。守在門口的僧人見是住持和玄日宗的大俠來到，立刻分站兩旁，合十行禮。

莊森對妙海道：「兵臨城下。我與大師一起出去找盧山幫談談如何？」

妙海神色畏懼：「出……出去？這一出去還回得來嗎？莊施主，老衲把全寺性命交到你手上，這麼危險的事情當然是你去做呀！」

莊森問：「我出去跟郝春秋談判。我答應什麼條件，柳蔭寺都認嗎？」

妙海遲疑：「這個……」

莊森又問：「聽說盧山幫說要柳蔭寺交出田產五百頃。這算他們起價，大師如何還價？」

妙海說：「當然是開一百頃去跟他殺呀。」

莊森點頭：「那要是雙方取個中間，談定兩百五十頃。大師肯付嗎？」

妙海大搖其頭：「兩百五十頃地，怎麼能夠平白送人？」

莊森道：「這麼說也是。大師還是跟我一起出去吧。」

守門僧人打開大門，莊森與妙海一同走了出去。年子通帶了十名弟子一起出去，以壯聲勢。門外一名光頭虯髯漢，身材壯碩異常，背上揹了一把大刀。他身後整整齊齊站了百名幫眾，幾十支火把照得柳蔭寺眾人什麼都看不清楚。莊森伸手遮蔽火光，瞇眼打量盧山幫眾。

虯髯漢哈哈兩聲，說道：「在下盧山幫幫主郝春秋，今日率領幫眾前來，是要跟柳蔭寺討個公道。」

妙海頂頂莊森，要他發言。莊森瞪他一眼，低聲道：「你是住持。就算要我談判，你也得先講點場面話吧？」

妙海咳嗽一聲，說道：「阿彌陀佛，老衲是柳蔭寺住持，法號上妙下海，乃是少林寺方丈妙法禪師的師兄。這位莊森莊施主是玄日宗二代弟子首徒。其師震天劍卓文君卓大俠，上個月接掌玄日宗門戶，成為新任武林盟主。郝幫主，我們柳蔭寺可不是讓你來撒野的地方。」

郝春秋笑道：「兩湖境內人人都說你妙海法師是個大孬種，今日一見果然名不虛傳。一開口就拿少林寺跟玄日宗的名頭來嚇唬我，你當我郝春秋是吃屎長大的嗎？你要是真跟少林寺有那麼大淵源，今天少林寺怎麼會沒人來援？還有這什麼玄日宗二代首徒？玄日宗成名人物那麼多，你偏偏找個沒沒無聞的傢伙是想要嚇唬誰呀？你是不是花了很多錢請他來幫忙呀？我看他根本是來騙吃騙喝的吧！」說完哈哈大笑，廬山幫眾也跟大笑起鬨。「騙子配妖僧，你們是蛇鼠一窩！」「他說是卓文君的徒弟，你就信？我還說我是趙遠志的大侄子呢！」「別這麼說，卓文君遠遊歸來，他徒弟誰也不識。我要想騙吃騙喝，也會說是卓文君徒弟。反正沒人認識呀！」「你幹嘛不直接找個寺裡的小和尚假冒少林高僧呢？」「玄日宗吃狗屎！」

莊森趁著眾人大罵玄日宗，把話接過來說：「郝幫主說來跟柳蔭寺討公道，請問是討什麼公道？」

這話在眾人喧囂中清清楚楚傳了出去，聽得郝春秋神色一凜。「好小子，你還真有點本事。」他瞇著眼睛打量莊森：「你當真是玄日宗的人？」

莊森道：「如假包換。」

郝春秋又問：「你要幫柳蔭寺出頭？」

莊森指著妙海道：「這位妙海法師願意付我一萬兩，讓我擺平今日之事。郝幫主，不如我把這一萬兩拿出來分給大家，就當是犒勞廬山幫的朋友舟車勞頓。我們一起坐下來吃吃喝喝，交個朋友。明天一早各自回家，怎麼樣？」

郝春秋不料他有此提議，愣了一愣，這才回道：「這不是錢的問題。」

「怎麼不是錢的問題？錢多錢少的問題罷了。」莊森說。「大家都是愛錢之人。你開價五百頃田產，那不是要了妙海法師的老命嗎？」

郝春秋脫口道：「那只是起價……」隨即改口：「我們是來討公道！」

「什麼公道？」

郝春秋咳嗽一聲：「本幫三當家今日下午在樹林中失蹤，有人親眼看到是柳蔭寺的僧人把他綁走。我們來是要叫柳蔭寺放人。順便請教一下，你們佛門清淨地無端綁架百姓，算是什麼道理？」

莊森故作讚歎：「郝幫主辦事神速，下午不見的人，傍晚就能找五百名幫眾一起來要人。佩服佩服。那要是柳蔭寺放人了，這事情就算完了嗎？」

郝春秋搖頭：「當然不算啦！人可以隨便讓你們白抓的嗎？一定要賠償！」

莊森揚眉：「賠五百頃田產？」

郝春秋結舌：「那……那……」

莊森接著道：「是起價？」

郝春秋惱羞成怒，拔刀喝道：「你奶奶的，這裡到底是柳蔭寺還是玄日宗啊？你小子要幫柳蔭寺出頭，仗的不過就是武藝高強！來呀！帶種的就跟我打一架！」

莊森問：「要是我贏了，貴幫就此散去了嗎？」

「要是你贏了，我們就群起圍攻，把你剁成肉醬！」郝春秋一躍而起，對著莊森當頭砍下。

莊森拔劍出鞘，輕描淡寫就偏開郝春秋的刀鋒。郝春秋刀勢一斜，落地後立刻變招，改為橫砍。他的秋意刀法據說是從秋風掃落葉的現象開創而出，刀勢分為微風、大風和狂風三層套路，號稱能在這三種風勢之中砍中翻飛落葉。他見莊森輕易偏移他的刀招，立刻知道莊森功力在己之上。他也不驚慌，只是刀勢轉為癲狂，出招越來越快，簡直到了只見刀光不見人的境界。只要出刀夠快，避免跟對手兵器交鋒，便能無視對手內勁，把人砍成肉醬。

莊森見他如此快法，當即精神一振，施展烈日劍法跟他比快。莊森不曾專練快劍，使劍從未如此快過。烈日劍法擅以剛猛內力牽動對手招式，是一套可快可慢的劍法。莊森倘若當真施展開來，不出十招便能讓郝春秋的秋意刀隨著他的劍招而走，在極快的刀招中製造破綻。但他有心嘗試快劍，於是不在劍招中灌注太多內勁，只跟郝春秋以快打快。

夜色黑暗，火光搖曳，旁觀眾人根本連他們兩人的身影都瞧不真切，自然也看不出誰高誰低。轉眼間拆了五十餘招，莊森不需以內勁牽引，已能在對手眼花撩亂的刀勢中看出好幾個破綻。他長嘯一聲，連出七劍，每一劍都刺向郝春秋刀招中的破綻處，但卻每一劍都沒有使老，便即換招。七招過後，郝春秋連退七步，彷彿去鬼門關走了七回，嚇得臉色發白，冷汗直流。

莊森還劍入鞘，飄然退開，落在妙海法師身邊站定，說道：「郝幫主功夫了得，佩服佩服。」

郝春秋喘幾口氣，喝道：「姓莊的，你武功高強，老子甘拜下風。但是今日之事攸關本幫存亡，絕不可能善罷。我們可要人多欺負人少了！」他舉起大刀，往前一揮。「上啊！」

上百廬山幫眾一聲發喊，拔刀衝向前去。

莊森對妙海等人說道：「退回寺內，從長計議。」

妙海說：「莊大俠武功高強，以一當百……」

雙方相距不遠，年子通等人已經跟廬山幫眾大打出手。莊森跳上前去，一邊逼退廬山幫眾，幫柳蔭寺眾僧解圍，一邊說道：「退回寺內，從長計議！」

年子通看準一名廬山幫眾的心口刺出一劍，莊森把他架開。年子通愕然問道：「莊大俠……」

莊森擋在他面前，接過他的對手，喝道：「叫你們退回去，就給我退回去。」

一旁妙海卻道：「郝春秋不是莊施主的對手，廬山幫今日絕對討不到好去！動手殺人啦！」

莊森瞪他一眼，撤手罷鬥，轉身走入柳蔭寺。「你們能打你們打，我先進去了。」

妙海吃了一驚，立刻改口：「莊施主說撤退，你們還不退是什麼意思？快退快退！」

柳蔭寺眾僧立刻退入寺門。守門弟子關門上栓，取粗木樁撐住大門。門外廬山幫眾不停捶門，但似乎也沒有盡力猛攻。鬧了半天，郝春秋在門外叫道：「柳蔭寺僧聽著，我給你們半個時辰考慮。半個時辰後，你們要不把我們三當家交出來，我們就放火燒寺！」

妙海跟在莊森後面，陪笑問道：「莊大俠，他們要放火燒寺，這該如何是好呀？」

莊森道：「勸他們不要燒。」

妙海說：「是、是……莊大俠，這個……老衲可糊塗了。」

莊森左顧右盼，把妙海拉到一旁無人處，正色說道：「我不想他們殺你們，也不會為了你們去殺他們。柳蔭寺和廬山幫又不是窮到沒飯吃，何必弄到誓不兩立，拚個你死我活？大師是出家人，何以沒有半點出家人的樣子？」

妙海搖頭：「莊施主，今天是廬山幫來圍寺，可不是我們柳蔭寺去找他們麻煩。」

莊森說：「你不去人家的地盤放高利貸，他們會殺到你頭上來嗎？」

妙海辯道：「放高利貸這種事情，本來就是各憑本事呀。」

莊森火大，喝道：「人家人多勢眾，就是本事！你比得過人家嗎？」

「老衲……」

「衲你個頭！」莊森罵。「你該把你的法號改一改，沒事別拿少林寺方丈的名頭招搖撞騙。妙法禪師跟我師父是至交好友，我很敬重他的。」

妙海滿臉無辜：「老衲……我……我真的是妙法的師兄呀。」

「打套羅漢拳來瞧瞧。」

妙海拉開架式，拳沉腳穩，果然是一派宗師的氣勢。莊森伸手在他腰際輕輕一推，妙海重心失衡，摔倒在地。莊森搖頭嘆氣：「你這羅漢拳空有架式，下盤都沒紮穩。耍出來唬人可以，實戰上毫無用處。就連你徒弟年子通的功夫都比你強。帳都是他在收的？」

妙海慚愧，低頭道：「我這麼大把年紀了，怎麼好出去拋頭露面？」

莊森直搖頭：「貴寺不過百名僧人，有那麼多地，賺那麼多錢，不去造福百姓，卻去放貸獲利，暴力收帳，弄到地方幫派眼紅跑來搶地盤。你們到底是出家僧人，還是地方惡霸？」

妙海道：「我們也是混口飯吃呀。」

莊森往上一指：「你們的塔頂是用黃金蓋的呀！天底下有多少人吃不飽飯，你卻在這裡用黃金蓋塔頂？你給我一個理由，爲什麼我要幫你，而不去幫被你們壓迫生計的廬山幫？」

妙海不服氣：「他們是壞人呀！」

莊森問：「你是好人？」

妙海語塞片刻，說道：「這亂世之中，還有人能當好人嗎？」

「我啊。」莊森正氣凜然。

妙海想要爭辯，卻又不好說莊森不是好人。他搖了搖頭，認命道：「那照莊施主說，該怎麼做？」

莊森走到一旁大石坐下，盤算片刻，問道：「郝老三總是談判籌碼，你看放了他怎麼樣？」

妙海大搖其頭：「施主這麼說，我可非反對不可了。你也說他是談判籌碼，哪有把籌碼送人的道理？」

莊森也知道妙海說得有理，但他早已打定主意要放郝老三，問題只在要怎麼放。他站起身來，說聲：「跟我走走。」逕自往浮雲塔走去。

他們在塔頂打量四下形勢。廬山幫顯然有備而來，柳蔭寺外圍所有出入口都已堆滿柴薪。柳蔭寺占地廣大，外牆跟廳堂建築間都有距離。廬山幫即便放火，一時也燒不死人。不過東面伙房是柳蔭寺尚未發跡前的主殿改建，離圍牆較近，廬山幫只要多丟幾支火把進來，事情可就不妙。妙海加派人手去守伙房。

接著他們去找郝老三。妙海本來要打他出氣，讓莊森給攔下來。「方丈打壞了他，可不好談判。」

「施主說得是。」

郝老三冷笑一聲：「現在想談判了？怕了咱們幫主了吧？」

妙海喝道：「什麼怕了？你們幫主那點功夫，給莊施主提鞋都不配。剛剛他已經敗在莊施主手上啦！要不是莊施主仁義過人，不肯殺生，這會兒你們廬山幫早就解散了。你跟你們幫主此刻還能活著，都是因爲莊施主大發慈悲。他想要兩全其美，誰也不傷！你看看，這世上怎麼還有這種人？」最後那句語氣怨懟，莊森跟郝老三都聽出來了。

郝老三嘆道：「莊大俠，此事沒有善罷的餘地。你如此舉棋不定，可不是個道理。要嘛幫我們，要嘛幫他們，沒有第三條路了。」

妙海道：「是呀，幫我們還有一萬兩可以拿呀！」

莊森問：「三當家的，你們幫主究竟有多看重你？」

郝老三說：「我們一起長大，一起打天下。自從二哥死後，老大就只剩下我這一個至親之人。」

莊森點頭：「他不會棄你不顧？」

郝老三搖頭：「老大是重情義之人，即使是普通幫眾，他也不會捨棄。」

莊森問：「郝幫主開價五百頃，柳蔭寺拿你去談，可以還價多少頃？」

郝老三一時答不出來，思索片刻，說道：「攻打柳蔭寺之事，光是四下疏通就花了五萬兩。這五百頃地，沒有多少還價的餘地。」

妙海搖頭：「現在不是問你這次花了多少錢，而是你在你們幫主心目中值得多少錢。」

郝老三望向莊森：「頂多一百頃吧。事關全體幫眾生計，就算老大肯讓步，我也不能讓廬山幫為了救我一個人而一蹶不振。」

妙海喝道：「你別看莊施主好心，就在這邊胡充義氣，博取同情。你郝老三辣手無情，收帳從不手軟。洪州境內，誰人不知？三年前府城黃大仁經商失敗，無力償債，讓你丟下廬山瀑布，到現在人還沒醒。要不是柳蔭寺出手相助，他們黃家上下十一口人怎麼過活？」他轉向莊森：「莊施主明鑑，本寺放貸，向來知道分寸，絕對不會趕盡殺絕。」

郝老三問：「你怎麼不說黃家人幫你做牛做馬？」

妙海道：「養一個廢人不用錢嗎？」

「我不是來聽你們互揭瘡疤的。」莊森道。「你們兩邊都不是好人，這個我已經知道了。誰比較壞，沒有差別。」說完往門外就走。妙海連忙跟上。

出了柴房，年子通來報：「師父，慈心帶了十幾個師弟想從後門逃跑，都已經讓我抓了回來。」

妙海大怒。「忘恩負義的傢伙！平常吃香喝辣，本寺遇難就想逃跑！全部先打個十大板再說！」年子通得令而去。

莊森不加評論，只說：「我看你只能拿郝老三還價一百頃，交出四百頃地了事。」

妙海緊張兮兮，把莊森拉到僻靜處，說：「莊施主，事情到了這個地步，我也只能跟你坦白說了。我不能交那麼多地出去。我跟一位權勢滔天的老爺打過交道，每年都要交出一定數量的穀物給他。倘若不能如期交貨，不但柳蔭寺大禍難逃、江南道從此不得安寧，甚至連天下蒼生都會因而受害。」

莊森沒料到他會提起天下蒼生，感覺好像回到玄日宗了般。他哭笑不得，問道：「你又跟誰打交道了？」

妙海搖頭：「這不能說呀！總之，交四百頃地出去，那是說什麼也不行的。」

「師父！師父！」守柴房的弟子跑過來。「師父！郝……郝老三他……咬舌自盡啦！」

莊森一個箭步，衝到柴房。只見郝老三依然坐在地上，下巴、胸口全是鮮血。他此刻尚未嚥氣，但以流出體外的血量來看，眼看是救不活了。莊森出手如風，把他臉上、咽喉的穴道全部點了，但他嘴裡依然不停湧血。郝老三左手握住莊森的手掌，另一手在自己胸口沾了鮮血，往旁邊牆上寫道：

「死不足……」最後一個「惜」字寫到一半，他兩腿一伸，就此死去。

莊森愣了半天，伸手闔上他的眼睛。就聽見身後咚的一聲，妙海老和尚坐倒在地。他愣愣看著郝老三的屍體，嘴唇微微發抖，片刻過後，終於吐出人語，說道：「完了……完了……籌碼沒了。」

「籌碼？」莊森大怒起身。「他人死了，對你來說就只是籌碼沒了？」

妙海抬頭看他，喃喃道：「我們交不出人，廬山幫會不會殺人？我會不會死？我門下弟子會不會死？」他直視莊森雙眼，繼續道：「對，莊施主，他死對我來說就只是籌碼沒了。你是好人，我不是。我只是要盡力讓我和弟子活下去而已。」

莊森深吸口氣：「你是在說我天真？」

「小人怎麼敢？」妙海語氣不屑。「你莊大俠武功高強，置身事外，當然有本錢天眞。苦海裡的事，就讓我們這些普通人去嘗吧！」說完爬起身來，拂袖而去。

莊森在柴房裡又站了片刻。他看著郝老三的屍首，想著妙海的話，懷疑自己是否當眞太過天眞，亂世是否當眞容不下好人？他推開木門，走出柴房。柳蔭寺中處處人影，但又一片死寂，彷彿人人心思沉重，默默等候死期。

台階上坐著個小和尚，愣愣看著天空，臉上泛著淚光，也不知道在想念什麼，在遺憾什麼。

一會兒廬山幫放火燒寺，雙方拚個你死我活，他究竟該幫哪一邊？還是他該出門抓了郝春秋，連妙海老和尚一起帶走，找個地方坐下來談，期待雙方人馬少了首領就不會開打？

他很想要一走了之，遠離此是非之地。這本來就是閒事，本來就不關他的事。反正一千兩銅錢已經到手，他又不缺那一萬兩，何必留下來蹚這渾水？當務之急，是要去追師妹。

然則遇上難題就拍拍屁股走人，還談什麼行俠仗義，救世濟民？

柳蔭寺大門傳來三下敲門聲，在寂靜黑夜聽來格外響亮。守門眾僧神色愕然，不知該如何應對。片刻過後，門外有名男子說道：「請寺裡的師父開門，在下有事要找莊森莊公子。」

莊森皺起眉頭，往寺門走去。

第二十五章　妥協

守門和尚拉開一條門縫，只見門後站著一名中年男子，廬山幫的人全都離得遠遠的，沒有上來鬧事。和尚問：「施主要找莊施主，可是莊施主請來的幫手？」

門外之人說道：「我是來幫莊公子，但卻不是莊公子請來的。」

守門和尚大喜，說道：「既然是莊公子的朋友，快快請進。」

莊森站在門後院子裡等候，只覺得來人聲音有點耳熟，卻想不起來在哪裡聽過。守門和尚把門開到可容一人通過，一名男子慢條斯理走了進來。服飾華麗，英挺剽悍，正是河東軍第十三太保李存孝。莊森吃了一驚，神色戒備，迎上前去，說道：「原來是李大人駕到。」他探頭看看門後，不見那兩名契丹人。「李大人的朋友沒有一起來？」

李存孝抱拳道：「我找莊公子，是來交朋友的。帶他們一起來可就顯得不夠誠意了。上次在客棧匆匆一會，在下不知道莊公子的身分，事後找人一查，才知道莊公子大有來頭。巫州天仙門的事情，玄日雙尊大大露臉。要是公子和令師妹早到巫州兩天，我那春夢無痕的試藥大會說不定要鬧到灰頭土臉。」

莊森皺眉：「李大人爲了試藥，害死這麼多人，手段未免太殘酷。」

李存孝說：「李某誠心結交，莊公子不要老提這些不高興的事情。」

「道不同，不相爲謀。」莊森道。「李大人的手段，莊森不能苟同。李大人的藥物更是害人不淺。」

李存孝笑了兩聲，說：「莊公子說害人，那便害人吧。令師妹還好嗎？」

「你還敢提我師妹？」莊森大聲道。「差點被你害死！」

李存孝嘆氣：「莊公子明鑑，昨日你們武功個個都那麼高。任哪一個我都未必是對手。不施點手段，如何脫得了身？」

「那你也不用挑我師妹呀！」莊森怒道。「你難道不知道她是武林盟主的女兒？這對頭，你得罪得起嗎？」

「我晉王府十三太保也算是名滿天下，有什麼人不能得罪的？」李存孝大話說完，神色轉爲誠懇：「但是莊公子也請站在我的立場想想，昨日在場之人，拜月教那兩個老頭一看就是老江湖，要對他們下藥，我可沒有把握；我義兄存勖武功雖高，但在各位面前只怕走不出幾招；莊公子悶著頭吃麵，看不出意欲何爲，當時可不是我多結冤家的時候。這樣刪刪減減，我不對令師妹下藥，還能對誰下藥？」他停頓片刻，又說：「我本來以爲令師妹只能擋得各位一時，是以一出客棧，拔腿就跑，能走多遠走多遠。想不到你們一直沒有追來。今日我派人回客棧去查探，你們已經走個精光。就連客棧也關門不做生意，聽說是掌櫃的帶了伙計，進城收驚去了。敢問莊公子，昨日情況究竟如何？可有誰受傷了嗎？令師妹……趙姑娘她……沒事吧？」

莊森瞪他片刻，說：「我師妹沒事。」

「那你怎麼又跟她分開了？還跑來柳蔭寺管這檔閒事？」

莊森不悅：「關你什麼事？」

「啊，」李存孝恍然大悟。「她還跟我義兄在一起。」一看莊森神色忿忿，他又恍然大悟：「原來莊公子……嗯……」一看莊森臉色越來越差，他連忙住口，改問：「那拜月教的兩個老頭呢？他們有沒有受傷？」

莊森說：「我爲什麼要告訴你？」

李存孝搖頭：「我當然想知道他們還會不會來追殺我，但既然莊公子不想說，那就罷了。」

莊森問：「你來這裡做什麼？是盧山幫請你來的？」

李存孝不屑輕笑：「盧山幫是什麼角色？哪裡請得動我老人家出馬。」

莊森道：「柳蔭寺也沒什麼了不起的，還不是請了我來。」

「嘖嘖，」李存孝搖頭嘖道。「莊公子，你這樣不行喔。老是不顧前、不顧後，一頭栽進去，連你在幫什麼人對付什麼人都不弄清楚。這不是太容易遭人利用了嗎？」

莊森心煩意亂：「我也是這麼覺得。但是有些事情遇上了，你教我不管，那又違背良心。「你現在管了，良心有比較好受嗎？」

莊森不語。

「柳蔭寺不是好人，盧山幫也不是好人。莊公子夾在中間，著實難做。」

莊森說：「他們也只是在亂世中討口飯吃。」

李存孝點頭：「而莊公子也只是想在亂世中當個好人。」

莊森冷冷看他。

「世道黑白不分，想當好人都不知道自己是不是在做好事。」李存孝說：「相信我，我懂。

從前我也想做好人。如果是在太平盛世，我會很肯定現在的我是個壞人。但當此亂世，我也只能本著良心做事。」

莊森說：「你的良心很怪。」

「或許。」李存孝點頭。「我今天來，是想請莊公子離開此地，別管這件是非。此事硬管下去，只會讓莊公子當不成好人。當壞人這種事情，交給我來就可以了。」

「交給你？」莊森問。「你要怎麼做？下藥讓他們言歸於好？」

「可以的話，有何不可？可惜藥效時間有限，解決不了問題。」李存孝說。「但我可以跟莊公子保證，我今天是來交朋友的。殺傷任何一方對我都沒有好處。我會盡可能談出兩全其美的辦法。」

「有這種辦法嗎？有的話，你教教我。」

李存孝搖頭：「當然沒有你想的那麼兩全其美，但總是盡力而為。」

莊森想了一想，說：「你告訴我，柳蔭寺究竟是什麼角色？你為什麼要來蹚這趟渾水？」

李存孝說：「江南道物產豐饒，北方節度使都要跟馬殷進口糧食。就某種程度而言，算是受制於他。有些人不想看馬殷臉色，自然就會想辦法私下掌握米糧。」

莊森點頭：「柳蔭寺方丈說他有跟個大老爺達成協議。」

「朱全忠。」李存孝說。「柳蔭寺的作物，一部分自用，一部分上繳馬殷，還有很大的一部分都私下出口給宣武軍。馬殷賣米，索價不高，但他會限制各節度使能得的數量，避免有人囤積軍糧，對他不利。朱全忠缺的是糧，不是錢。他跟民間私下買米，那價格出得可高了。像柳蔭寺妙海之流，一來貪財，二來不敢得罪朱全忠，自然會把米賣給他。」

莊森說：「這要是讓馬殷發現？」

「那是萬萬不能讓他發現的。」李存孝說。「這次廬山幫突然發難，害得柳蔭寺措手不及，才會落到這種田地。柳蔭寺早已派人去跟朱全忠求援。朱全忠為求隱密，多半會調派江湖人士趕來應援。然則此刻看來，是來不及了。倘若廬山幫挑了柳蔭寺，朱全忠又執意要奪回柳蔭寺田產……到時候引來馬殷調查，此事可大可小，難保不會一發不可收拾。」

莊森點頭：「妙海說柳蔭寺會牽扯天下蒼生，原來不是瞎說？」

「也沒那麼嚴重啦，就是打打仗嘛。」李存孝說。「這幾年，哪年沒在打仗？」

莊森問：「那你又能怎麼辦？河東也是缺糧的地區，你也是來謀柳蔭寺田產的嗎？」

李存孝一攤手：「朱全忠打馬殷必勝，但他未必想跟河東軍開戰。田產讓我們得去，總比廬山幫搶去強。廬山幫保不住這筆田產的。到時候只會死更多人而已。」

「你不已經叛出河東軍了？」

「你肯定我叛出了嗎？」

莊森皺眉。「這……」

李存孝一笑：「朱全忠也不能肯定。對外，我早就死了。我義父既然不會承認我還活著，自然不會公開我叛逃之事。大家神神祕祕，誰又能肯定什麼事？」

莊森問：「你興風作浪，究竟為了什麼？」

李存孝笑道：「當然是跟大家一樣，想要爭天下呀。」

「爭天下？」莊森懷疑。「你有兵嗎？」

李存孝笑而不答。

「你不會只靠契丹人吧？」

「當然不會。」李存孝說。「耶律阿保機又不是傻子。我若無權無勢，他幹嘛跟我合作？」

「那你……？」

李存孝揚手打斷他。「莊公子，我知道你不想爭雄天下，起碼此刻還不想。你若眞想置身事外，最好的辦法就是別碰這些事情。」

莊森緩緩搖頭：「這就是問題了。我出道一個多月，已經跟梁、晉王府、馬殷、拜月教、契丹人打過招呼。置身事外對我這樣的人來說，不是那麼容易的事情。不管你們是想要利用我，還是要我別擋路，總之我做的每一個決定……」他苦笑搖頭，「……都有可能會影響到天下之後的形勢。你可以說我自視甚高，但我眞的也不敢妄自菲薄。」他看著李存孝，正色道：「我沒有你想像中那麼天眞，不是這麼隨便就能打發的。」

李存孝拍手兩下，說道：「說得好，不愧是震天劍的傳人。既然如此，我有另外一件事情要告訴你。」

「請說。」

「半個月前，我在洛陽附近一座山谷見到一件手足鬩牆之事。你大師伯跟二師伯一行人不知犯了什麼事情，在山中遭到兵馬圍攻。對方自稱是朱全忠的人馬，但我看來不像。總之，兵荒馬亂之際，李命陣前倒戈，把趙遠志打落山崖。然後他就跟圍攻他們的兵馬一起離開了。」

莊森愣在當場，一時之間沒聽明白李存孝說了什麼。片刻過後，他甩頭眨眼，問：「什麼？」

李存孝說：「我說兄弟鬩牆，趙遠志讓李命打落山崖。據說趙遠志一生中曾三度墜崖，三次都沒給摔死。但那山谷地勢險峻，若是你我摔下去，那肯定是不活了。怎麼樣，你要不要去看一看？」

莊森問：「你……你說的是眞的？」

「是眞的。」

「在哪裡？」莊森忙問。「哪座山谷？」

「我可以告訴你。」李存孝說。「但我要你即刻離開這裡。別再管柳蔭寺之事。」

「你……」莊森指著他鼻子，一時不知道該接什麼。

「趙大俠墜崖已經是半個月前的事情了。你現在趕過去，只怕也還得半個月。」李存孝搖頭。「不知道趙大俠摔死了沒有？看那摔法，不死也重傷。他要沒死的話，不知道能在谷底撐多久呢？」

「你就這麼剛好看到？」

「我又能說什麼呢？」李存孝若無其事。「我見到一群官兵形跡可疑，在河東境內打扮成宣武軍的模樣，自然會想跟過去瞧瞧。只沒想到會瞧見這種事情。」

莊森質問：「你說此事與你無關？」

「無關。」

「你既然目睹此事，怎麼不爬下懸崖去尋我大師伯？你若能救得我大師伯性命，無異得到強援，這人情豈有不做之理？」

「我可不是李命的對手。」李存孝道。「他們派出上百人馬下崖搜尋屍體，我若下去攪和，鐵定洩漏行蹤。李命幹這等見不得光的事情，若有人證，定要斬草除根。」

「你沒等到他們散去再找？」

「我很忙。」

莊森皺眉瞧他，不知可不可信。李存孝勸道：「莊公子信不信我，根本無關緊要。你既得知此事，那洛陽已是非去不可了。只要你答應立刻離去，我就告訴你趙遠志在哪裡墜崖。」

莊森猶豫不決。這次師父派他出門，雖說拿了幾件案子要查，但最主要的任務還是取閱《左道書》和支援趙遠志。倘若趙遠志當眞遭李命背叛，莊森不但該盡快去救大師伯，還得立刻警告師父才行。李命若連趙遠志都敢殺，對卓文君自然不會手下留情。想到師父有難，他巴不得當即飛回成都去幫師父。柳蔭寺、廬山幫什麼的，突然都變得無關緊要。他心裡激動，正要答應李存孝，卻見旁邊台階上的小和尚瞪大眼睛瞧著他，神情之中充滿恐懼與不安。莊森心中糾結，望向李存孝：「我要你發下誓來，絕不傷害柳蔭寺和廬山幫眾的性命。」

李存孝搖頭：「莊公子本領滔天都辦不到，這不是強人所難嗎？」

莊森苦惱：「你說盡力而爲，究竟盡到什麼地步？」

李存孝說：「莊公子是大姑娘嗎？扭扭捏捏，淨問這沒準答案的問題。你若要走，只好相信我會盡力而爲；若不肯信我，趁早乾脆把我殺了，再做打算。」

莊森說：「我不想殺你。我要春夢無痕的配方。」

「莊公子連解藥都配出來了，還要配方做什麼？」

「那不是解藥，只是暫緩藥性，等藥效過去而已。」莊森說。「你配得出如此神奇的藥物，玄日宗可得弄清楚是怎麼配的才好。」

李存孝輕笑：「放眼玄日宗，除了莊公子醫術高明外，就數崔望雪有能一探春夢無痕的玄妙之處。莊公子古道熱腸，心機不深，配方不是你想要的。崔望雪老謀深算，意圖天下，她要春夢無痕的配方，用途可大了。」

莊森敬重崔望雪，不悅道：「你別說我四師伯壞話。」

李存孝陪笑道：「不說便不說。莫怪我多事提點莊公子一句，那李命背叛趙遠志，崔望雪是否知情，你可得弄明白了。不然你們師徒兩人重出江湖，只怕要鬧得灰頭土臉。」

莊森沉思不語。

李存孝左顧右盼，抬頭欣賞浮雲塔頂。天色黑暗，塔內雖有點燈，可照不到金頂。李存孝故意嘖嘖兩聲，讚道：「久聞柳蔭寺浮雲塔金頂生輝。今日一見，果然闊氣，真不知花了多少香油錢才蓋起來的。」片刻過後，見莊森還在考慮，便道：「難道我看錯人了？莊公子優柔寡斷，並非做大事之人？」

莊森搖頭：「你激我也沒用。我若想做大事，早就跟你們同流合污了。我大師伯確實是我首要之務；這裡的事，我也確實不想多管。但我話要說在前面，不管你如何處置此間之事，日後若是讓我發現你草菅人命，我絕不會善罷干休。」

李存孝點頭：「莊公子大仁大義，佩服佩服。」
莊森繼續道：「春夢無痕之事尚未解決。等我忙完再來找你。」
李存孝笑道：「我想讓你找到，便會讓你找到。」
莊森下定決心，問道：「我大師伯在哪裡？」
「香山琵琶谷。」
莊森朝大門望去，正好趕上妙海大師走來。莊森心中有愧，上前作揖。「方丈大師，今日之事，莊某人無能爲力，深感抱歉。我這就要去了。」
妙海冷笑一聲：「莊施主遇上解決不了的閒事，拍拍屁股走人，也是人之常情。老衲不送了。」
莊森朝李存孝一比，說道：「這位李存孝李大人，乃是大名鼎鼎的晉王府十三太保。有他在此，可保貴寺安然度過難關。」
妙海搖頭：「誰都知道李存孝十年之前便讓李克用給車了……」
莊森說：「信不信由你。總之，他能做我不願做的事情，柳蔭寺想要存活，只能靠他了。」
妙海難以置信，兼之喜出望外，臉上的表情都不知道該怎麼擺好。他說：「那……那可真是太好了！本寺有救，本寺有救啦！」
李存孝朝他臉上揮手，說道：「我索價不斐。」
「物超所值！物超所值！」
「你可還沒聽我開價呢。」

「不是跟莊施主一樣，一萬兩嗎？」

「我要你取消跟朱全忠的協議，改成跟我交易米糧。」

「這……這怎麼可以？」

「不行嗎？那你找朱全忠幫你。」

莊森聽不下去，暗嘆一聲，請大門弟子開門，就此離開柳蔭寺。

第二十六章　遇襲

卓文君踏入百鳥樓，一看負責宦官安全的弟子陳泰山、百鳥樓李老闆、以常正書爲首的幾名宦官都等在門口。眾人向卓掌門請安問好，陳泰山上前報告。「稟告掌門師叔，屍體被砍得面目全非。弟子清點名冊，已確定死者是呂文公公。」

卓文君皺眉。「帶我去看看。」

眾人領著卓文君來到後院一間偏僻臥房。百鳥樓的客房多在二樓以上，這次收留宦官，有些老宦官年事甚高，上下樓梯不方便，於是將後院幾間庫房清出來給他們住。庫房僻靜，正適合動手行凶。來到案發現場，陳泰山領卓文君進去，其他人便待在房外等候。

老太監伏臥在地，渾身都是刀傷，死狀甚爲悽慘。地板上血跡斑斑，想找乾淨的地方落腳都不容易。卓文君蹲下去檢視老太監的刀傷。傷口深淺不一，有幾處是刻意放血用的，有幾處是造成劇痛用的。右眼眼珠給人挖了出來，左耳耳膜遭刀尖刺穿。呂文死前顯然受到嚴刑逼供。致命傷在眉心。或說在後腦。端看你算入口傷還是出口傷而定。

「這也死得太慘了。」卓文君站起身來，環顧四周，搜尋可疑之處。屋內有幾處打鬥痕跡。椅腳、床柱都給震裂，但卻沒有打爛。凶手行招克制，盡可能不發出聲響。牆上有幾處刀痕，入木甚淺，乃是刀氣所劈，並非實刀砍落。卓文君看了片刻，沒有頭緒，招呼陳泰山過來，說：「報。」

陳泰山說：「凶手趁晚飯時行凶，周遭房間的公公都去飯廳吃飯了，沒人見到任何不尋常的事情。晚飯過後，隔壁房的王公公想起呂公公沒有出來吃飯，怕他睡過頭了，過來敲門招呼。這才發現公公已經遇害。」

「除了呂文之外，還有其他公公受傷嗎？」

陳泰山搖頭：「沒有。不過服侍呂公公的小太監呂游此刻下落不明，不知是否也已遇害。」

「派人去找。」

「是。」

「呂文功夫如何？」

「呂公公年事已高，來到百鳥樓後並未顯露任何功夫。但他曾任大理寺卿，任期雖短，卻也破過幾件大案。想來功夫是不錯的。」

「何門何派？」

「沒有門派。是內侍省自創的功夫。」

「大道神掌？」卓文君瞧瞧屋內的景象。「師父說這套掌法講究內力運用，可以隔空發掌。看來呂公公的功夫還沒練到家。」他側頭望向呂文屍體，又問：「那些刀傷，你怎麼看？」

「弟子……」陳泰山遲疑。「師叔，勘驗傷口，非弟子所長。」

「嗯，」卓文君沉吟半晌，揚聲道：「請常大人進來說話。」

常正書立刻進房，朝卓文君拱手道：「卓掌門有何吩咐？」

卓文君說：「常大人擅長刀法，想請你看看屍體。」

「義不容辭。」常正書上前檢視屍體，仔仔細細看了好一陣子，起身道：「這些刀傷大部分都不是打鬥中留下的，兇手費心折磨呂公公，多半是要逼他說出什麼祕密。兇手的刀法刀氣兇猛，出招狠辣，武林中如此霸道的刀法並不多見。加上這眉心貫腦的招式……揚州霸絕刀和蘇州三刀門的三刀定天下都可以辦到……還有就是……還有……」

卓文君幫他說道：「玄日宗的開天刀？」

常正書點頭：「是。在下並沒有……」

卓文君笑道：「不妨。常大人直言不諱，才是我想聽的。」

常正書道：「卓掌門不偏袒門下，令人好生相敬。那我可就直說了。呂公公的大道神掌雖然不算出類拔萃，卻也有一定火候。要想神不知鬼不覺地殺他，霸絕刀和三刀門眼下只怕都沒有高手能夠辦到。但是玄日宗能辦到的人可就多了。」

陳泰山喝道：「放肆！」

卓文君揚手道：「泰山，常大人是直話直說，你別攪和。」

常正書咳嗽一聲，正色道：「卓掌門，此刻武林人士為了玄武大會齊聚成都，有樁謠言已經傳得沸沸揚揚，不知道卓掌門有沒聽說？」

卓文君問；「常大人指的是？」

「五天前發生在杜甫草堂外的命案。」

卓文君點頭：「武漢門的弟子死於非命。據研判是同門口角惹的禍，怎麼了？」

常正書道：「方大龍和江虎為了爭奪武漢門掌門之位，各自率眾前來參加玄武大會。這半個月來已經在成都裡開打六、七場，玄日宗會認為是同門口角，當然不無道理。但那弟子傷口焦黑，內臟熟透，武林同道都說是出自玄日宗玄陽掌的手筆。」

陳泰山大喝：「這等道聽塗說的言語，由不得你在掌門面前瞎說！」卓文君瞪他一眼。陳泰山氣急敗壞：「師叔明鑑，這分明是有心人造謠毀謗本門！」

卓文君皺眉，問道：「單憑傷口焦黑，便推斷說是玄日宗下手？武林同道不會如此亂來。常大人可還知道些什麼？」

常正書說：「前個月飛馬莊主田飛死於家中，被人一劍貫腦。飛馬莊的人說他們投書玄日宗，但卻遲遲沒有下文。明著他們不敢亂說，私底下他們跟武林人士閒聊時，都說田莊主致死的那一劍很像是玄日宗劍招『日正當中』所刺出來的。這種事情說得久了，自然會有穿鑿附會之徒加以聯想，沒多久就把幾件懸案扯在一起，編織出玄日宗出手殺人的謠言。這幾日成都城裡的武林同道人心惶惶，已經有人聯合起來，說道只要再出一件類似的案子，他們就要上玄日宗總壇請卓掌門交代。」

「有這等事？」卓文君轉向陳泰山。「泰山，你聽說過這傳聞嗎？」

陳泰山急道：「掌門師叔，這些武林人士閒著無聊，造謠都不用錢的！我們是名門正派，怎麼會濫殺無辜？」

卓文君嘆道：「死的人是否無辜，還是未知之數。但是玄日宗四萬多人，你敢保證沒人會幹這種事嗎？」

陳泰山語塞。「弟子……」

卓文君道：「倘若眞是玄日宗弟子所為，這可是攸關門戶聲望的大事。我們不可等閒視之。」他轉向常正書。「常大人，你說的事情，我會著令本門司刑房盡速查辦。」

常正書一拱手：「多謝卓掌門為武林同道著想。」

「好說。」卓文君走出房門。常正書在他路過時偷偷塞了一張字條給他。卓文君不動聲色，一路囑咐陳泰山查辦呂文案事宜，交代了好一會兒才離開百鳥樓，只剩下司禮房弟子王正義跟在他身邊。他說要去買酒，遣走王正義，轉入一條小巷，拿出字條來讀。

南荃布莊後門見，十萬火急。

卓文君長嘆一聲：「有事相求是這種態度嗎？還要我大老遠跑去見面？」他自然知道常正書約在遠處是為了掩人耳目，防止跟蹤。於是他摸摸鼻子，朝南荃布莊走去。「倘若是知道相關內情，那就甚好。要是又給我添什麼麻煩，看我不好好教訓教訓他。」

他隱約感到此事嚴重，是以沿路謹愼、處處留心，刻意甩開跟蹤之人。他每日出門散步，起碼會有兩方人馬在跟蹤他。其中一路是玄日宗弟子，多半是六部司房派出來的，估計是張大洲，也可能是任動；另一路是江湖人物，武功甚雜，估計是梁王府的人。今日梁王府派出的是輕功高手，卓文君花了好一會兒工夫才擺脫他。肯定再也無人跟蹤後，他快步趕往南荃布莊。

快到南荃布莊時，他遠遠望見吳曉萍在一間藥局裡採買藥材。近日來，他只要瞧見吳曉萍，心情就會變好。他很想上前招呼，但想常正書之事多半極為隱密，吳曉萍在她師父面前又不會保守祕密，所以還是決定別去找她。他快步路過藥局，沒有驚動吳曉萍。片刻過後，來到南荃布莊。他沿著布莊外牆繞到後門，只見常正書已經等在門外。常正書朝他微微點頭，開門進入布莊。卓文君信步晃到門口，輕輕一推，門應聲而開。他左顧右盼，四下無人，進屋關門。

常正書跪在地上，拜倒磕頭，說道：「卓掌門，在下為了大局，欺瞞卓掌門，還望掌門恕罪。」

卓文君扶起常正書。「常大人有話便說，不必行此大禮。」

常正書低著頭道：「卓掌門，這次朱全忠大張旗鼓，獵殺流落在外的宦官，其實是因為我們出宮時……帶了太子一起逃出來。」

「什麼？」卓文君瞪大雙眼，驚訝異常。「太子？李裕？李裕跟你們在一起？」

常正書道：「當日朱全忠下令誅殺宦官、廢神策軍，宮裡有些內臣及早得知消息，開始謀求退路。太子見朱全忠勢大，闖進宮中殺人，根本無法無天，遂令呂公公帶他一起出宮。呂公公出宮之後，立即趕往巴州跟我會合，冀望能仰賴我來護得太子周全。我離開京城許久，早就無權無勢，哪裡護得了太子？其後朱全忠發現太子出走，開始追殺宦官。我們便即收拾行囊，趕來成都。當時是想倘若朱全忠敢進玄日宗的地盤拿人，我們只好賭上一把，帶太子投靠玄日宗。趙掌門向來看重大唐宗室，或許會願意為了太子跟朱全忠翻臉。但是我們到總壇求見過幾次，趙掌門始終不在。幸虧後來卓掌門回來接掌，第一件事就下令庇護宦官。我們見暫時沒有危險，認為此事還是越少人知道越好。倘若告知卓掌門，也只是為掌門增添煩惱。」

卓文君問：「究竟有幾個人知道太子出宮之事？」

常正書道：「便只有呂公公、我，還有呂公公的隨侍太監呂游三人。」

卓文君問：「崔胤不知道？」

常正書搖頭：「呂公公本想聯絡崔丞相共商大局，但是當時情況緊急，遲得一時三刻便再難出宮，呂公公只好獨自帶著太子離宮。」

卓文君沉吟不語。崔望雪說崔胤聯合李克用，找趙遠志去迎接太子出宮。倘若當時崔胤知道太子不在宮裡，整件事情可就陰謀算盡了。即使崔胤不知情，趙遠志一走數月，音訊全無，誰也不知道他遇上什麼事情。或許他發現太子出宮，沿路追查他的下落，卻不知太子一直都在成都。他派莊森去支援趙遠志，此刻也不知道遇上了沒有。

「呂公公遇害，對頭定是要問太子下落……」卓文君突然一驚。「太子此刻身在何處？」

「呂公公將太子安置在城南柳葉巷的瑤園裡。」常正書道。「呂公公遇害，呂游又不見了。我擔心他被殺害呂公公之人擄走，太子就危險了。」

「我們走。」卓文君推開大門，往城南前進。常正書快步跟上。卓文君問：「如此大事，剛剛在百鳥樓怎麼不直說？」

「此事雖然多半是朱全忠派人幹的，然則近期武林殺人案謠言四起，不知凶手究竟是玄日宗的人，還是意圖嫁禍玄日宗。殺呂公公之人既然使了這等手法，我也不能排除是玄日宗所爲。」常正書邊跑邊解釋。「我縱使心急如焚，還是擔心此事落入有心人耳中。是以才請卓掌門移駕布莊。」

「原來如此。」

「此事既已告知卓掌門，接下來如何處置，便請卓掌門定奪。」

卓文君奔到藥局，喚來吳曉萍。「曉萍，妳去吩咐城門守軍，即刻關閉城門，沒有我的命令，不可放任何人出城。」

吳曉萍也不多問，得令而去。

卓文君加快腳步，急速奔跑，見常正書跟不上，便伸手托住他後腰，推著他跑。常正書邊跑邊問：「卓掌門不找幫手嗎？」

卓文君本來想讓吳曉萍會同齊天龍趕來支援，但又不確定這麼做會走漏多少風聲。常正書顧慮的也有道理，呂文眉心一刀有可能是玄日宗的人砍的。他也不知道能相信誰。此事越少人知道越好，即便救了太子，他也不便公開庇護。這麼做等於是直接參與政治鬥爭，玄日宗再也不能聲稱中立。他說：「沒時間了。先去再說。」

一炷香時分過後，二人抵達城南柳葉巷。一看巷口麵店老闆正在匆忙收攤。卓文君上前問道：「老闆，這麼早收攤了？」

老闆說：「適才瑤園內傳來慘叫，有男有女，也不知出了什麼事情。客人害怕遭受波及，全都把麵一放就跑掉了。我這會兒也得趕緊走，免得把命賠上。玄日宗辦個玄武大會，把成都搞得雞犬不寧，眞是呀……」

卓文君跟常正書往巷內走去。麵店老闆勸道：「兩位大爺莫管閒事，保命要緊。」

卓文君沒有回頭，只道：「人命關天，不是閒事。」

來到瑤園門口，一看大門深鎖，毫無動靜。常正書低聲問道：「卓掌門，是否該走側面翻牆，偷溜進去探虛實？」

卓文君搖頭。「武林盟主的規矩是走正門。」說完一腳把門踢開，大步走了進去。門內血跡斑斑，景色風雅的園子裡躺了好幾具屍體。卓文君走出幾步，旁邊一棵大樹上跳下一個人來，舉起大刀劈頭就砍。卓文君一掌拍出，也不知道爲什麼沒給大刀砍著，那偷襲之人騰空而起，重重撞上樹幹，鮮血狂噴，暈了過去。

常正書撿起大刀，神色戒備，跟著卓文君往園裡走，輕聲問道：「不知對方是何來頭，卓掌門要不要等他們多出幾招，看清楚是哪裡的功夫再出重手？」

卓文君道：「常大人想得眞是周到。那下一個壞蛋就由你打發。」

說時遲，那時快，假山後跳出兩名黑衣人，一使刀，一使劍，朝卓、常二人疾砍而來。常正書大喝一聲，使開成名絕學「百手斷魂刀」，頓時刀光霍霍，彷彿百刀齊出。兩名黑衣人並非高手，當即手忙腳亂，連番招架，讓常正書逼得連退數步，這才稍穩陣腳，奮力接戰。卓文君不理他們，繼續往園內走去。沿路又冒出五、六個黑衣人，都被他一掌打發。常正書耍了片刻，見對手刀法狠辣、劍法怪異，似乎不像中土武學。他看不出所以然來，又見卓文君根本也沒在看他，心裡一毛躁，當即施展絕招，砍死兩人。他提氣縱躍，落在卓文君身旁，說道：「卓掌門，他們使的是西域武功，我認不出。」

卓文君說：「他們是吐蕃拜月教的。」

常正書一驚：「吐蕃人？」

卓文君說：「倘若是大唐節度使爭奪太子也還罷了。既然知道是番邦外族，咱們絕不能讓太子落入他們手中。常大人，拜月教有不少高深武學，待會遇上高手，你可不要逞強，交給我來打發便是。」他往主廳門口一站，揚聲喝道：「玄日宗掌門人卓文君在此，不知道拜月教哪位高人敢在成都城內放肆？也未免太不給我卓某人面子。」

廳內走出一人，五十來歲年紀，腰間掛著一把長劍，神色嚴峻，不怒自威，儼然散發出一股宗師氣勢。他站在門後，依著中原武林規矩，朝卓文君拱手抱拳，說道：「在下拜月教武曲尊者，見過卓掌門。」

卓文君雙手揹在身後，並不回禮，神色傲慢，問道：「太子呢？」

武曲見他一副不把自己放在眼裡的模樣，心中有氣，說道：「讓我那些兄弟帶走了。」

卓文君道：「那我跟你廢話什麼？」

武曲冷笑：「我是來跟你談條件的。貴國太子既然落入本教手中，那是別想……」

卓文君上前一步，武曲立刻拔劍。「卓文君！你不要以爲接掌了玄日宗就算武林盟主！我上個月已經跟你三師兄動過手，憑玄日宗那點三腳貓的功夫，只怕還沒辦法阻止我們在成都城裡做任何事。」

「試試看就知道了。」

卓文君再跨一步，武曲隨即出劍。當日追擊郭在天，武曲只有跟他短暫交手，根據日後推想，郭在天的武功應該跟他不相伯仲。他想卓文君既然是郭在天的師弟，本領不可能大到哪裡去。即使後來聽說卓文君打贏三個師兄姊的傳聞，他也只當是武林人士鬼扯瞎說。在他看來，玄日宗便只武林盟主趙遠志及其二師弟李命可懼而已。然則卓文君既能出任玄日宗掌門，武功自然不會太差，是以武曲還是施展渾身解數，一上來就使出明月劍法中的絕招「星月無光」。這一劍招式繁雜，劍花點點，號稱可以點中滿天星斗，令星月黯淡無光。卓文君大袖一揮，纏住劍刃，順勢往外一扯，武曲掌心破爛，撒手放劍。卓文君抖動衣袖，把劍往上一甩，釘在梁上，直沒至柄。

武曲摀住右掌，神色駭然，如見鬼神：「你……你……」

卓文君問：「你們要帶太子去哪裡？你們教主究竟到成都了沒有？」三日之後便是玄武大會，拜月教眾人早在五天前便已抵達成都，由左護法月虧眞人率眾前往玄日宗拜會。卓文君親自接見月虧，說了好些客氣話，安排拜月教徒在成都最好的成都客棧下榻，以外國貴賓之禮款待。當時拜月教主赤血眞人尚未抵達，據月虧的說法，他會在玄武大會當天趕到成都，也不知道是眞是假。倘若拜月教此行成都另有所圖，那教主躲在暗處指揮大局也就順理成章。

武曲拉開架式，右手舉掌，左手握拳，喝道：「我絕不會告訴你。」

「不說就算了。」卓文君伸出右手，扣住武曲手腕，一把將他摔出門外。武曲自以爲武功高強，在拜月教七星使者中僅次於大哥貪狼，就連巨門也打不過他。想不到卓文君這麼輕描淡寫伸出手來，他所有高明的拳法掌法通通施展不開，只能眼睜睜看著他扣住自己手腕，像摔條狗般摔到門外。他身在空中，想要翻身落地，卻發現卓文君短短一握之中已經運勁打散他體內的眞氣，令他渾身動彈不得。他摔在地上，往後滑了數丈，左臉給拖得血肉模糊，但他卻完全沒有感到皮肉之苦。他震驚到毫無所覺。他不敢相信這個年紀看起來比自己還小的人竟然能把武功練到這種地步。普天之下，或許只有教主赤血眞人能夠跟他一拚。但是教主是不是他的對手，武曲心中實在殊無把握。

卓文君對常正書道：「把他綁起來。」說完縱身而起，躍上正廳屋頂，在瓦上輕輕一點，身形拔高三丈有餘。他大袖一揮，減緩下落之勢，宛如平空飄浮的仙人。他再度揮袖，整整轉了一圈，將附近的街道盡收眼底。三度揮袖，凝望東南，沉思片刻，這才輕輕落回地面。

常正書跟武曲尊者看得都傻了，一個忘了綑綁，一個也忘了掙扎，直到卓文君落地後，常正書才連忙點了武曲的穴道，撕下他的衣衫加以綑綁。卓文君等他綁好，說道：「他們往東南方走，隨我追人。」常正書立刻跟了上去。巷道迂迴，追人不快，卓文君提起常正書躍上民房屋頂，筆直朝東南方跑去，邊跑邊道：「成都客棧和南城門都不在東南，他們八成是要帶太子去拜月教主的落腳處。待會兒常大人不要出手，伺機救人便是了。」

片刻過後，卓文君自一處巷口躍下，擋在拜月教眾人面前。為首四人都跟武曲差不多打扮，想來也是七星尊者中的人物。跟著他們的還有三名年紀較輕的拜月教徒，其中一人拿刀架在一個富家公子脖子上，多半就是太子李裕。

四星尊者當前一站。為首之人一邊比手勢要年輕教徒帶著太子繞道先走，一邊朝卓文君拱手道：「卓掌門果然了得，這麼快就打發了我們六弟。不知道他……」

卓文君道：「還活著。」

「多謝卓掌門手下留情。」那人道。「在下拜月教祿存，這是我四弟文曲、五弟廉貞、七弟破軍。」所有人朝卓文君拱手行禮。「見過卓掌門。」

卓文君說：「不必客套。各位遠來是客，只要放了太子，你們可以走。」

祿存尊者搖頭：「不放。」

「好。」卓文君一攤手：「那你們就都別走了。」

四尊者移動位置，擺開七星陣的陣型，各自拔出武器。祿存使掌，文曲使爪，廉貞使槍，破軍使刀。三個年輕弟子押著太子往後退開。常正書在屋頂上跟了過去。

四星尊者見他們之中武功最強的武曲都無力拖延卓文君，心知此人是他們出道以來遇上最強的對手。他們勁灌全身，嚴陣以待，就等卓文君步入七星陣中，便要以絕妙陣法困住這個絕世高人，讓手下可以順利擄走大唐太子。卓文君並不把七星陣放在眼裡，拍拍雙掌，長驅直入。四星尊者掌、爪、槍、刀齊下，分向對手身上四大要害招呼。七星陣法講究互補有無，分勁合擊，令對手顧此失彼，手忙腳亂。卓文君不忙不亂，招式清楚，接下掌、架開爪、踢開槍、頂開刀，就聽見噹噹噹三聲，蝕月刀、冷月爪、血月槍盡數落地。祿存跟卓文君對上一掌，鮮血狂噴，飛身撞牆。其餘三名尊者虎口龜裂，四肢無力，難以再戰。卓文君上前點中四人穴道，隨即往巷尾跑去。

巷尾轉出一名六十來歲的男子，一身黑衣，拜月教徒打扮，不過黑衣之外還有穿著黑皮護甲，飾以血紅紋邊，乃是拜月教鎮教之寶血月戰甲。卓文君小時候曾見過師父在玄武大會上大戰著此戰甲的拜月教上代教主赤月眞人，知道這是只有教主才能穿戴的寶甲。眼前之人除了拜月教主赤血眞人之外，不可能再是其他人。

赤血眞人手裡提了個血人，丟在地上。卓文君凝神細看，認出是奄奄一息的常正書。他皺起眉頭，說道：「赤血眞人的手段未免太過毒辣了點。」

赤血眞人冷笑道：「本教搶了貴國太子，這可是興兵打仗的大事。我當然要殺人滅口。」
「嗯，」卓文君冷冷看他。「我你也要殺了滅口嗎？」
赤血眞人說：「殺得了就殺。」
卓文君問道：「拜月教不是跟朱全忠聯手嗎？爲什麼自己來搶太子？你想窩裡反？」
赤血眞人問：「你怎麼知道我是自己來搶？我不能幫朱全忠搶嗎？」
卓文君說：「你搶了太子，還想待在成都城裡參加玄武大會嗎？這個時候要搶太子，你當然會讓梁王府的人去搶。除非是你自己想搶。」
「哈哈哈哈哈，」赤血眞人大笑。「搶了太子，好處多多，卓掌門既然是明白人，我也不必跟你多做解釋。至於還要不要參加玄武大會？把你滅了口，不就可以參加了？」
「好大的口氣。」
「不大。」
赤血眞人迎上前去。卓文君凝神接戰。儘管拜月教七星尊者在他面前全都不堪一擊，他還是不敢小覷赤血眞人的功夫。三十年前玄武大會，拜月教上代教主赤月眞人跟他師父崔全眞大戰三百回合，赤月眞人重傷昏迷，但崔全眞也受了很嚴重的內傷，凝月掌的傷勢足足調養了三個月才得以痊癒。卓文君師兄弟大部分都曾在玄陽掌上下過苦功，主要就是爲了對付拜月教的凝月掌。他在吐蕃時經常留意拜月教的消息，而拜月教徒都說赤血眞人的功夫青出於藍，凝月掌更是練得出神入化。他不知道這種傳言有幾分可信，不過他是寧可信其有。畢竟，拜月教的武學乃是唯一在他童年留下陰影的功夫。

赤血眞人一上來便使開凝月掌，卓文君也施展玄陽掌接戰。兩種武功一陰一陽，打得巷子裡一邊冰寒到樹葉結冰，一邊燥熱到磚牆冒煙。赤血眞人的功力比七星尊者全部加起來還要深厚，卓文君果然沒辦法隨手打發他。那凝月掌掌勁霸道，招式狠辣，每一掌都往對手要害招呼，甚至有一路招式專攻下陰。卓文君連擋數掌陰毒掌招，只覺得下體都要結成冰柱。他心下駭然，不敢托大，當場加催內力，每一掌揮出都滋滋作響，隱含火光。赤血眞人接了幾掌，驀地大喝一聲，宛如晴天霹靂，雙掌好似大雪紛飛般出擊。卓文君說聲：「來得好！」掌心眞氣一吐，化作兩顆火球，力抗暴風雪。

卓文君心想：「赤血眞人堪稱當今世上罕見的對手，倘若有空，眞想跟他多打一會兒。可惜大唐太子絕不能落入吐蕃人手裡。要是跟他糾纏太久，跟丟太子可不妙了。」主意既定，他便不再猶豫，當下加催功力，打算一舉收拾赤血眞人。想不到他功力催到七成，居然再也催不上去。他又催兩回，只覺得丹田之中空盪盪的，功力雖在，就是聚不起來。這時赤血眞人的功力宛如排山倒海而來，他也不畏懼，只是轉變運功方式，改用轉勁訣去引導赤血眞人的攻勢。他想：「慘了、慘了，千防萬防，防不勝防。四師姊畢竟還是在我身上下藥了。不知道是茶水還是飯菜裡下的藥，也不知道是什麼藥。森兒不在身邊，這種事情可棘手了。」他倒不擔心會敗在赤血眞人手上。他的轉勁訣已經練到隨心所欲、收發自如的地步，就算身上不剩半點功力，他也能立於不敗之地。此等天下無敵的境界，堪稱震古鑠今。

便在此時，他看見一條人影無聲無息地落在赤血眞人身後；從赤血眞人臉上的表情來看，自己身後肯定也有不對勁的地方。他兩人同時皺眉，但如此比拚內力，又不能隨意撤手。正考慮著該如何提示對方，赤血眞人身後之人爆起發難，對準赤血的背心狠狠就是一掌。卓文君立刻調整運勁法門，準備承受透過赤血眞人而來的力量。這時自己的護身氣勁突然朝背後聚集，跟著就是一股大力開天闢地般襲來。不管是打在赤血背上還是自己背上的內勁都十分強勁，不比赤血眞人的內勁弱上多少。這兩掌出其不意，卓文君跟赤血眞人雖有應變，但還是被打得步伐虛浮，同時往前摔倒，撞在對方身上。

兩人趁著一撞之勢收回攻向對方的內勁，四掌輕輕一推，同時翻過身去，背對著背，各自面對偷襲自己之人。兩個偷襲者都穿藍布短衫，以黑布蒙面，看不出年紀長相，只知道是男人。他們兩人同時仰天大笑，接著面對卓文君的蒙面人說道：「卓文君、赤血眞人，兩位好大的名頭，想不到也不過如此。」

卓文君喉頭冒出一口鮮血，但他強行嚥了下去。他說：「兩位偷襲的功夫如此了得，卓某人深感佩服。」

蒙面人語帶嘲諷。「卓文君，枉你自稱武林盟主，連個太子都會讓西域番邦給搶去。我看你還是趁早歸隱江湖，別再丟人現眼得好。」

卓文君笑道：「搶去又怎麼樣？再搶回來就是了。」

另外一側的蒙面人說：「赤血眞人，你好大的膽子，竟敢跑來綁架太子，這是不把我們大唐英雄好漢看在眼裡嗎？」

赤血冷冷一笑：「卓掌門我是看在眼裡的。兩位偷襲高手，本座還眞不看在眼裡。」

先前一人道：「你們兩個一般嘴硬，很好很好。看來你們是認定我們不偷襲就打不過你們了。」

卓文君側頭問赤血眞人：「你覺得呢？」

赤血眞人說：「我覺得我一掌把他們打成冰柱。」

卓文君點頭：「留活口，我要知道誰敢偷襲我們。」

赤血道：「活口留一個就好了，且看誰先打死一個！」

卓文君跟赤血眞人同時出招。卓文君運起玄日宗入門掌法朝陽神掌，專以武林中人常見的玄日宗招式攻擊對手，顯是不把對方看在眼裡。然則不管再怎麼稀鬆平常的功夫，到了卓文君手下都是勢不可擋的高招。這點蒙面人才接到他第三掌時就已經深刻體會。他本以爲適才一掌已將卓文君打成內傷，想不到卓文君內勁強橫無比，深不見底，自己的掌力一掌強過一掌，卓文君卻都有相應的力量將其一一抵銷，完全沒有受傷的跡象。其實卓文君剛剛發現自己內勁難以凝聚時，儘管鎭定應對，心中總有點驚慌，加上意外中伏，身上中的內傷可比外表看起來嚴重多了。但他並不畏懼，也無須死撐，只消運起轉勁訣，便可輕鬆運用對方的掌力對付敵手。他跟蒙面人交手數掌，轉運了幾次他的掌力，心中微加算計，已將對方的功力摸透。蒙面人的內力約莫及得上他本身功力的六成，即使他不用轉勁訣也有把握取勝。但他此刻既受內傷，功力又遭受不明藥物抑制，儘管解決蒙面人不難，但若解決完蒙面人後又要應付赤血眞人，或許就有些棘手了。

卓文君正盤算著，突然心口一陣刺痛，彷彿對手的功力中有那如針般的一小點突破了轉勁訣的導引，擊中他心口要害。打從他學藝有成之後，這是從未發生過的情形。他神色驚駭，望向蒙面人，只見他眉開眼笑，一副早就準備好來對付你的模樣。「卓文君，想不到我有辦法破你的轉勁訣吧？告訴你，靠這種功夫投機取巧是沒有好結果的！」

蒙面人再度出掌，卓文君再度轉勁，結果發現轉勁訣引導的掌力完全卡在心口，舒緩不通，噁心難受。卓文君後退一步，深吸口氣，調整氣息路徑，避開心脈，揮掌再上。這一下他不再容情，運起玄陽掌的內勁狠狠發掌。蒙面人想要憑藉繁複掌法旁敲側擊，但是卓文君要你跟他對掌，你就得跟他對掌，再強的高手也避不開。這一掌實實在在，半點取巧不得，蒙面人讓他一掌打飛，撞上路邊石牆，吐出一口鮮血。

卓文君冷笑道：「你以爲你偷襲得手，我就只能用轉勁訣應付你？天下無敵這四個字你究竟有哪裡聽不懂了？」

赤血眞人長嘯一聲，也是一掌把另外一個蒙面人打去撞牆。兩名蒙面人對看一眼，點了點頭，各自往地上砸了一顆煙幕彈。煙消雲散之後，兩人已經跑了。第一個蒙面人的聲音遠遠自巷尾傳來：「你們兩個這麼厲害，太子還不是歸我？哈哈哈哈……」

卓文君和赤血眞人站在原地，望著巷尾，耳聽對方數落的言語，但卻誰也沒有答話。片刻過後，卓文君說：「這麼囂張，你還不去追？」

赤血眞人哼了一聲，說道：「你追呀。」

卓文君搖頭：「你追我就追。」

赤血眞人說：「你先追。」

兩人相對而立，各自擺出宗師架式，死撐片刻後，同時忍俊不住，噗哧笑出聲來。這一笑，不再做作，兩人各自退往身後的牆壁，靠在牆上喘氣。卓文君問：「你傷得怎麼樣？」

赤血眞人說：「比你輕一點。」

「你輕，你就去追呀。」

「我不要。」

兩人各自吸氣，運功療傷。卓文君提氣幾回，氣走心脈仍舊不順。他想：「對手練這門破解轉勁訣的功夫，肯定是衝著玄日宗來的。轉勁訣不管練就幾層，心法口訣都是一樣，隨便一個弟子都能流傳出去。但要練到深層，可就得看個人資質。要破轉勁訣，必當先悟轉勁訣。此人悟性之高，世所罕有。爲了破我轉勁訣，也不知道花了多少心思。」他突然心念一動，細細回想適才過招，眉頭越鎖越深。「他不光只是鑽研轉勁訣而已。他的一招一式都是壓著我的朝陽神掌打，只是功力不及，壓不住我罷了。是了。我看不出此人武功家數，是因爲他根本沒有施展自己的武功，完全是面對我的招式相應而生的剋制招式。這可奇了。本門什麼時候出現這種對頭？回頭可得去跟師姊問個清楚。」

他抬頭看向赤血眞人，只見他亦眉頭深鎖，似在思索什麼難題。卓文君問：「你在想那蒙面人的武功家數？」

赤血眞人點頭：「那傢伙肯定是拜月教的大對頭，下了很多工夫勤練本教武功的剋法。若非如此，我也不會鉗手鉗腳，打這麼久才打發他。」

「這可奇了。」卓文君道。「你對他們的身分可有頭緒？」

赤血眞人冷笑：「我就算知道，也不會告訴你。要搶李裕，還得著落在他們身上。」

「說得也是。」卓文君行功完畢，化解了胸口鬱悶，氣息再度圓轉如意。他走向被丟在地上的常正書，蹲下去檢視他的傷勢。常正書身中八刀，每一刀都只要再深入半分便可致命，偏偏就少了那半分力道，只讓他流很多血。卓文君出手封住他傷口穴道，止住失血。常正書本來已經暈去，讓他點了一輪，又甦醒過來，睜眼看見卓文君，忙說：「卓……卓掌門……我……有負……」

卓文君說：「別說話。我知道了。」他本想把常正書留下，之後差遣弟子過來救助，但看巷口還躺了拜月教四星尊者，這麼丟下常正書不管也不是辦法。況且赤血眞人又說要殺他滅口。他抱起常正書，走到赤血眞人面前，說道：「你好了沒有？好了就走吧。」

赤血眞人皺眉：「去哪？」

卓文君道：「看看太子是不是眞的讓那些蒙面人擄走呀。那兩個傢伙也受了傷，要是沒有其他援手，未必搶得走太子。話可說在前面，太子要是落入你拜月教手裡，我們玄日宗可是要當場翻臉的。」

剛轉過下個巷口，地上便躺著適才押走太子的拜月教徒屍體。不見太子的蹤跡。卓文君跟赤血眞人冷冷看著地上的屍首，心裡都湧現一股前所未有的挫敗感。

「鷸蚌相爭，漁翁得利。」赤血眞人說。「這跟斗可栽得不小。」

卓文君說：「奪回太子的事情，就不勞教主費心了。」

赤血眞人搖頭：「不管奪不奪太子，我都要找出這些蒙面人。」

「嗯。」卓文君跟他並肩站了片刻，說：「只要你別再碰太子，我也不來管你。貴教那幾個尊者，就讓你帶回去了。離玄武大會尙有三日，還望貴教這三日內別再惹事。」說完扛著常正書便要離去。

赤血眞人突然拱手：「卓掌門武功卓絕，名不虛傳，本座十分佩服。」

卓文君微微一愣，不知他在客套什麼。「好說。教主也是絕頂高手。」

赤血眞人問：「卓掌門自認打得贏本座嗎？」

卓文君點頭：「教主不是卓某人的對手。」

赤血眞人點點頭，輕嘆一聲。「適才動手過招，我也看出來了。可惜呀……崔全眞後繼有人，我師父卻只有我這個不肖弟子。三十年前玄武大會敗北之恥，眼看……唉……」

卓文君道：「勝敗乃兵家常事。都三十年了，教主還放在心上做什麼？」

赤血眞人嘆道：「我師父戰敗後鬱鬱寡歡，一心只想報仇雪恨，卻又明知自己報不了仇。他到死都沒再過過一天開心的日子。」

卓文君不曾聽說此事，想到小時候常出現在自己惡夢中的大魔頭赤月眞人竟然敗給他師父後就一蹶不振，心下倒也惻然。他說：「人執著起來就痴了。望教主別學你師父。」

赤血眞人苦笑：「其實本教有一不傳之密，我若肯練那招，你未必是我對手。」

卓文君問：「那你爲何不練？」

赤血眞人說：「練了會要我女兒的命。」

卓文君一揚眉：「那還是別練了吧。」

「是呀，還是別練了吧。」赤血眞人恍神片刻，又正色道：「卓掌門，如今的玄日宗就跟世局一樣，是個暗潮洶湧的大染缸。縱使你天下無敵，這麼一頭栽進去也得鬧個灰頭土臉。我見你是個人才，勸你趁早離開。」

卓文君笑道：「我若要走，當初就不會答應暫代掌門。」

赤血眞人凝望他片刻，點了點頭，拱手道：「本座告辭了。」

卓文君道：「三日後，玄武大會見。」

「但願如此。」赤血眞人轉身離去。

第二十七章　風雨

卓文君懷抱常正書，往總壇趕去。玄日宗巡城弟子見狀，上前說要接走常正書。卓文君擔心延誤治療，還是自己提氣趕路，只是吩咐弟子留意兩個「藍布衫受傷男子」。到了總壇，直奔青囊齋，將常正書交給吳曉萍救治，順手在青囊齋藥櫃前拿了本《玄日醫經》，這才在旁邊拉張板凳坐下。

「師叔可受了傷？」吳曉萍關切道。

「沒事，看閒書呢。」卓文君笑道。「快去救常大人。」

卓文君翻閱《玄日醫經》，查詢與壓抑內力相關的記載，想知道崔望雪究竟對他下了什麼藥。他醫術普通，沒有悟出過「玄藥眞丹」，但是仗著震古鑠今的內力修爲，早已到了百毒不侵的境界。當今世上能對他下毒之人寥寥可數，崔望雪可是名單上的第一人，或許也是唯一一人。他想：「我中這毒也不知道多少時日了。她並不是眞的化去我的功力，那樣我立刻就會發現。功力尚在，只是要用時卻聚不起來。若非遇上赤血眞人這等需要運上七成功力的對手，我也不會發現自己中毒。四師姊究竟想怎樣？我就算剩下七成功力，她也不是我的對手。此後務須小心在意，絕對不可再著她的道。萬一弄到功力只能聚起兩成，那可就麻煩了。問題是我究竟是怎麼中毒的？」

正想著，崔望雪來到青囊齋，笑盈盈地看著卓文君道：「文君，怎麼著？跟人家打架了？」

卓文君也陪她笑：「怎麼？師姊擔心？」

「你打架擔心什麼？還不就擔心你把別人給打死了？」

「別擔心，我沒打死人。」卓文君放下《玄日醫經》。「常大人被人打，我帶他回來醫治。」他心想倘若說出跟赤血眞人交手一事，崔望雪定會懷疑他已發現中毒。他本以爲崔望雪只是想要攏絡自己，想不到她竟會在暗中下毒。崔望雪毒他究竟意欲何爲？難道她想接任掌門？三日之後便是玄武大會，有拜月教高手在場，憑崔望雪和郭在天的實力可未必奪得下武林盟主。他們需要他。即使要對付他，也應該要等到玄武大會過後才對。卓文君看不透其中關鍵，他覺得有點擔心。

「常大人？」崔望雪在他對面坐下。「哪位常大人？」

「常正書啊。十年前在神策軍當中尉的。我們在洛陽見過他一面。」

「啊，百手斷魂刀。」崔望雪側頭回想。「他武功還過得去呀。怎麼會被人打進青囊齋？你知道是什麼人幹的？」

「沒有見到。」卓文君搖頭：「我擔心是梁王府的人暗中獵殺宦官。」

「你一早不是去百鳥樓查命案嗎？」崔望雪問。「我聽說死去的公公叫作呂文？那是梁王府的人幹的？」

「不知道，還在查。」卓文君不打算透露太子流亡在外之事，決定懸著呂文案。

「你跟常大人就是去辦這件案子？」崔望雪追問。「曉萍說你要她通知守城弟子關閉城門，不放人出城。城裡武林人士眾多，你幹這種事情，弄得人心惶惶，以爲玄日宗有所圖謀。現在有十大掌門聯名拜會，要咱們把話說清楚呢。」

卓文君適才心繫太子，二話不說就把城門封了，可沒想到城裡諸多武林人士會如何看待此事。如今太子落入蒙面人手裡，儘管繼續封城可以確保他們無法離去，但是玄武大會將近，總不能一直封著城門。再說，那兩個蒙面人只要換套衣服，根本查無可查。如此漫無頭緒，實在不是辦法。他說：「常大人在百鳥樓外見到可疑人士，我就跟他一起去追查。我接掌玄日宗，第一件事就是下令庇護宦官。他們跑到百鳥樓來殺人，實在太不給我面子。我心裡一氣，就叫曉萍封了城門。」

崔望雪不信：「為了個宦官封城門？」

卓文君點頭：「不把凶手抓出來，還會有更多公公受害。」

崔望雪凝望他片刻，點頭道：「凶手混入百鳥樓，殺一個老的，擄走一個小的，動機不太可能只是為了殺宦官。」

卓文君說：「這點我也想過。陳泰山還在百鳥樓一一約談所有宦官，且看能不能找出有人想殺呂文的理由。」

「嗯，」崔望雪看著卓文君放在桌上的《玄日醫經》，突然問了一句：「師姊的字，還好看嗎？」

卓文君揚眉：「喔？這本書是師姊親自抄寫的？我倒沒看出來。」

崔望雪嘆氣：「你可真壞。從前把人家寫的字都當寶，現在瞪大眼睛瞧著都認不出來。」

卓文君翻開《玄日醫經》，一見那字體蒼勁有力，同時又端莊秀麗，確實是崔望雪的筆跡。

他道：「師姊的字還是一樣漂亮。這本就是妳寫下的初本《玄日醫經》嗎？」

崔望雪搖頭：「不是。初本我送給森兒了。這本是後來的手抄本。」

「師姊還眞是看重森兒。」

崔望雪笑：「初本和抄本，不都一樣嗎？初本可還有別字呢。」

「不一樣的。」

「你跟常大人在一起，他還讓人給打傷了？」崔望雪突然又扯回話題。

「是呀，我內急去借茅廁，回來常大人就給人打了。」

崔望雪哈哈一笑，說：「你小子說謊不打草稿。到底有什麼事情瞞著師姊？」

卓文君也笑：「瞞著師姊的事情倒是有的。不過我還想繼續瞞下去，所以不告訴妳。」

崔望雪愣了一愣，說：「你呀，出去十年，一回來變這麼壞。」

「在師姊面前，我可不敢擔這個壞字。」

崔望雪側頭：「你覺得師姊很壞嗎？」

卓文君道：「比我壞一點。」

崔望雪嫣然一笑：「是呀，記著我比你壞就好了。」她站起身來。「我去告訴那十大掌門，就說你關城門是爲了查案。你要讓人知道宦官死在百鳥樓之事嗎？這事一傳開，又沒抓到凶手，不知道會生出多少波折。」

卓文君想了想道：「就告訴他們吧。百鳥樓那麼多宦官，事情遲早會傳出去的。要是不明確公告是爲了什麼案子封閉城門，他們可又要胡亂聯想了。師姊可知道江湖人士已經把近期幾件可能是玄日宗武功殺人案聯想在一起？」

崔望雪點頭：「最新的謠言是說大師兄和二師兄下落不明，多半是他們兩個躲在幕後殺人。」

「這種話也可以亂說？」

「武林中人喝幾杯酒，什麼話都講得出來。司刑房那邊沒有著落嗎？」

卓文君搖頭：「查不出線索。」跟著他靈光一現。想起今天那個招招剋制玄日宗武功的蒙面人來。「師姊，這幾年本宗有什麼特別厲害的對頭嗎？」

「沒有。」崔望雪想也不想就說。「你離開這十年之中，江湖上沒出現什麼特別厲害的人物。」

卓文君問：「武林之中還有什麼人武功比……比三師兄高的？」他本想問「比妳高的」，臨時改嘴問三師兄。

「妙法禪師。」崔望雪答。「太平眞人的武功應該也有看頭。神劍居士薛震武如今投身梁王府，率領一批武林散人，算得上是不容小覷的勢力。再來就是拜月教了。」

「這些都是檯面上的人物。」卓文君說。「閒雲野鶴呢？」

崔望雪揚眉：「你是說像巫山仙子那種隱居高人？」

卓文君一拍桌子：「對！就是這種！」當年巫山仙子跟他師父崔全眞相交時，卓文君還只是個小孩子，對她並無深刻印象。他講給莊森聽的事情，多半都是從師兄姊那裡聽來的。巫山仙子月前才在巫州救過莊森，但知情的莊森、梁棧生，和月盈都沒有張揚此事，所以也沒人知道她曾下過巫山。卓文君道：「巫山仙子跟師父交好，自然不會是咱們對頭。但是像她這樣的隱居高人……有沒有什麼值得留意的人物？」

崔望雪蹙眉尋思。「想不起來。師弟爲什麼問？」

「就想問。」

崔望雪不悅：「喂！」

「唉。」卓文君輕嘆。他本來不想多提今日動手之事，以免崔望雪懷疑他察覺中毒。但是蒙面人的身分實在令他憂心，況且以他們的功力加上針對玄日宗而來的功夫，自己遇上是不用擔心，要是崔望雪他們遇上了鐵定要吃虧。「我今日遇上兩個蒙面人。他們招招針對玄日宗，練的全是剋制本宗的功夫。咱們有遇上過這種對頭嗎？」

崔望雪神色訝異，搖頭問道：「你沒受傷吧？」

「他們還傷不了我。」卓文君說。「但妳若遇上了，一定要小心。」

崔望雪低頭沉思，片刻後說：「你說假扮玄日宗武功殺人的案子，會不會是這批人幹的？」

「我也在想。師姊一點頭緒都沒有嗎？」

崔望雪細細回想：「去年有幾個二代弟子在外面被打傷了，不知道對頭是誰。他們有提過對手武功奇特，一直壓著他們的功夫打。不過眞正的高手要壓著他們打也不是難事，我們就沒放在心上。」

「那請師姊把那幾個弟子的姓名……」

「啊！我想到了。」崔望雪突然道。「去年太平眞人曾經來找大師兄，問他有沒有得罪過玄日宗。」

「怎麼這麼問？」

「他說有個神祕人無端跑來教訓他，行招之間頗有玄日宗武學的痕跡，但又沒有像個十足。大師兄告訴他絕對不是玄日宗的人做的。那天他把我們幾個全都叫過去，足足問了一個時辰。沒有人承認打過太平眞人。後來我們師兄弟間說起此事，都只當作是趣談一樁，沒有眞的放在心上。」

卓文君不悅：「你們也太多事情不放在心上了吧？」

崔望雪聳肩：「這麼多事情，你教我們怎麼全部放在心上？」

卓文君想一想，道：「好吧，那請師姊出去應付那十大掌門。玄武大會結束後，我就上天師道拜訪太平眞人。這些人的身分不查明白，可眞教人放心不下。」

崔望雪走後，卓文君繼續翻他的醫經，但也只是翻翻。他想：「師姊剛剛問我有沒有受傷，關心之情倒似不假。既然下毒害我，卻又何必關心？莫非不是她下的毒？」內心深處，他當然期望不是崔望雪下的毒。然則這毒不是她下的，普天之下還有誰能下？「不管她有沒有起疑，既然趕在玄武大會之前下毒制我功力，就表示他們不打算讓我上台爭奪武林盟主。想幹什麼，只怕這一兩日內就會行動。然則我不上台，還有誰能上台？三師兄領教過七星尊者的功夫，不會以為他能勝過赤血眞人。四師姊若是一上來就以毒針搶攻，或許還有勝算。」他在心中計較赤血眞人和崔望雪的功夫，越想越覺得勝算渺茫。「他們都不會亂做沒把握的事情。除非……二師兄要回來？」

一想到二師兄要回來，卓文君立刻挺直腰身，神情肅然。崔望雪和郭在天再怎麼難對付，卓文君都有辦法以強勢武學修爲制伏他們。但若多了李命，他就不是那麼有把握了。這十年間，卓文君武功大成，功力大增，李命多半已經不是他對手。然而自小拜師學藝，同門師兄姊中就屬這個二師兄最讓他害怕。長年下來的積威，讓卓文君不得不謹愼看待此人。「倘若二師兄要回來，那就說得通了。把我的功力壓在七成，讓二師兄來對付我。之後玄武大會技壓群雄，登上武林盟主寶座。哼，你們當我卓文君是吃素的嗎？靠二師兄對付我？就看他有沒有那個本事！話說回來，二師兄跟大師兄是一起出門的，二師兄要回來，那大師兄呢？要是二師兄跟大師兄一起回來，那他們也不用對付我了，對付大師兄就好啦。我要森兒去支援大師兄。萬一二師兄眞要造反，難保森兒不會遇上危險。情況危急，孤掌難鳴，我得確認總壇之中有誰可信才行。」他越想越心煩，眉頭揪得跟包子一樣。

「師叔，在煩什麼呢？」吳曉萍自內堂走出來，正自用布擦手。

「什麼都煩。」卓文君一看到吳曉萍，心情就好點了。「常大人沒事了？」

「沒事。我把他刀傷都縫好，斷掉的筋脈也都接續回去。幸虧師叔送來得早，要再遲得片刻，常大人今後就成廢人。」

「吳仙姑醫術高明，更難得的是那一心救人的好心腸。」

「師叔取笑了。」吳曉萍走到藥櫃前，拿起紙筆，開始寫藥方。「我們當大夫的當然都想救人。」

「那也未必。」卓文君說。「有些人醫術高明，心腸卻壞，一天到晚只想著害人。」

吳曉萍笑了笑，不置可否，搖鈴喚來師妹，吩咐她照著藥方煎藥。忙完之後，她走到適才崔望雪坐過的椅子坐下，神情睏倦地癱坐片刻。卓文君笑盈盈地看著她，提起桌上的茶壺，幫她倒了杯水。吳曉萍睜開雙眼，看見水杯，拿起來捧在手裡，微笑道：「謝謝師叔。」

卓文君搖頭：「我才要謝妳。」

「謝我什麼？」

「我在總壇裡，看到誰都煩，就是看到妳開心點。他們都會給我添麻煩，只有妳讓我心情平靜。」

吳曉萍臉紅：「師叔別這麼說。我看到你也很高興。」

卓文君點頭：「陪我坐一會兒。」

「嗯。」

兩人坐在青囊齋中，一時間誰也沒有說話，彷彿是在抓住塵囂中的一點寧靜。過了好一陣子，吳曉萍才開口道：「師叔，你不要老是跟我師父吵架，好嗎？」

卓文君說：「沒有呀。我們剛剛也沒吵呀。」

「你們嘴上沒吵，心裡在吵。」吳曉萍說。「從前你們有多要好，爲什麼現在見面卻要像敵人一樣處處提防呢？」

卓文君搖頭：「我也不想這樣……」

「你以爲我師父就想嗎？」

卓文君語塞。

「師父跟師叔都是曉萍最敬重之人。看到你們這樣，曉萍心裡很難受。師叔，你就順著師父一點嘛。」

「順著她，日子會好過很多。」卓文君說。「但要眞順了她，我就得做很多違背良心的事情。妳知道她想要我做什麼。不要假裝妳不知道，不要假裝這只是同門相處的問題。我順了她，影響的是天下大勢。」

吳曉萍問：「一定要想這麼複雜嗎？」

卓文君搖頭：「此事沒有更簡單的想法了。」

吳曉萍凝望著他，神色遲疑，左手緩緩前伸，放在卓文君的手上。她想說些什麼，但又說不出口。卓文君看著她的手掌，感覺她掌心傳來的暖意，心中微微悸動，不知道該縮手，還是該讓她繼續握著。過了一會兒，吳曉萍彷彿突然明白自己做了什麼，神色驚慌，縮回手掌，說道：「師叔……我……」

卓文君慢慢坐正，把手自桌面放回自己腿上。他說：「如果我執意不肯順著妳師父，妳……」

「我很爲難。」吳曉萍說。「我不知道該怎麼辦。」

「妳肯爲難，就很有心了。」卓文君站起身來。「我去看看常大人。」

吳曉萍陪著他一起進入內堂。常正書治傷完畢，已經和孫可翰一樣移到獨立病房。卓文君眼看常正書氣息順暢，傷口縫合細密，顯然已無大礙。他問吳曉萍：「常大人還要多久才醒來？」

吳曉萍說：「約莫兩個時辰。」

卓文君點頭：「常大人是我們的賓客，不是犯人。妳別讓任何人來問他話，更不能讓人提走他。他一甦醒，妳就來通知我。」

「是，師叔。」

卓文君走到青囊齋門口，回頭看吳曉萍，只見她也在看他。兩人相視一笑，似乎有些尷尬。卓文君揮揮手，離開青囊齋，回煮劍居。

郭在天在煮劍居等他。

「三師兄，你可現身了。」卓文君道。「我以爲你不回來開玄武大會呢。」

「玄武大會是掌門人的事情。我回來也只是坐著充充人場罷了。」郭在天把桌上一盤瓜子往卓文君一推，說：「喝茶嗑瓜子。」

卓文君步入正廳，走到他對面坐下，嗑了兩粒瓜子，問道：「我今日倦了，三師兄有話請直說。」

郭在天說：「這事本來是不找你說的，可是大師兄遲遲未歸，對方又急著要答覆，我只有來煩惱你了。耶律阿保機想要知道，玄日宗究竟要不要跟他合作？」

卓文君一愣，問道：「師兄倒挺直接，現在連這種話都可以問了？」

郭在天說：「望雪說她什麼都跟你說了，這種事情自然要跟你參詳。師兄知道你還舉棋不定，但是文君，國家大事刻不容緩，機會也都稍縱即逝。你入不入夥，可得盡快表態才好。」

卓文君：「跟契丹人要合作什麼？」

郭在天道：「當然是一統天下。」

「他們想要什麼？」

「燕雲十六州。」

卓文君問：「跟外族合作打天下，這天下穩當嗎？」

郭在天說：「朱全忠搶走了吐蕃人。倘若不跟外族合作，沒人可以跟他抗衡。如今各大節度使都已派人聯絡耶律阿保機。就連長年以來一直跟他們衝突不斷的李克用和劉仁恭，近期似乎也有鬆動之意。契丹強援，奇貨可居，正是手快就有，手慢就沒有。」

卓文君斜眼看他，問道：「師兄今天是來逼我表態的？」

郭在天說：「你已經拖了快兩個月，也該表態了吧？我跟望雪又不是三歲小孩，看不出你在打馬虎眼？」

卓文君問：「你明知我在打馬虎眼，還來逼我表態？」

郭在天說：「是時候了。」

卓文君問：「我要拒絕呢？」

郭在天說：「那我就不來問你了。」

「不來問我，你們還是要幹？」

「箭在弦上，不得不發。」

「我看你是賣國成性。吐蕃談不攏，又去談契丹！」

「我們是為了天下蒼生！你怎麼跟大師兄一樣死心眼？」

卓文君冷冷瞧他片刻，說道：「我累了。這些事情等玄武大會之後再說。」

郭在天起身離去。走到門口時，他停下腳步，語氣聽來無比疲憊。「文君，我們從小一塊兒長大的，你都不能站在我們的立場想想嗎？」他等了一會兒，見卓文君不說話，當即離開煮劍居。

卓文君吩咐門外弟子泡壺熱茶，邊喝邊想：「三師兄也算有情有義。已經決定要動手了，還來問我最後一次。唉，我又何嘗不想跟你們一起打天下？如果能夠成就大業，誰會不願一試呢？但這件事從一開始就不對了呀。你們如果問心無愧，又何必把六師兄打成那樣？」雖然崔望雪矢口否認，但卓文君還是把孫可翰的事情算在他們頭上。畢竟他們確實有殺他滅口之心，只是打不過他而已。

「掌門師叔，齊天龍師兄求見。」

「好。」

齊天龍進門，躬身行禮，卓文君叫他坐下，問他：「天龍，倘若我跟你三師叔、四師叔他們起了衝突，你幫誰？」

「幫七師叔。」

卓文君揚眉：「這麼爽快？」

齊天龍說：「道不同，不相為謀。弟子最多兩不相幫，再怎麼樣也不會去幫三師叔他們對付七師叔。」

卓文君點點頭，又說：「好孩子。要是你看情況不對的話，還是不要出手，以免惹禍上身。」

齊天龍搖頭：「師叔，如果因爲情況不對，就改變做法，不去做自己認爲對的事情，那我跟三師叔他們又有什麼不一樣？人生在世，懂得堅持，才能無愧於己。」

卓文君甚感欣慰，偌大個總壇，總算還有一個値得信任的弟子。「來找我什麼事？」

「稟師叔，」齊天龍道，「二師叔回來了。」

第二十八章　再續

莊森乘船抵達洛陽，打算在城裡購買些繩索、乾糧，隨即出城趕往香山琵琶谷。下船還沒多久，東西都沒買齊，他就察覺有人盯上了他。他心裡奇怪，想不出來洛陽怎麼會有人要跟蹤自己，但他心繫大師伯安危，沒空節外生枝，是以施展出梁棧生指導過的法門，三兩下就擺脫了對方跟蹤。

東西都辦妥後，他揹了兩包行囊，正要往城南走去，突然有人拍了他肩膀一下。他嚇了一跳，連忙轉身，只見身後站了個美貌姑娘，正是拜月教護教法王月盈眞人。

「月、月姑娘！」莊森驚慌失措，差點連行囊都掉了下來。

月盈掩嘴而笑，問道：「怎麼莊公子好像見鬼一樣，嚇成這副德行？」

莊森調好行囊，尷尬道：「月姑娘又來教訓在下了？」

月盈道：「好端端的，教訓你做什麼？怎麼，你不想見到人家？」

莊森想說「想」，卻又說不出口。他說：「月姑娘這麼巧也來洛陽？」

月盈說：「不巧，我是專程來找你的。」

「找我？」莊森滿頭大汗，也不知道自己在慌什麼。「月姑娘有什麼事要找我？」

「莊公子如此失態，難道是因爲曾經敗在我手下之故？」

「失態？」莊森深吸口氣，卻覺得氣都要喘不過來。「沒有，當然不是。我是因爲……是因爲……」他口乾舌燥，張口結舌。

「因爲你不想見我？」

「不是！」

「原來你想見我呀？」

莊森長嘆一聲，問道：「月姑娘來找在下，究竟有什麼事？」

月盈笑著瞧他一會兒，說道：「我餓了，陪我上館子？」

莊森說：「在下身有要事……」

月盈牽起他的手，往路邊一間麵攤走。「不上館子，就吃碗麵囉。」

莊森的手讓她一牽，彷彿骨頭都酥了般，不由自主就跟了她去。兩人一人點了一碗肉醬麵，就這麼稀里呼嚕吃了起來。

月盈道：「莊公子，我給你服的那顆烈日丸，可是大大一個人情呀。」

「妳還提那顆烈日丸？冰火攻心，差點讓妳害死。」莊森想起烈日丸及凝月掌發作起來的情況，兀自心有餘悸。「折騰了我好幾天呢。」

「我練凝月掌都是這麼練的呀。說什麼折騰，沒這一番折騰，你武功如何長進呢？你看，一個月不見，你武功已經長進了，不是？」

「妳只給我吃烈日丸，又沒教我化解藥性的法門。我要不是根基深厚，哪裡有命活到今天？」

「行了，別那麼嘮叨。你活下來了，又功力大增，自然欠我人情囉。」

莊森只是搖頭：「妳差點害死我，我們兩不相欠。」

「什麼兩不相欠？」月盈嬌斥。「人家心口都給你看過了，你還不佔我便宜？」

莊森大羞，慚愧低頭。他倒不是慚愧看她心口之事，畢竟那是月盈自己掀給他看的。他慚愧的是這段日子以來，自己時常想起月盈掀衣露胸的模樣。他彷彿做壞事讓人抓到般，唯唯諾諾地說：「那個……便宜……可不是我……」

「就是你，還狡辯？」

莊森筷子一放。「就算我佔了姑娘便宜，妳說怎麼辦嘛？」

「不怎麼辦。」月盈說。「我很開心呀。」

莊森不知所對，三兩口把麵吃光，道：「我吃完麵了。月姑娘有什麼事，還請明說。」

月盈見他正經，微感無趣，噘起嘴巴說：「我想跟莊公子打聽打聽，有沒有見到我手下兩個老頭。」

「兩個老頭？」

「貪狼、巨門兩尊者。」月盈說。「那日買完了春藥，我差他們兩個去除掉製藥之人。他們最後一次回報說是在閒雲天客棧被玄日宗的高手打成重傷，之後就再也沒有消息了。莊公子真了不起，相隔不過短短數日，你的武功就已經進展到打得贏貪狼尊者。我就說你欠我人情吧。」

「他們不是我打傷的。」莊森道，心想：「我雖不曾正面與貪狼放對，但那日與貪狼聯手抵擋師妹，對他的功夫也有個底。儘管我功力還差他一截，但只要轉勁訣運用得宜，我也未必不是他的對手了。月姑娘說我功夫因爲她的關係增進不少，倒也不算瞎說。」

「不是莊公子打傷的？」月盈皺眉。「我本想莊公子天賦再如何過人，要在如此短的時間內超越貪狼亦極困難。然則貪狼又說是傷在玄日宗手下？」

莊森道：「玄日宗高手如雲，勝過我莊森的人所在多有。」心中暗想：「貪狼尊者眞夠義氣，答應了不洩漏師妹身懷絕世武功的事情，就只回報說是讓玄日宗高手打傷。」

「莊公子過謙了。」月盈說。「當時在江南道的玄日宗一代弟子只有蜀盜梁棧生。我們的春藥無聲無息地給人偷了去，八成就是他幹的。他既然來偷春藥，自不能分身兩地又去打貪狼。所以我才認定是你所爲。那既然不是你打傷了他們，又是誰幹的呢？」

「這個請恕在下不便透露。」

「不說就算了，好稀罕嗎？」月盈笑盈盈地說，完全沒有發怒的模樣。「我家那兩個尊者後來如何，莊公子總可以告知吧？你們把人滅了口，也讓我們收個屍呀。」

「月姑娘別亂想，我們沒殺他們。」莊森連忙道。「我跟貪狼尊者一見如故，相談甚歡，絕無加害之心。那日客棧裡一場大打，大家都受了點傷，於是一起留在客棧裡養傷。到了第二天早上起床後，我就發現大家都走掉了。」

「而你竟不覺得奇怪？」月盈問。

「奇怪當然是奇怪啦。只不過……只不過……」莊森想起趙言楓跟李存勗一起去「靜一靜」，自己醋勁大發之事，但又不好意思說出口。他說：「腳長在人家身上，人家要走，也不用跟我知會一聲。」

「根據貪狼回報，當日客棧中除了你們，還有武林盟主的女兒跟晉王府的李存勗。你是說你師妹跟別人跑了，都不跟你知會一聲？」

「這……」

「你師妹我在標藥會上見過，可眞是一等一的美人呢。」

「師妹……是長得……挺好看的。」

月盈神色淘氣：「她是你的心上人嗎？」

莊森扭捏：「我……」

月盈見他扭捏，更是大樂，說道：「我這個人有個脾氣，見到比我美貌的姑娘就討厭，一定要殺了才開心。既然她不是莊公子的心上人，那我也不用客氣了。」

莊森急道：「不行！怎可如此？」

月盈問：「有何不可？」

莊森心裡一急，想要乾脆承認自己喜歡趙言楓。但想起趙言楓跟李存勗「私奔」，又覺得自己自作多情。他說：「我師妹是我大師伯的女兒，妳傷了她，我大師伯絕不會放過妳的。再說……再說……」

「再說什麼？」

莊森把心一橫，說出心中想法：「再說我師妹也沒有月姑娘好看。」

月盈先是一愣，跟著笑靨如花，說道：「看不出莊公子也很會說話呢。」

莊森說：「我是眞的這麼想，才這麼說的。」其實在他心中，這兩個姑娘誰比較美也沒有定數。但是莊森就算再不諳男女之事，也知道在月盈面前說月盈美乃是天經地義的事情。

的。」

月盈笑了一會兒，問道：「相傳趙大俠武功天下第一。莊公子認爲月盈惹不起他？」

莊森說：「月姑娘不是我大師伯的對手。」心想：「其實就連楓兒也不是妳說殺就能殺得了的。」

月盈點頭：「只怕連你師妹也不是我說殺就能殺得了的。」

莊森神色驚訝：「妳……怎麼……？」

「怎麼知道你師妹武功高強？」月盈笑道。「當天在標藥會上，大家說僵了動手。令師妹雖然沒有與我正式交鋒，但憑我冰雪聰明，怎麼會看不出她隱藏實力，只是看不出隱藏多少罷了。打傷貪狼、巨門的玄日宗高手既然不是你，定是令師妹無疑了。」

莊森無可否認，說道：「我師妹不喜歡讓人知道她功夫高強。」

「那爲什麼？」月盈問。

「她沒跟我說。」

「嗯，」月盈突然微笑：「你猜她有沒有跟李存勗說？」

「妳……」

月盈大笑：「哈哈哈，瞧你那吃醋的樣兒！」

莊森倏然起身。「我不跟妳說了。」拿了麵錢往桌上一丟，轉身就要離去。

月盈一把抓住他的手掌，說道：「莊公子，別生氣。你把當天發生在客棧的事情原原本本告訴我吧。」

莊森想要甩開她的手，卻不知爲何提不起勁兒甩。他說：「沒空。」

月盈問：「你趕著要去哪兒呢？」

莊森搖頭：「不想告訴妳。」

「盈兒陪你同去如何？」

「啊？」莊森愣住。

「人家大老遠跑來找你，怎麼好說這麼幾句話就走？」

巫州一別後，莊森時常想起月盈，不過從未期待當眞能再見面。如今又見面了，月盈每一句話都令他尷尬無比，如坐針氈，恨不得早點離開。但是當眞起身要走，手讓她這麼一抓，他又捨不得了起來。他覺得自己反覆無常，亂得不知道該怎麼辦才好。他嘆了口氣，問道：「月姑娘，妳此行中原究竟有何目的？拜月教是不是要對付玄日宗？」

月盈微微搖頭：「莊公子，盈兒雖然可愛，卻不是不諳世事的小女子。身爲拜月教護法，教內的事情我不會隨便跟外人說的。」

「但妳究竟是敵是友，總得說個清楚吧？」

月盈站起身來，往莊森靠近一步，牽起他另外一手握在手中，說：「盈兒當莊公子是朋友，不知道莊公子是否願意結交？」

莊森道：「妳既然不像上次那樣一見面就動手，我當然願意跟妳交朋友。」他想要到荒谷之中尋找趙遠志，自然多個幫手比較好找；轉念想到月盈意圖不明，要是趙遠志受了傷，會不會讓她逮到機會幹些什麼，也是未知之數。於是他繼續說道：「但我此行乃是私事，不方便月姑娘同行。咱們還是就此別過，有緣再見吧。」

月盈不再多說，笑著看他離開。

莊森出了洛陽，提氣趕路，於黃昏前抵達香山。香山腳下有間客棧，他考慮是否要住店，但想尋找大師伯之事刻不容緩，還是趕緊上山找到琵琶谷再說。跟客棧老闆問明了琵琶谷所在，便即入山。

尋著琵琶谷谷口時，天色已經全黑。莊森在溪邊崖下找了兩棵大樹，放下行囊，鋪好布塊，砍樹枝生火，安頓妥當之後，點燃根火把，往谷裡尋去。天色陰暗，尋人困難，但他想自己拿著火把，黑暗中目標顯眼，說不定大師伯會看見，於是沿溪而行，邊走邊道：「大師伯，弟子莊森來找您了。」趙遠志功力深厚，耳力極佳，不需大聲呼喊便能聽見。他足足往上游走了半個時辰，就著幾顆大石躍到對岸，回頭往下游走。

「這琵琶谷可眞不小，沿路還有不少樹林濃密處，眞要搜尋起來，可得花上好幾天的工夫。幸虧如此，不然大師伯老早便讓對頭給尋了去。」其實他也不知道趙遠志有沒有被人抓走，甚至不肯定李存孝的話可不可信。但他既然聽說此事，自然寧可信其有。若是受人欺瞞，頂多就是他白費力氣罷了。倘若明知自己能救大師伯而不來救，那他可要一輩子良心不安。況且他生性樂觀，誠以待人，李存孝既然說了，他就決定信他。

走著走著，想起月盈。「月姑娘看起來不像是會善罷甘休之人。我說不讓她跟，她多半還是要跟。這一路上，我時刻留心，並無遭人跟蹤的跡象。只是今天讓她突然在背後拍我一下，可眞是嚇壞我了。」

左邊樹林裡傳來一下聲響。莊森縱躍而上，落入林中，只見黑暗中有條小身影跑過，多半是野兔之類。他叫了聲：「大師伯？我是森兒。」等了片刻沒有回音。他走出林外。

「十年不見，也不知道大師伯還認不認得我？」莊森心想。「就算認得，連跟他親如兄弟的二師伯都能背叛他了，他有什麼理由相信一個十年不見的後輩？李存孝說對方有留人下來繼續搜捕大師伯，我是沒見著，多半已經撤了。近一個月來，大師伯也不知道躲避了多少人追捕。看來要等大師伯主動出來相認是不太可能了。我得等明日天亮了，再往樹林裡尋去。」

快回到營地時，他遠遠看見火光旺盛，心下奇怪：「我這麼一去也快一個時辰了，火堆就算沒熄，也該只剩餘燼，怎麼會燒得這麼旺盛？莫不是……月姑娘來了？」此念一起，他心裡感到既興奮又惶恐，連忙加緊腳步走去。

到得近處，火光照耀下確實坐得有人，但卻不是女人，而是條魁梧男子的身影。莊森大喜，叫道：「大師伯！」連忙跑了過去。可惜湊近了一看，畢竟不是趙遠志。對方衣飾華麗，不過衣角破爛，髒兮兮的，似乎許久不曾洗過。他滿面虯髯，鬍鬚久未打理，看起來像是個剛來山裡度日不久的野人。火堆上插著一隻動物在烤，瞧模樣像是野兔。莊森放慢腳步，來到火堆邊，拱手道：「這位兄台好。」

那人抬頭問：「這火堆是你的？」

莊森答：「是。出門在外，大家方便。兄台要烤肉，自管烤去。」

那人取出一把匕首，割下兩條兔腿，丟給莊森一條，說：「一起吃。」

莊森道：「那就不客氣了。」說著在火堆對面坐下。目光始終瞧著對方，等對方吃了一口兔肉後，這才開始吃。

那人問：「這位公子夜晚來到琵琶谷，爲了什麼？」

莊森不知對方來意，信口道：「我聽說這裡夜色極美，臨時有興，便來露宿一宿。兄台又爲何來此？瞧你這身打扮，似乎已在山中露宿好一陣子了？」

那人說：「我把一個人打下山崖。我家老大說殺人要見屍，一定要我把屍體帶回去。我在這裡搜了一個月都沒搜到，也不知道是他沒死，還是我眼睛不好。」

莊森神色一凜，問道：「兄台一上來就講這種話，不是嚇壞人嗎？」

「公子問得直接，我自然答得了當。」那人說。「公子深夜露宿溪谷，不會這麼容易給嚇壞的。」

莊森問：「不知兄台如何稱呼？」

那人道：「敝姓康，賤名不足掛齒。公子高姓大名？」

莊森道：「在下姓莊。」

「原來是莊公子。我瞧莊公子生好了火，便往上游尋去。不知道是在找些什麼？」

莊森說：「散步嘛。」

「是了……」那人丟掉吃乾淨的兔腿骨，又拿匕首割肉，也是一人一塊。「莊公子請吃。吃飽了才有力氣打架。」

莊森問：「跟誰打架？」

「跟我打。」

莊森說：「既然都要打架，兄台還這麼好興致烤兔子吃？」

「我肚子餓啦。」

兩人各自坐著，默默吃肉。莊森全神戒備，眼觀六路，想確認對方有沒有其他幫手。對方吃乾抹淨，在地上抓一把土，拍拍手掌，去除油膩，說道：「先問清楚，免得打錯了人。莊公子是玄日宗的人吧？你跟趙遠志是什麼關係？」

莊森見對方把話說開了，也就不再隱瞞，說道：「我乃震天劍卓七俠的嫡傳弟子，姓莊名森。趙大俠是我大師伯。」

那人道：「原來是卓七俠的高徒。令師歸隱之前，跟我也有一面之緣。他武功很高，我可不是對手。不知道莊公子的武功，學到令師幾成呢？」

「一成。」

「過謙就虛僞啦。」

莊森聽說他認識師父，當即改稱前輩，問道：「前輩既然不是我師父對手，自不可能是我大師伯的對手。怎麼能把我大師伯打下山崖？」

「武林之中誰會傻到來跟趙大俠單打獨鬥？我們好幾百個人圍攻趙大俠，其中還有玄日宗的高手在內。我只是好運，補上了最後一掌。誰知道我們老大竟說人是我打下來的，要我留在這裡把屍體搜出來。你說說看，這不倒楣嗎？」

莊森問：「你們究竟是什麼人？」

那人笑道：「莊公子，我要跟你打架，就是爲了不讓你離開這裡。你既然離不開這裡了，知道這些又有什麼用呢？」

莊森道：「說不定我能打贏呀。」

「那倒是，那倒是。」

莊森見他吃完了烤肉，也不起身，似乎並不急著開打，猜想他是在山裡尋人月餘，百般無聊，逮到機會要多說點話。他問：「你找了一個月，都沒找到我大師伯？」

那人道：「沒有。」

「那你認爲他死了嗎？」

那人緩緩搖頭：「越看越像沒死。」

「你不怕你找到他，反而被他殺了嗎？」

「怕。」那人道。

「怕你還找？」

「莊公子這麼說就不對了。」那人一副教訓晚輩的模樣。「怕了的事，就不去做，那乾脆什麼都別做。」

「晚輩受教了。」

那人微笑片刻，站起身來，說道：「來吧。山裡閒著無聊，活動活動筋骨。」

莊森也抓把泥土擦手，跟著起身，向對方抱拳道：「前輩請。」

那人點頭：「好小子，毫無懼色。不知是自恃武功高強，還是不知天高地厚？」

莊森道：「前輩一試便知。」

「來！」

莊森不知對方底蘊，但想他既然能補到大師伯最後一掌，武功肯定不弱，是以一上來便卯足全勁，施展朝陽神掌中的精妙招數。那人也以掌法應對，認不出武功家數，不過行招瀟灑，大開大闔，每一招都打得淋漓盡致，也不知道出了多少勁。莊森邊打邊想：「師父說武林之中，臥虎藏龍，我本來也當他說說罷了。想不到我莊森出道以來，高手一個接著一個遇上。雖然嚴格說來只曾敗在月盈手下，但是能跟我大打出手的人也未免太多了點。」

他中路直進，以一招「畢露鋒芒」直取對方面門。對方左右開弓，連消帶打，不但架開他這一掌，還莫名其妙地一拳來到他面前。莊森大吃一驚，險險避過，臉頰火辣辣的，宛如吃了個耳光。他胡亂揮了兩拳，逼開對手，伸手摀著臉頰，心想：「不得了了。這傢伙這麼一消一打，簡直就把咱們這招畢露鋒芒給破了。朝陽掌是本門入門掌法，江湖中人見得多了，會鑽研幾招破法也不奇怪。看來我得施展精深武功才行。」雙掌一抬，提升火氣，改出玄陽掌。

那人咦了一聲，一邊接招，一邊說道：「看不出你年紀輕輕，竟然使得出玄陽掌。唷？使得還有模有樣，火候十足。要是讓你打到一下，我這身老骨頭可受不起呀。」話是這麼說，他老兄見招拆招，彷彿莊森每出一掌，他都有相對應的招式般，一掌一掌給接了下來。玄陽掌燥熱異常，施展時最忌心浮氣躁，是以要先練一套沉心靜氣的口訣。莊森久攻不下，出招處處受制，但是心思沉靜，絲毫不亂，他想：「此人的武功，處處剋制本門掌法，簡直衝著玄日宗來的。不妨，本門能使玄陽掌的人不多，使了玄陽掌而不取勝的更少。他就算參透了破解朝陽掌的招式，玄陽掌也絕不可能研究透徹。待我使個絕招，嚇一嚇他。」

他大喝一聲，全身火氣內斂，集於雙掌掌心，隨即雙掌交錯而出，施展玄陽掌一計絕招「玄龍雙陽破」。這一招勁分左右，功力不散，宛如兩顆烈日般籠罩對手周身大穴，一旦施展開來，管教對方避無可避。唯一的應對方式，就是在出招之人將出未出時料敵機先，搶先攻擊他的雙手曲池穴。莊森雙掌剛出，猛然見到對方雙手成爪，由下往上抓向他的手肘，立刻知道這玄龍雙陽破也讓對方破了。他見機甚快，當即足下輕點，身體騰空，雙掌掠過對方頭頂，手肘也避開對方的爪勢。他空中翻身，落在對方身後，終於嚇出一身冷汗，讓玄陽掌的火勁蒸得渾身冒出白茫茫的水氣。

「哎呀，莊公子，小心呀。內勁運用不順，可是會走火入魔的。」

莊森道：「白煙我常冒，不用放在心上。」說著走到樹旁，拔出長劍，說：「晚輩長於劍法，拳腳並不在行。前輩有武器嗎？」

那人愣了一愣，懷疑道：「你拳腳功夫打到那樣，還說不擅長呀？」

「劍法比較高嘛。」

那人面有難色：「我也使劍，就是沒帶劍在身上。你用劍可不公平呀。」

莊森搖頭：「前輩說要殺我，晚輩可顧不得公平了。」

「說得也是。」那人自火堆中拾起一根特別長的火把。「來玩玩吧。」

莊森一聲清嘯，施展剛猛見長的烈日劍法，打算先削斷對手火把，再佔兵刃之利。想不到劍刃與那火把相交，竟發出金鐵交擊之音，這才知道那是對方事先塞在火堆裡的鐵棒。鐵棒沉重，對手功力又深厚，光是砍這一劍便砍得莊森長劍晃動，手臂發麻，一時竟難以舉劍變招。莊森自恃劍術高強，其餘武功歷練不足，是以出道以來總是先跟敵手拳掌過招，逼不得已才出劍。而他出劍之後，往往便能逢凶化吉，從來沒有一出劍就吃虧的。這時變招不及，他只有後退敗走。對方絲毫不給他喘息的機會，當場欺身而上，提棒猛捶。這時莊森手麻稍緩，勉強可以舉劍，但見對方鐵棒勢猛，砸將下來只怕把他的劍給打斷。他也顧不得施展什麼劍招，只能隨機應變，劍鋒一轉，戳向對方小腹，來個兩敗俱傷的打法。對方咦了一聲，似乎沒想到他會如此變招，當即側身閃避，脫手投出鐵棒。這一棒對準他的面門，來勢洶洶，又已脫離使棒者之手，不能再來兩敗俱傷，莊森只好反手甩動長劍，劍刃橫擊棒身，震開鐵棒的同時，長劍亦往反方向脫手而出。對手一掌緊隨而來。莊森避無可避，左手一抬，正面接下這一掌。

接掌時莊森在退，對方在進，是以這一掌接下之後，莊森雙腳抵地，在土地上拖行數尺，這才止住對方的攻勢。對方掌力雄渾，非莊森所能及。莊森奮力抵抗片刻，隨即運起轉勁訣，收納對方功力爲己用。對方又咦一聲，問道：「小子，你這轉勁訣可不大對呀？」

莊森全力施爲，無暇回話。對方加催內勁，一時之間也奈何不了莊森。片刻過後，莊森突然心口一痛，運勁窒礙，整個內息大亂，張嘴噴出一口鮮血。對方推開莊森，轉身避過鮮血，笑嘻嘻地看著他。莊森四肢痠麻，頹然倒地，一面努力運轉內勁，一面看著對方說：「你……你竟能破本宗轉勁訣？」

「不只我能破，我們師兄弟幾個都能破。」那人說。「你的轉勁訣跟趙遠志比起來可差得遠了。當日圍攻他，我們所有人都讓他轉得七葷八素，誰在打誰都分不清楚。想殺趙遠志，這轉勁訣是非破不可的。」他上前兩步，站在莊森面前，低頭看著他道：「不過你的轉勁訣又不太一樣。我的內勁運到趙遠志身邊就會走調，連想好好出招都很困難。但是內勁打在你身上，卻有一部分無影無蹤，彷彿消失了般。」

「厲害吧？」莊森說。「你要是沒破我轉勁訣，誰勝誰敗還是未知之數。」

「偏偏我就是把你給破了。」那人說著蹲在莊森身旁。「我有個主意，你聽聽怎麼樣。一會兒我手起掌落，狠狠把你劈死。那趙遠志倘若尚在人間，看見我要殺他師侄，必定是要出手相救的，是吧？」

莊森問：「要是沒有呢？」

那人答：「那他多半跟你一樣，死了吧。」他高舉右掌，大聲喝道：「臭小子，受死吧！」對準莊森天靈蓋一掌劈下。

「咦？莊公子？」月盈步出樹林，來到火光之下，故作訝異地問：「你讓個大男人壓在地上做什麼？莫非你喜歡那調調兒？哎呀，難怪你不要盈兒同行，原來是來山裡會情郎的呀。」

莊森跟那人同時轉頭看她。那人本來期待趙遠志會出手搭救莊森，想不到來的是個嬌滴美艷的姑娘，還是個會說那種話的姑娘。他看得傻了，手僵在空中，一時劈不下去。

莊森脫口道：「月姑娘，妳別誤會！不是妳想的那樣！」

月盈笑道：「怎麼不是？我說你鐵定性好男色，不然爲何不理會我？」

莊森解釋：「我沒有不理會妳！我只是……只是……」

那人哈哈大笑，放下莊森，站起身來，朝月盈道：「我道是來了什麼幫手，原來是個小姑娘。小姑娘，妳也是玄日宗的吧？你們玄日宗的武功不堪一擊，趁早收起武林盟主的招牌，作鳥獸散爲上。」

月盈笑著走近，說道：「玄日宗的武功可厲害了，只看是誰用罷啦。要不，你接我一掌，姑娘讓你嘗嘗厲害。」

那人憐香惜玉，說道：「我這個人向來憐香惜玉，姑娘莫要插手此事，一會兒大爺來疼惜妳。」

月盈眉頭微蹙，動了殺機，繼續上前：「大爺，你這就來疼惜我吧。」

莊森忙道：「月姑娘，不要殺他。」

那人見莊森講得自己必敗無疑般，心想你這作戲給誰看？這麼嬌滴滴的小姑娘，本事還能大過你嗎？但想玄日宗名頭響亮，兩百年間出過不少奇人，趙遠志的武功強到不可思議也是他曾親眼所見，即便是眼前敗在他手下的莊森，功力也遠遠超過他年紀的程度。若說這個姑娘是絕頂高手，也未必是不可能的事情。他力灌雙掌，嚴陣以待，反正只要是玄日宗的功夫，他就有辦法剋制。

月盈嬌掌一出，寒氣大作。那人驚呼一聲，身體離地而起，飛過火堆，撞在樹上，隨即摔倒在地，全身冒出白霜，再也爬不起來。

「妳……妳這……不是玄日宗的功夫！」

月盈哈哈一笑，說道：「閣下這麼好眼力，可認得這是什麼功夫呀？」

「這是……」那人咬牙切齒道，「這是拜月教的……凝月掌。可惡！早說妳是拜月教的……」

「怎麼？」月盈問。「拜月教的武功，你也能破？」

「自……自然可以。」

「佩服，佩服。那你就先化解這凝月掌的掌力吧。」月盈說著不再理他，轉向莊森問：「莊公子，你怎麼樣？」

莊森手足痠麻稍解，已能自行起身。他深吸口氣，氣走全身，但是走到胸口給擋著，怎麼繞都不是。他的根柢畢竟沒有卓文君雄厚。卓文君能在一炷香內瓦解敵勁，莊森就辦不到了。他說：「我的內勁被破，暫時施展不開武功。」

「那你就坐下休息。」月盈走到樹下，拿起莊森的水囊，就著口餵他喝水。莊森喝了兩口，向她道謝。月盈封起水囊，自懷中取出一條香噴噴的手帕，幫莊森擦拭汗水。

「肉麻！」躺在地上的男子說。「莊森，你身爲名門正派的弟子，跟這番邦妖女勾勾搭搭，成何體統？」他話才說完，臉上已經吃了一耳光。只是莊森和月盈都離他甚遠，看不出這耳光是怎麼甩的。

月盈說：「莊公子，那位大爺看我對你好，吃醋了呢。你等等我，我先去疼惜疼惜他。你可別吃醋唷。」

莊森說：「問清楚他是什麼人。」

「我也很想知道。」月盈說完，走到那人身邊，伸手把他提起來，靠樹坐好，說：「這位康大爺，你到底是什麼人呀？」

那人神色倔強，轉頭不答。

月盈又是一計凝月掌，拍在那人左臂上。那人整條手臂結了一層厚厚的冰霜，白霧渺渺，堪稱奇觀。月盈輕聲道：「我再拍一掌，你整條手臂就會結成冰棒。到時候一折就斷，也不會痛。」

那人毫不動容，只說：「大爺既然落入你們手中，要殺要剮就隨便妳。」

月盈說：「莊公子，他說要殺要剮隨便我。要不，我剮了他？」說著伸手到那人腰間，拔出他剛剛用來割兔肉的匕首。

那人眼看明晃晃的刀尖，臉上沒有懼色，語氣卻是軟了。他說：「妳要嘛一刀殺了老子，折磨人的不是好漢。」

月盈嗲道：「是你自己要我剮你的耶。現在又來說這種話，不害臊嗎？放心，剮人姑娘有經驗，普通人剮到一百刀也就差不多要流血至死。大爺如此硬朗，功夫又高，起碼撐到三百刀不成問題。姑娘心腸很好的，給你三百多個機會，隨時讓你喊停，只要回答問題就成了。咱們說剮就剮。」說著往那人肩頭一削，剮了一塊肉片下來。她用刀尖挑著肉片，拿到火上燒烤片刻，回到那人面前，說道：「自己的肉自己吃，剮哪裡就補哪裡。」說著把那塊肉往對方嘴裡塞。

莊森看得快吐了，說道：「月姑娘……妳別這樣吧？」

月盈回頭看他：「這樣不好嗎？我在吐蕃都這樣審犯人的。」

那人趁著月盈回頭時把肉吐出來，喝道：「妖女！帶種的就放了老子，堂堂正正比試一場！妳假扮玄日宗卻使拜月教的功夫，老子輸了也不服氣！」

月盈低頭看向他的下體，笑道：「這位大爺別生氣，我請你吃小臘腸。」

那人嚇得魂不附體，連忙改口：「好姑娘，妳饒了我吧！這根臘腸我承受不起呀！」

月盈說：「那你又不回答我的問題。」

那人道：「答！我答！姑娘問的是？」

「我就問你是什麼人。」

「我是……我是……」

月盈冷眼看他：「怎麼又吞吞吐吐了？啊，我知道了，大爺想充硬漢子，就是怕吃小臘腸。」

那人道：「姑娘行行好，妳剮我哪裡，我都吃了。這臘腸嘛……」

「小臘腸。」

「是，是。這小臘腸還請姑娘高抬貴手，留到第三百刀再剮。」

「什麼第三百刀，你道一刀就完了嗎？臘腸可是要分段切的。」

那男人突然發難，雙掌推向月盈胸口。月盈沒料到他竟這麼快就有餘力反擊，連忙側過半身，以左肩承受他的掌力。那人一擊得手，翻身而起，一連串排山倒海的攻勢往月盈身上招呼。莊森大驚，忙呼小心，但見月盈儘管肩頭中掌，動作卻無絲毫窒礙，宛如一葉孤舟般在排山倒海的攻勢間漂蕩，尚有餘力笑道：「這位大爺胡吹大氣，又說能破玄日宗，又說能破拜月教。你老練能破人家功夫的功夫，自己的功夫也不過就是如此。」

那人喝道：「妳接我一個不過如此！」掌分左右，勁分陰陽，封住月盈所有退路，誓要跟她硬拚對掌。莊森神色一愣，只覺得對方這種打法倒跟當日趙言楓在雲天客棧中藥後所使出的手法如出一轍。

月盈冷笑一聲，挺掌對上。四掌相交，對手悶哼一聲，僵在原地。月盈撤回雙掌，再度出掌。那人又哼一聲，身泛白沫，彷彿積雪之樹被人拍了一下般。月盈再次撤掌，三度推出。那人七孔流血，向後倒下，眼看是不活了。

莊森驚問：「月姑娘……妳……妳把他打死了？」

月盈笑道：「他敢偷襲我，當然只有死路一條。怎麼樣，我最後這幾掌是跟上次巫州那個老太婆學的，有模有樣吧？」說完身體微晃，伸手撐著樹。

莊森更驚，也不管什麼調節氣息，連忙爬起身來，上前道：「月姑娘受傷了嗎？」

月盈搖搖手：「他說能破拜月教武功，倒也不是瞎說。我現在……有點熱。」雙腳一軟，差點摔倒。莊森搶上去要扶她，但他腳也是軟的。兩人撞成一團，靠著樹幹，並肩滑坐在地。

第二十九章　眞心

兩人暫不說話，各自用功。莊森專心運勁，便似上回應付烈日丸火勁般，嘗試以不同的方式疏通氣息，逐漸進入渾然忘我的境界。約莫一個時辰後，他終於成功繞過心脈，氣走全身。跟著他逐步瓦解壓制心脈中的敵勁，又過了一個時辰，心脈通了，腦筋也通了，轉勁訣的修爲更上一層樓，練就第七層。

莊森心想：「不會吧？難道轉勁訣練到後來，總要身受重傷才能有所進境？要能練到第九層而不死，實在是好不容易。」

行功完畢，已過午夜。莊森睜開雙眼，感覺左肩熱呼呼的，轉頭一看，只見月盈側頭靠在自己肩上，正自沉睡。

莊森想：「不知道月姑娘的傷勢如何？她功力比那惡人深厚，料想吃不了多少虧的。既然睡著了，多半已無大礙。」他伸手扶著月盈肩頭，輕輕站起身來。走到行囊處，取出一條露宿用的薄被單，回來披在月盈身上。他看著月盈片刻，怕她靠樹坐睡不舒服，想要扶她躺下，又怕唐突佳人。他輕聲喚道：「月姑娘？月姑娘？」毫無反應。莊森皺眉思索：「月姑娘功夫練到這樣，睡夢中稍有動靜都該驚覺，怎麼會我這樣喚她還沒反應呢？」他伸手觸摸月盈額頭，微微燙手，心驚：「她功力深厚，風寒不侵，身體發熱定是內傷所致。不知道那惡人究竟如何傷她，竟能令她難以自療？」

莊森重新點燃火堆，又在附近砍了些木柴。跟著拿布袋撿了一大袋落葉回來，鋪在地上，加鋪布塊。抱起月盈放在火堆旁躺下。他拿了個空水囊，到溪邊打點冰涼溪水，扳開月盈小嘴，餵她喝了兩口，跟著取出碎布，沾濕冰水，擦拭月盈臉上及頸部，最後把布摺好，放在月盈額頭上。他拉過月盈玉手，為其把脈，想道：「月姑娘脈象略浮，一息五動，似是受了風寒，並無內傷跡象。這可奇了，她若未受內傷，怎麼會受風寒？」

莊森把行囊中的東西全數取出，抖開包袱，充當被單，又給月盈蓋上一層。「深夜昏暗，難以採藥，只好等明天早上再說了。」他在月盈身邊盤膝而坐，運功調息，閉目養神，每隔半個時辰便睜眼察看月盈狀況，添加柴火。月盈始終昏迷，體溫越來越高，卻又毫不發汗，莊森心裡越來越急。

待得天光破曉，目可視物後，莊森立刻在附近搜尋可用藥材，半個時辰過後，覓得兩味性寒藥草，煎成一碗苦藥，餵月盈服下。月盈睜開雙眼，兩眼無神，彷彿不識得莊森般，只說：「心……心痛。」說完又昏過去。

莊森再度把脈，尋思：「月姑娘心跳得比之前快，卻不如之前有力。她說心痛，莫非是跟我一樣，內息卡在心脈？」莊森一手把脈，一手摸著月盈掌心，按摩她的神門穴，無明顯反應。莊森微微灌注內力，月盈痛呼一聲，心跳加速，脈象當即亂七八糟。莊森大驚，立刻收手，望著月盈心口，心想：「昨晚他倆過招，那人的掌力明明擊中月姑娘的左肩，難道他掌力蠻橫，震傷了月姑娘的心臟？」

月盈衣襟左側隱隱泛紅，滲出血水，莊森一驚非同小可。「怎麼有外傷？那人內力不及月姑娘，這一掌絕無打出外傷的道理。莫非月姑娘本來就受傷了？」

莊森此刻身為醫者，不拘禮數，說聲：「月姑娘，得罪了。」便即拉開月盈胸襟，露出左肩至乳房的部位。月盈左肩上有半個掌印，當是那惡人給打出來的。掌印呈藍黑色，乃是毒掌，不過月盈身無中毒跡象，應無大礙。滲血處乃是月盈心口舊傷，也就是她自稱見過自己內心的那條刀疤。如今刀疤開綻，傷口化膿，發炎感染，難怪高燒不退。

莊森皺眉：「上次見到這條傷疤時，只是淡淡一條縫，早已癒合多時。難道她之後又把傷口割開過嗎？」他蓋上月盈衣襟，添柴燒了一壺開水，拿塊乾淨的布沾濕，擦拭月盈傷口。細看之後，他想：「傷口不深，沒有貫穿皮肉，不是開心用的。月姑娘傷口初癒，讓對方一掌震開了綻，只是這發炎得未免快了點？不妨，既然知道是外傷引發高燒，就不是疑難雜症。問題是荒山野嶺，如何救治？若是抱她下山，路途顛簸，有害無益。但若我一人回城買藥，放她一個人在此，又如何放心？」

他將一早順手採來的消炎藥草磨碎，塗在月盈傷口上。跟著往附近山壁而去，找了塊凹陷淺洞，把月盈抱到洞裡放好，又到溪邊搬來幾顆大石擋在洞口，砍樹枝遮住縫隙。處置妥當後，他拿了些錢，提起輕功，迅速下山，來到山腳客棧，跟掌櫃借筆墨開了藥方及所需工具，請掌櫃幫他進城備妥。掌櫃收錢辦事，請他天黑來取。他立刻奔回琵琶谷。

他挖了坑，把那姓康的漢子埋了。臨埋前搜他身上，只有兩錠金元寶和數十枚銅錢，並無任何佐證身分的物品。

黃昏時，他二度下山，取得藥材工具。

月盈昏迷一整天，高燒始終不退，但也沒有進一步惡化。莊森在洞口生了兩處火堆，一處慢火煎藥，一處則用來製作外傷藥膏。他攤開針線小刀，在火堆上烤炙片刻，處理傷口，切除壞肉，抹了些藥局買來的紫雲膏，細細縫合傷口。縫好之後，他包紮傷口，又去拿布濾藥汁。過了一會兒，內服藥煎好了。他扶起月盈，一口一口餵她服下。這藥極苦，但月盈毫不抗拒，彷彿自小吃慣了苦藥。吃完了藥，月盈繼續昏迷。莊森盯著藥鍋看，專心調製他的外敷藥膏。

近午夜時，莊森在清膏中加入冰糖，小火慢燉，不停攪拌。月盈睡不安穩，翻來覆去，夢囈道：「爹，不要……我不要……」

莊森心想：「不知道月姑娘的爹爹逼她做了什麼？這種事情也不好問。希望只是作夢才好。」

藥膏做好之後，擺到旁邊放涼，莊森這才來到月盈身旁坐下，背靠山壁，閉目休息。累了一整天，他沒多久就沉沉睡去。

第二天一早，他拉開傷布，只見傷口紅腫的現象已有改善。他給月盈換上自己調製的藥膏，重新包紮傷口，再度放一帖藥到壺裡去煎。跟著他去溪裡抓魚，又到林裡採了些野菇青菜，回去熬了鍋魚湯。他扶月盈坐起，餵她服食魚湯。月盈半睜雙眼，已能認得莊森，朝他微微一笑，勉力喝了幾口湯，便即搖頭不喝了。莊森放下魚湯，餵她喝藥，喝完之後，月盈就又睡了。

接下來數日，莊森就一直待在月盈身旁細心照料。每日下山一次，請客棧主人代爲抓藥，順便打探外界消息。月盈傷勢逐漸好轉後，他就開始抽空於琵琶谷中搜尋趙遠志的下落。月盈高燒漸退，但依然每日昏睡。莊森知道武學高手不易生病，不過一旦生病往往會病得特別嚴重。他確認月盈身體並無其他異樣，是以也不擔心，只等她自己慢慢甦醒。

月盈每晚夢囈，都是那句：「爹爹，不要……」

到得第五日傍晚，莊森餵完月盈喝藥，月盈突然開口道：「莊公子……」

莊森喜道：「妳說話了。」

月盈也沒睜眼，只是笑了一笑，身體往後一沉，頭枕在莊森的大腿上，氣息平穩，緩緩睡去。

莊森低頭看她嬌艷的容顏，還有終於恢復血色的紅唇，長長吁了口氣，想道：「月姑娘總算是性命無礙了。她為了救我，惹上無妄之災，眞是令人過意不去。這些日子，我一心只想著要救月姑娘，連找大師伯的事情都擱在一邊，連……連楓兒都沒有多想一下。只怪我人生歷練不足，當初還以為我跟楓兒那樣……便算是私定終生。想不到楓兒才跟李存勗走了幾日，一顆心就不在我身上了。不，或許不是這樣，楓兒說過她……是我的。這種話不會是隨便說說的。但她到底為什麼要跟李存勗走呢？她跟李存勗有說有笑的，跟我在一起的時候完全不同。究竟是我太傻，還是她太多情？抑或我倆一廂情願，根本都還沒遇上過眞正一見傾心的人？」

月盈在他腿上微微側頭，輕哼一聲，那模樣說不出的楚楚可憐。莊森微微遲疑，伸手撥開她臉上的一絡髮絲，想道：「月姑娘說她特別大老遠跑來找我，卻是為何？難道只是為了調查貪狼和巨門的下落嗎？她又為什麼要跟著我一路上山？在我危機之時出手相助？難道她……會不會……」他目光從月盈臉上移到她的胸口。他晚餐前已幫月盈換過藥了，但他突然又好想再掀開她的衣襟看看……看……自然不會是想看傷口。他皺起眉頭，暗罵自己：「你這小子怎能起此邪念？月姑娘救你一命，你就是這樣回報她嗎？唉，我說楓兒的心跟著李存勗跑了，難道我的心就沒跑到月姑娘身上過嗎？別亂想。別亂想了。月姑娘的傷，這兩日就會痊癒。我得開始專心找尋大師伯才是。」

他又坐了一會兒，等到月盈睡熟，這才拿過一個水囊，讓月盈枕著睡覺。他把鍋碗拿到河邊沖洗乾淨，回到洞裡，在靠洞口的位置躺下，腦中思緒紊亂，足足躺了半個時辰才終於睡去。

□

半夜，一股微風吹過臉頰。莊森驚覺，立刻睜眼，卻見月盈側臥在他身邊，掌心捧著臉頰，睜大雙眼瞧著他。

「月姑娘……」

月盈伸食指抵住他的嘴唇，搖頭要他不要說話。莊森不明所以，只有愣愣看著她。月盈凝望他片刻，突然低下頭來，兩片嬌唇輕輕貼上他的嘴。莊森瞪大雙眼，不知該如何反應，隨即又感到月盈小巧的舌頭伸入他的嘴裡，隨他舌頭滑動。莊森不識親吻滋味，只覺得神魂顛倒，隨人擺布。

不知過了多久，月盈收回巧舌，俏唇微顫，抬起頭來，笑容滿面。莊森深感失望，好想她繼續吻他，甚至想要主動上前索吻，但又不敢。月盈瞧他片刻，微微側頭，問道：「莊公子，我昏迷多久了？」

莊森道：「五日。」

「這五日來，你一直在我身邊照顧我？」

莊森點頭：「妳爲了救我而受傷，我當然會照顧妳。」

「就算我不是爲了救你，你還是會照顧我呀。」

莊森想也不想：「會。當然會。」

月盈嫣然一笑，又低頭來親他，不過這次是親他臉頰。她說：「莊公子醫術眞高明。我上一次傷口出事，他們忙了一整個月才把我救回來呢。」

莊森問：「妳這傷口，不是早已癒合了嗎？」

月盈道：「我每隔三年要把傷口切開敷藥，方能長保心臟無礙。」

莊森不解：「那是怎麼回事？」

月盈搖一搖頭，伸手放上莊森胸口，輕輕撫摸。莊森心跳加速，呼吸濃重，想要說話，卻又不知該說什麼。如此摸了片刻，月盈突然問道：「盈兒說夢話了嗎？」

「啊？」

「盈兒昏迷時，是否有說夢話？」

「有……」莊森微微遲疑，照實道：「妳叫妳爹不要……」

「唉，我果然說了。」月盈輕呼一句「爹爹，不要……」跟著對莊森說：「莊公子定然好奇，我叫爹爹不要什麼？」

莊森搖頭：「作夢嘛，月姑娘也不必……」

月盈道：「我怕你亂想，還是要告訴你。」

莊森道：「月姑娘請說。」

「叫我盈兒。」

「呃……」莊森很想叫她盈兒，卻總覺得不像楓兒那樣順理成章就能叫得出口。

「我要說個本教的大祕密給你聽。這事說了，就當你是自己人。你叫我一聲盈兒，好嗎？」

莊森點頭，叫道：「盈兒。」

月盈微笑，靠在莊森胸口上，抬頭對著他的耳朵說道：「本教的冷月功中有個不為外人知的不傳之祕，叫作『鎖心訣』。此功一經施展，能將練功者一身功力鎖於心臟之中，再也無法取用。」

莊森奇怪：「那為什麼？」

月盈道：「為的是把心挖出來，換到第二人體內，就能將一身功力傳承下去。」

莊森大驚：「有這種事？」

月盈說：「本教歷任教主若非死於非命，往往都會於臨死之前施展鎖心訣，將功力傳給下任教主。不過也有些教主不願傳。有的因為跟下任教主不和，有的則是怕痛。因為要挖心，得趁教主尚未逝世之前就挖。教主一過世，功力就鎖不住，心挖出來也就沒用了。」

「我爹是現任教主。三十年前，我師祖赤月眞人在玄武大會上敗給你師祖崔全眞，之後就鬱鬱寡歡，一心只想報仇。但他受傷沉重，右腳幾乎殘廢，絕不可能再有機會打贏崔全眞，於是他將希望寄託在鎖心訣上。我小時候，他常跟我說：『盈兒，師祖現在活著，就是為了勤練內功，日後傳給妳爹，爲我報仇雪恨。』他活著就是爲了讓我爹更強，若不是有鎖心訣，他早就了無生意。」

莊森皺眉：「這話……」

月盈搖頭，繼續說道：「我十歲那年，偷練冷月功，不愼練岔了氣，走火入魔，心臟凍成冰塊，眼看再無生機。我爹和我師祖一人抱著我一邊，兩人一般心思，都打算挖自己的心出來給我換心。我爹伸手去拔匕首，但我師祖卻出手點了他的穴道，搶走他的匕首，割開自己胸口，說道：『這顆心拿去救活一個孩子，可比拿去報仇強多了。』他取出心臟，擺在我身上，然後倒地死去。」

「貪狼尊者解了我爹的穴，兩人一同幫我換心。我記得當時我一直對我爹說：『爹爹，不要……爹爹，不要……』我不要師祖的心。我不要師祖死掉。我不要他……爲了我而不能報仇。其實我是羞愧。要不是我偷練冷月功，師祖也不會死。我練壞了冷月功，結果卻得到了師祖數十年冷月功的功力。但那又怎麼樣呢？這些年來，我沒有一天不會夢到那天的情景。我的心不安定，整個人也喜怒無常。那天過後，盈兒就不是從前的盈兒了。」

莊森側過身去，凝望月盈雙眼。她雙眼泛淚，卻不像是悲傷的淚水，反而隱隱帶有喜悅。她說：「但我永遠都記得那顆心。師祖的心。我的心。它是他人對我的關愛、從前放下的仇恨、爹的期望，還有我日後活著的每一天。你說說看，我的心是不是這世界上最美的事物？」

莊森點頭：「是。」

月盈翻身跨坐在莊森身上，笑中帶淚地看著他，接著解開腰帶，褪去上衣，輕撫胸口傷疤，問莊森道：「你這樣看著盈兒，看到了什麼呢？」

莊森照實說道：「此生最美的片刻。」

月盈燦爛一笑。「把握這片刻吧。」她伏下身去親吻他。莊森彷彿置身夢中，回應她的吻。

那天晚上，他們就一起睡了。

第三十章　搜谷

男子初識溫柔鄉，日上三竿才起床。月盈腿軟，不想走動，讓莊森去張羅吃的。莊森心情愉快，大老遠跑到山腰去摘了兩串荔枝回來。趁吃荔枝時，莊森將來琵琶谷的目的告知月盈。

月盈道：「森哥不怕我邪教妖女，要害你大師伯？」莊森改口叫她盈兒，她也就改叫森哥。

莊森搖頭：「妳是自己人，又怎麼會害我師伯？」

月盈剝好顆荔枝，餵莊森吃，笑道：「森哥，你眞是輕信於人。女孩子家跟你睡上一覺，你就什麼都說給人聽了嗎？」

莊森也剝好荔枝，塞到月盈嘴裡。「妳不跟我睡覺，我也信妳了。巫州一別後，我一直把妳放在心上。妳整治得我好慘，但想起妳時，我卻沒有半分怨恨。或許妳說得沒錯，我輕信於人，只因為對妳有好感，就一廂情願地想要信妳。但這樣有什麼不好的嗎？人與人相處，何必那麼複雜？」

月盈說：「我也想跟你一樣單純。可惜時局複雜，一個人想要單純，只會讓人欺負。」

莊森說：「想辦法讓自己不怕人欺負就好了。」

月盈哈哈一笑，站起身來，拍拍莊森的肩膀道：「森哥說得好。晚上我再來欺負你。」

他們走出洞外。莊森拿樹枝在地上畫下琵琶谷地形圖，兩人把谷內分成幾區，打算仔仔細細，慢慢尋找。第一天，他們先沿著琵琶峰山壁走，試圖找出當初趙遠志墜崖處。然則事發至今一月有餘，要找蛛絲馬跡並不容易。尋到將近黃昏時，月盈躍上樹頂，指著山壁上一株小樹，說道：「森哥，你看，那樹上有兩處斷枝垂落，似乎是給重物撞斷的。」

莊森趕到那株矮樹下方，並沒有在地上看出有人摔落的痕跡或血跡。他跟月盈爬上山壁，檢視樹枝斷折的方位，對照上方岩壁的角度和下方岩壁的地形，推斷趙遠志可能落在何處。月盈在矮樹下方三丈處找到一顆大石，石緣沉入山壁，跟原先平整的壁面有落差。月盈道：「趙大俠藉由樹枝減緩墜勢，跟著以掌勁擊石，改變墜落方向。」她手貼上那塊大石，輕輕一推，咋舌道：「這掌勁未免太驚人。這麼大塊石頭，長年埋在山壁上，他竟然能打到凹陷三分。」

莊森和月盈分站大石左右，轉頭看向對面十餘丈外的樹林。兩人同時點頭，展開輕功，躍向樹林。他們找到一棵從中折斷的大樹，猜想是讓趙遠志撞斷的。這樹斷折處甚高，在谷中平地搜尋時不容易發現，就算發現也不太會聯想在一起。兩人在斷樹附近四下搜尋，然則樹林裡雜草濃密，一時間找不出什麼所以然。眼看天色變暗，他們決定先回山洞再說。

當晚月盈掌廚，同樣煮了一鍋魚湯。山裡沒有調味，煮出來的味道跟莊森的也沒什麼兩樣，但莊森就是覺得特別香甜好喝。飯後，兩人閒聊童年往事，莊森覺得不管多微不足道的瑣事，只要是月盈說的，就很有趣。月光皎潔，繁星點點，月盈說要去溪裡洗澡。一場鴛鴦戲水過後，她又來「欺負」莊森。

如此白晝尋人，夜晚言歡，轉眼在琵琶谷裡也過了半個多月。除了第一日找到趙遠志可能墜崖的地點外，他們再也沒有找到任何谷裡有人的跡象。莊森有佳人相伴，感覺日子過得愜意，儘管找不到大師伯，也不特別著急。一晚，他跟月盈躺在溪邊大石上看著星星，突然有感而發，說道：「盈兒，這段隱居般的生活實在逍遙快活，要是能不管外面那些煩惱，永遠在這裡過下去，不知該有多好？」

月盈搖頭：「那可不行。我跟你在這裡逍遙半個月，已經太久了。我們教裡還有很多大事等著我去主持。」轉頭看到莊森神色失望，她湊過去親吻他。「森哥，我就喜歡你這麼單純。但是外面的那些煩惱成就了今天的我們，拋掉了煩惱，我們就不是自己了。」

莊森點頭：「說得是。今後我們攜手闖蕩江湖……」

「說什麼傻話呢？」月盈笑道。「我是拜月教的護法，光是處理教務就忙死了。除非你加入拜月教，幫著我一起做事，不然我們是不可能攜手闖蕩江湖的。」

莊森錯愕道：「可是……我以為……」

月盈也有點訝異，說道：「啊？你以為我要嫁給你了？」眼看莊森說不出話，月盈側躺起身，輕撫莊森臉頰。「好森哥，盈兒很喜歡你，也不想你我只是霧水情緣。但是我們都還有好多大事要做，將來如何，不需要這麼快下定論。趁著我們在這裡，把握此時此刻，好嗎？」

莊森凝望她片刻，說道：「但我不想跟妳分開。」

月盈輕笑：「分開的話，我會想著你的。」

「盈兒……」

月盈坐起身來，面對反映星空的溪水，說道：「你說巫州別後，你一直把我放在心上。但我沒有。我來洛陽找你，是因為我爹要我來洛陽找你。」

莊森也坐起。「什麼？」

「我爹說你是玄日宗掌門卓七俠的嫡傳弟子，要我跟你結交，日後說不定有可以用來對付卓七俠的地方。」月盈語氣自然，彷彿在說別人的事情般。

莊森驚問：「妳要對付我師父？」

月盈搖頭：「不是我，是我爹。本來也沒有要對付你師父的，但他既然接掌了玄日宗，自然可能成爲本教的阻礙。」

「所以……」莊森沮喪，「妳爹叫妳結交我……妳就這樣跟我結交？」

「我喜歡你才這樣的。」月盈說。「你那樣照顧我，那樣關心我，我又怎麼會無動於衷呢？森哥，你不要激動。我告訴你這件事情，就是讓你知道，盈兒當你是自己人，什麼事都不會瞞你。」頓了片刻，又說：「也希望你不要瞞我什麼才好。」

莊森不悅：「那我們這樣，又算是什麼？」

月盈往他肩頭一靠：「此時此刻，我們就在一起。這還不夠嗎？」

莊森讓她一靠，心就軟了下來。他嘆氣：「若在半個月前，我會覺得這都已經是我強求來的了。」

月盈在他身上依偎片刻，說道：「你大師伯顯然墜崖未死。咱們尋了這麼久都沒有他的蹤跡，我猜他多半已經不在琵琶谷了。」

莊森說：「大師伯若是出谷，江湖上必有風聲。近日我去山腳客棧打聽，並未聽說相關傳聞。」

月盈說：「山腳小店，消息未必靈通。改天我們進洛陽城探聽消息。」

「也好。」

月盈又說：「其實你大師伯很有可能暫避風頭，暗中伺機對付你二師伯他們。」

莊森搖頭：「那不是大師伯的作風。他處事向來光明磊落，不會偷偷摸摸。」

「即使遭到至親之人背叛也一樣？」

莊森不能答。

過了一會兒，月盈說：「森哥，這些日子裡，我一直沒有問過你師妹的事情。」

莊森神色尷尬。「妳想問什麼呢？」

「你還想著她嗎？」

莊森忙道：「跟妳在一起的時候沒有。」

「那沒跟我在一起的時候呢？」月盈問。「我說過了，我沒有一定要嫁你。我想要瞭解你，既然你心裡有你師妹，我就想要瞭解她。你還喜歡她嗎？」

莊森慎選用字遣詞：「我們分開之前，一切都很好。她什麼都不說，就這麼走了。我……我不弄個明白，總是不太舒服。」

「倘若弄明白了，發現她畢竟還是愛你，你不回她身邊去嗎？」

莊森眼看著她，心裡越來越亂。他苦笑道：「我們眞的不能就在此住下，不要出去了嗎？」

「森哥不是逃避之人，不要老想就此住下。」月盈轉個方向，面對莊森而坐。「有件事情，我思索已久。怕你生氣，一直沒提。」

莊森說：「我不會氣妳的。」

月盈點頭，說道：「我想我知道你師妹為什麼要跟李存勗走。」

莊森急問：「為什麼？」

「因為你發現了她武功高強。」

莊森皺眉：「那又怎樣？我早就知道她武功高強了，只是她不知道我知道而已。」

「幸虧她不知道你知道。」月盈說。「要是你跟她沒那麼要好之前就發現她武功高強，她必定也要殺你滅口。」

莊森大力搖頭：「妳說什麼？我師妹才不會……」

「你以為貪狼和巨門還有可能活著嗎？」月盈握起他的右手，輕輕搓揉。「他們至今沒有回報，當然是被滅了口。」

「為什麼……」

「因為他們知道她武功高強。」

「妳一直這麼說……」

「森哥，」月盈使勁握他一下。「你不可能沒懷疑過她為什麼不想讓人知道她武功那麼高。」

「她當然有她的理由……」

「你不去想，只因為你不敢面對答案。」

「不是這樣！她武功高強又不表示她會去做什麼事。」

「不是她會做什麼事，是她已經做過了什麼。」

莊森神色挫敗，緩緩說道：「妳……告訴我，她做過了什麼？」

「她武功高強，又擅長一門可與本教凝月掌比美的陰寒掌法。森哥難道忘了，貴派哪一位高人是傷在這種掌力之下？」

莊森駭然：「妳……妳是說我六師伯……」

「以孫六俠的武功，即使本教之中也只有我爹能把他傷成那樣。盈兒的話，必須趁其不備才能得手。盈兒跟森哥保證，我跟我爹都沒有傷過孫六俠。」

莊森搖頭：「楓兒……我師妹再強，頂多也跟妳在伯仲之間。她不可能……」

「但她有可能趁孫六俠不備。」

莊森不肯信：「妳這揣測未免一廂情願……」

「你說你師父懷疑過是你二師伯下的手，只因爲他或許能使那門掌法。」月盈說。「眼前有個確實會使那門掌法的人，你卻說她不可能？」莊森跟她說過回歸中原後遇上的恩怨糾葛，不過沒提師門隱密《左道書》，是以也沒稱玄陰掌其名，只說是玄日宗高手有可能自悟出來的陰寒掌法。

「但她沒有理由……」

「她有沒有理由，你就得去問她了。」月盈說。「我只想說，她或許是眞心對你，但在你發現她的眞實武功後，她還是非走不可，因爲她怕你進一步推敲出眞相。」

「不能是因爲她移情別戀，喜歡上李存勗嗎？」

「森哥，」月盈不悅。「你再這樣一味逃避，盈兒不理你了。要不是你這逃避心態，早該自行想出其中關聯。」

莊森垂頭喪氣，心想：「那日在六師伯房裡跟楓兒交手後，我立刻就告訴自己不要多想楓兒隱瞞武功的理由。其實說什麼不想鋒芒蓋過她哥哥什麼的，理由都極牽強。李存勗說得沒錯，不管楓兒天賦如何聰穎，練成這種功夫總需要下無數苦功。楓兒若是胸無大志，絕不可能厲害至斯。但是……楓兒……她是楓兒呀……」

一旁有人說道：「森兒。」

莊森與月盈同時轉頭，只見數丈外的樹下站著一名六十來歲的長者。體格精壯，氣度不凡，儘管衣衫破爛，依然散發出絕頂高人的氣勢。莊森難以置信，瞇起眼睛細看，遲疑問道：「大師伯？」

那人步出樹下，來到近處。月光下看得眞切，正是莊森十年不見的大師伯趙遠志。

莊森大喜，搶上前去，見趙遠志步伐蹣跚，似有瘸腿跡象，連忙伸手攙扶。「大師伯……你還好嗎？腳怎麼樣？快讓師侄幫你看看。」

趙遠志微笑搖頭：「我腿再怎麼瘸，這些日子也沒讓你們找出來。先幫我跟你朋友介紹。」

莊森喚來月盈，介紹道：「師伯，這位是拜月教護教法王月盈姑娘。月姑娘，這位就是我大師伯，玄日宗掌門人，武林盟主趙大俠。」

月盈盈盈拜倒，說道：「小女子月盈，給趙大俠請安。」

趙遠志上前扶起她，說道：「月姑娘不必多禮。」說著轉向莊森，「森兒眞是的，你跟月姑娘是自己人，介紹給長輩認識，加那麼多世俗虛銜做什麼？」

「是，大師伯。她是盈兒。」莊森說。「盈兒，快叫大師伯。」

月盈喚道：「大師伯。」

趙遠志笑道：「乖。」

莊森喜道：「大師伯，你沒事，我可就放心了。」

趙遠志摸摸莊森頭頂，彷彿把他當作小孩。「傻孩子，師伯會有什麼事？」

月盈問：「大師伯說沒讓我們找出來。這些日子以來，你都一直躲著我們嗎？」

趙遠志點頭：「我不想讓你們找到。」

「那現在爲什麼又出來了呢？」

「聽到楓兒的事情，我怎麼能不出來？」

□

三人回到洞裡。莊森重添柴火煮魚湯，月盈也拿一早採的新鮮水果出來孝敬趙遠志。莊森趁趙遠志喝湯時幫他看腳。他墜崖摔斷了左腳，自己用樹枝固定斷骨，但沒對好，莊森持劍去洞外砍樹，削了兩塊木板，回來幫趙遠志重新固定斷骨，也不知道能否校正回來。伺候妥當之後，趙遠志叫莊森把趙言楓的事情原原本本說給他聽。莊森從在吐蕃遇上趙言楓開始，一路講到雲天客棧大顯神威，趙言楓跟李存勗跑了爲止。趙遠志越聽神色越凝重，等到莊森說完，他長長嘆了口氣。

「想不到……想不到竟然是楓兒。」趙遠志說。

莊森問：「大師伯想不到什麼？難道你也認為六師伯是楓兒打的嗎？」

趙遠志搖頭說道：「三年前，我帶楓兒一起前往江南道，處理水患賑災之事，途經鶴鳴山眞武觀，便在那裡盤桓一宿，造訪太平眞人，順便檢視《左道書》。第二天，楓兒身體不適，我便讓她留在眞武觀養病，待得病好了，自行回歸成都。我想……她八成偷聽到我跟太平眞人說話，於是裝病留下，趁機偷看《左道書》。」

月盈問：「《左道書》是什麼？」

趙遠志說：「裡面記載了一些玄日宗先祖決定不傳弟子的學問。一般只有玄日宗掌門人會知道，還望盈兒別跟別人說去。」

月盈道：「大師伯說不說，盈兒就不說了。」

莊森問：「師伯斷言師妹看過《左道書》？」

趙遠志說：「她既然會使玄陰掌，自然看過《左道書》。」

月盈瞪莊森：「森哥不是說她自悟嗎？」

莊森攤手：「《左道書》是本宗歷代掌門交接的祕密，我沒想到她會看過。」

「那你又知道？」

莊森見趙遠志也在看自己，便解釋道：「總壇爾虞我詐，我師父毫無可信之人。他要坐鎮總壇，查閱《左道書》自然得要交給我辦。」

趙遠志嘆氣：「我突然把文君叫回來，承擔掌門重任，倒也眞是難爲他了。你又爲何要查閱

《左道書》？」

莊森將黑玉荷之事說了出來。趙遠志道：「是呀。我也懷疑過六師弟的傷怎麼會一直沒好，原來還是望雪動了手腳。唉，望雪不讓六師弟醒來，多半是怕他揭露楓兒傷他之事。」

「大師伯！」莊森還是不肯信。「你眞的認定是師妹所爲？」

趙遠志看著他。「森兒，你江湖歷練不夠，盈兒見識可比你明白多了。這事想不通也就算了，一想明白，可眞是恍然大悟。我一直以爲楓兒天眞無邪，實在是一廂情願。」莊森只是搖頭。趙遠志繼續說道：「她能打傷六師弟，就像盈兒說的，必定要靠計謀。我都不敢想像她是靠什麼計謀接近六師弟的……」

月盈張口欲言，但又把話呑回腹中。莊森和趙遠志看她神色，心下明白，她想說的是美人計。

莊森頭搖得更加厲害，但卻已經說不出話來。

「森兒，我本來打算趁這個機會詐死，就此絕跡江湖，是以一直躲著你們。若是望雪或嵐兒做了什麼事情，我也早已心寒了。楓兒是我唯一牽掛不下的孩子，聽到她誤入歧途，我實在不能再躲下去，這才出來與你們相見。」

莊森問：「什麼……絕跡江湖？」

「楓兒是好孩子，都是《左道書》讓她變成這樣。」趙遠志說。「你答應我，一定要助她回歸正途。」

莊森道：「我一定會！大師伯就算不說，我也一定會的。」

月盈搖頭，不以爲然。趙遠志和莊森一起看她。她說：「都是《左道書》讓她變成這樣？我聽說過怪父母、怪機運、怪朋友、怪時勢，可沒聽說怪到一本書上的。」

莊森道：「盈兒妳不知道，這部《左道書》……」

趙遠志揮手：「盈兒說得對，怪書確實不像話。總之，森兒答應我。」

莊森道：「我當然答應。但大師伯說絕跡江湖又是怎麼回事？」

趙遠志說：「怎麼回事？心灰意冷啊。你二師伯給我下了『玄天化功散』之毒，把我一身功力都給散光了。這樣也好，沒了武功，就不會去跟人家爭強鬥狠。我常常好奇不是天下無敵是什麼感覺。」

莊森問：「玄天化功散？」

趙遠志苦笑：「只遺憾……這玄天化功散煉製不易，煉法又失傳已久。百年之間，便只有我妻子曾經煉出來過。看來想要殺我的人，還不只是你二師伯。」

莊森勸道：「師伯，大難不死，已是萬幸。那種不確定的事情就別再妄加推測了。」

「不知道我兒子有沒有參與其事？」

「師伯……」

「你不用爲我擔心。我早就想開了。就算眞是他們做的，我也不會責怪他們。」

莊森搖頭：「我曾聽師父說過，玄天化功散乃是本門失傳的獨門聖品。敢問師伯，此藥可是出自《左道書》？」

趙遠志揚眉：「我沒看過《左道書》醫術篇，但既然失傳已久，望雪卻又會配，想來是記在

《左道書》裡的配方。此藥化人功力，著實陰損，難怪祖師爺要記入《左道書》中不授。」

莊森點頭：「師父這次派我出來，一方面爲了與大師伯會合，以防二師伯對您不利；另一方面是要前往鶴鳴山翻閱《左道書》。除了黑玉荷之事外，五師伯想要盜取《左道書》，師父要我查明是爲了什麼。」

「棧生還能爲了什麼？」趙遠志說。「當然是爲了藏寶圖。」

莊森眼睛一亮：「有藏寶圖？五師伯說是要看木鵲的做法。」

「你信他？」

「大家都說弟子輕信於人。」莊森道。「但我跟五師伯談得來，便覺得他的話可信。」

「是嗎？那說不定也是我錯怪他了。這些年來，他一直纏著我，說想知道木鵲要怎麼做。我始終當他是爲了跟《左道書》放在一起的藏寶圖，是以不肯帶他去看《左道書》。」趙遠志苦笑。「棧生從來不對天下爭雄的事情感興趣，我們也都不把他當作是一回事。現在想想，說不定他才是我們之中最清醒的一個。」

莊森問：「師伯說什麼藏寶圖？」

「黃巢寶藏，黃金數百萬兩。」趙遠志遙想當年，神色悔恨。「那是我們師兄弟這輩子做的第一件虧心事。偏偏玄日宗能有今日，都多虧了那批寶藏。」

莊森問：「師伯說的虧心事，是指鄭道南案？」

趙遠志停了一會兒不說話，跟著自顧自地笑了笑，問道：「你有沒有想過，我爲什麼會弄到眾叛親離？」

「因為你沒有去做他們期望你做的事情？」

「是呀。這叫佔著茅坑不拉屎，甭說他們了，連我都討厭這種人。」趙遠志說。「但是這坨屎我也不是不想拉，實在是不知道該怎麼拉……」

莊森問：「師伯一定要拿拉屎做比喻嗎？」

「倒也不是。」趙遠志笑道。「我只是深怕自己一錯再錯，錯到最後犯下滔天大錯。當初為了奪取黃巢寶藏，我們殺了鄭道南一家二十三口、安定縣衙四十名衙役，以及搬運黃金的六十五名苦力。我的雙手染滿鮮血，你知道嗎？全天下的人都稱呼我一聲趙大俠，而我每次聽見都受之有愧。大俠？我都忘記俠字怎麼寫了。」

莊森想說：「大師伯這麼做，也是為了復興玄日宗。」但是他根本說不出口。他一點也不認為為了復興玄日宗就可以做出這種事情。

「那天晚上，我殺了婦女，也殺了小孩，甚至打傷六師弟，不讓他阻止我們。我是大師兄，我不能讓其他師弟妹去承擔那些後果。」趙遠志語氣平淡，但是在莊森耳中卻聽出深沉的哀傷。「我永遠不能原諒自己。二十年來，我每天晚上都會看到那些女人和小孩的臉。戰亂會讓人做出很多喪心病狂的事情。有些人可以樂在其中，有些人可以自圓其說，但我不是那些人。我發誓絕對不讓當年的亂世重演。但是我卻不知道該如何改變天下形勢。不錯，我可以手持玄天劍，殺光天下藩鎮。然而殺光他們真是解決之道嗎？還是會讓天下陷入更加混亂的局面？我徹底對自己失去信心。我質疑自己做的每一個決定。我深深相信以錯誤起頭之事，終究會以錯誤收場。」

「所以師伯什麼都不做？」

「所以我什麼都不做。」趙遠志說。「直到朱全忠屠殺宦官，廢神策軍，誰都看出大唐氣數已盡爲止。我什麼都不做，天下一樣要亂。難道世上眞的沒有力挽狂瀾的事情嗎？」

「師伯，請恕弟子直言。」莊森插嘴道。「想要力挽狂瀾，你也得要出力才行。什麼都不做，如何指望能挽什麼瀾？」

「你說得太對了。這麼簡單的道理，我竟然二十年都想不明白。」趙遠志自嘲三聲，接著道：「當時我就開始覺得你四師伯他們的計畫似乎有點道理。動用黃金，招兵買馬，大殺四方，讓我兒子當皇帝，這有什麼不好呢？喜歡的話，我也可以做皇帝過過癮。你說，這不是挺美的嗎？」

「師伯，難道非要做皇帝不可嗎？」

「沒有人出來做皇帝，就永遠有人想做皇帝。」趙遠志道。「天下形勢，合久必分，分久必合，這是千古不變的道理。所以說到底，我乃眾望所歸的皇帝命。」

莊森張口欲言，卻不知道該說什麼。

「當我想通這一點的同時，我終於也想通了這一切有多可笑。我做皇帝？哈哈哈！」趙遠志歡暢笑道。「那一刻裡，我腦中一片清明，終於知道該怎麼做了。」

「你決定要一走了之？」

「放下所有負擔，徹底拋開煩惱。」趙遠志說。「森兒，師伯是個無能之人，辜負所有人的期待，扛不起責任，一心只想逃避。但是那又怎樣？我不扛的責任，好多人搶著幫我扛。我何苦充當絆腳石，不讓他們去扛呢？」

莊森問：「師伯認爲他們扛得住嗎？」

趙遠志笑道：「我知道有一個人扛得住。」

「誰？」

「你師父。」

莊森一愣。「我師父？」

「幹什麼一副不相信你師父能扛的樣子？」

莊森搖頭。「我只是沒想到師伯是這個想法。」接著他恍然大悟。「所以師伯離開總壇之前就讓言楓師妹去找我師父？說什麼暫代掌門，其實你早已打定主意不再回來了？」

「一點也沒錯。」

「而之所以派言楓師妹，是因爲除了她之外，沒有人會想找我師父回來爭奪掌門？」

「說得對極了。」趙遠志笑道。「楓兒雖然誤入歧途，但她的出發點肯定是爲了玄日宗好。她有自己的想法，跟望雪他們不是同一路的。森兒，你身爲大師兄，一定要幫你師妹。」

「一定的。」

「大師伯，」月盈說。「跟你師弟一起圍攻你的那夥人又是哪裡來的？」

趙遠志點頭：「這也是我露面的另外一個原因。」

莊森問：「對方的武功處處剋制玄日宗，竟連轉勁訣都能破解。大師伯可知他們身分？」

月盈說：「不只玄日宗的功夫。他們還熟凝月掌。」

趙遠志說：「我知道他們是誰，但卻不知道他們從哪裡學來那些功夫。死在盈兒手上的人名叫康君立，乃是晉王府第十二太保。」

莊森問：「晉王府？」

月盈問：「康君立不是在李存孝死後出言得罪李克用，給鴆酒賜死了嗎？」

趙遠志問：「李存孝眞死了嗎？他們圍攻我的那天，我看到李存孝躲在遠方觀戰。」

莊森道：「李存孝沒死，十年來一直躲在晉王府裡。江南道春夢無痕案就是他在幕後主使。我會知道大師伯落難琵琶谷，也是他告訴我的。」

趙遠志說：「我一直信任李克用，但晉王府顯然沒有表面那麼簡單。他們練就一身剋制玄日宗的武功，肯定是爲了要對付我們，但那武功究竟是哪裡學來的？盈兒說他還熟悉拜月教的武功，那可就更奇了。李存孝倘若跟他們一夥，又爲什麼要指引你來找我呢？」

莊森搖頭，氣餒道：「實在太複雜了，我什麼都想不出來。」

月盈說：「我想得出很多可能，但是瞎猜無益。此事總需深入調查才行。」

趙遠志說：「你說楓兒跟李存勗走在一起？」

莊森突然大急：「是呀！難道李存勗也懂這些武功，只是在我們面前深藏不露？不好了，不好了！晉王府既然擺明要對付玄日宗，師妹這不是羊入虎口嗎？」

月盈卻說：「令師妹才是深藏不露呢。森哥不必太擔心，說不定她早就看出端倪，爲了調查此事才跟了李存勗去。」

莊森和趙遠志轉頭看她，這才想到這個可能。趙遠志說：「楓兒眞有這麼深的城府嗎？」

月盈說：「那可得問大師伯您了。」

趙遠志老態畢露：「妻子兒女，我沒有一個瞭解。身為人夫、人父，我實在失敗。難怪他們要反我。難怪我落到這個地步。」

「大師伯……」

趙遠志搖頭：「不必安慰我。森兒，楓兒和晉王府的事情，就有勞你費心了。」

「大師伯不跟我同去？」

趙遠志說：「我功力化盡，形同廢人。你就讓我繼續裝死，從此退隱江湖吧。」

莊森勸：「待弟子翻閱《左道書》，定能找出玄天化功散的解法……」

「我不想要恢復功力。」趙遠志說。「我不想再當天下無敵的武林盟主。我不想再回去當個失敗的丈夫、失敗的父親。我一生揹著眾人的期望過活，而我讓大家失望。就讓我這麼死了吧。」

「大師伯……」

月盈捏捏莊森的手，要他別再說了。莊森看看月盈，看看趙遠志，既迷惘又失落。

「森哥，大師伯有大師伯要做的事情，你別攔著他。」

趙遠志起身。「森兒，你長大了，好好過你的一生，憑良心做事。別像大師伯一樣，一步踏錯，蹉跎一輩子。」他轉向月盈，說道：「盈兒……」他想充長輩，一時卻想不到能說什麼，最後他笑了笑：「別太欺負森兒了。」說完往洞外走。

「大師伯保重！」

「你也是。」

趙遠志步入樹林，片刻後便不見蹤影。莊森問月盈：「盈兒，妳爲什麼不讓我多勸勸大師伯？」

月盈說：「我們在吐蕃，也時常聽說你大師伯的事蹟。他雖然自稱無所作爲，一無是處，但全天下人都知道不是這個樣子。平黃巢、戰契丹，舉凡吐蕃、南詔、高句麗，曾經打過唐帝國主意的國家全都吃過他的虧。大師伯一生盡心盡力、爲國爲民，臨到老來，想去做點自己的事，你都不讓他去嗎？」

莊森問：「做點自己的事？又是什麼事呢？」

「我怎麼知道？」月盈說。「或許他在外面有女人。」

「大師伯不是那種人！」

月盈輕笑：「好，大師伯不是那種人。那森哥你是不是呢？」

「我……」

「啊，」月盈搖頭嘆息。「盈兒可不就是你外面的女人嗎？」

莊森忙道：「不……妳這樣說……」

「逗你的呢。」月盈湊近一些，依偎莊森，兩人一同望著趙遠志消失的樹林。片刻之後，月盈道：「晉王府的人能破本教絕學，自然也是爲了對付本教。這事我可不能坐視不管。森哥，看來我倆終究還是要攜手共闖江湖了。」

莊森摟緊月盈，望著樹林，心中千頭萬緒，沒有接話。

第三十一章　攤牌

「二師兄回來了？」儘管早就料到，卓文君還是吃了一驚。「他在哪裡？玄易堂嗎？」玄易堂是李命在玄日宗總壇內的住所。

「不。他沒回總壇。」齊天龍道。「這兩日我發現六部司房掌房使和二師叔的弟子陸續往外跑，覺得不太對勁，是以今日一早，我就趁張大洲外出時尾隨而去。二師叔此刻落腳在城外以西的晨雨山莊。他所有弟子都已聚集在那裡。」

卓文君皺眉：「你說六部司房都跟他回報？」

「是。」齊天龍道：「所有掌房使分不同時辰去見二師叔，攜帶帳冊派令，多半是回報各部日常事務。那模樣……似是把二師叔當成掌門人。」

「三師兄跟四師姊有去找他嗎？」

齊天龍搖頭：「沒有。但他們各有弟子出沒晨雨山莊，或許是去互通消息。」

「你只在外面看，沒有混進去吧？」

齊天龍道：「弟子怕走太近會被二師叔察覺。」他等候片刻，見卓文君不說話，便說：「師叔，我看二師叔似乎有心跟你爭奪掌門之位。」

卓文君嘆道：「六部司房都是他的人，這還有什麼好爭的？想不到我經營了兩個月，還是一點都不得人心。」

齊天龍說：「師叔無須感慨。他們利害關係根深蒂固，除非沒有任何舊有勢力可供依附，他們絕對不會向你輸誠。這些人的心，本就無法收服。」

卓文君問：「除了你之外，還有多少弟子是我們可用之人？」

齊天龍道：「師叔每日開堂授課，已有不少弟子對師叔心悅誠服。但他們都是閒職弟子，並無實權，功夫也不甚高。只怕……」

「約莫多少人呢？」

「五十個總有吧？」

「嗯，」卓文君沉思。「總壇數千弟子，有他們五十幾個人也濟不了什麼事。」

齊天龍分析道：「我師父的弟子多半還是聽候師父號令，師父沒有回來，料二師叔他們也調動不了。五師叔的弟子雖多，盡是烏合之眾，除了邱長生外，他們不會費心拉攏。二、三、四師叔的親傳弟子，加上六部司房的人馬，真正願意明著反七師叔的人，總數不會過千。」

卓文君皺眉：「一千對五十，那也懸殊得緊呀。」

「師叔說得是。」齊天龍道。「唯今之計，只有想辦法策反他們。」

卓文君揚眉：「喔？看不出你還會有這種想法。」

「在總壇打滾久了，總會沾染些想法。」齊天龍說。「三師叔向來長於輔佐，不喜歡把自己擺上檯面。他會想控制掌門，但不會自己出來爭掌門。四師叔就不同了。她一直認爲自己成就有限，都是因爲身爲女子之故。她心懷大志，想做所有男人能做的事情，包括當掌門、當皇帝。本來他們要拱言嵐師弟出來接任掌門，四師叔自然沒有意見。如今言嵐師弟出走，二師叔自己要爭掌門，四師叔說不定會不樂意。」

卓文君愣愣看他，說道：「我一直以爲你只是被打入冷宮的局外人，想不到你對總壇形勢看得倒也明白。」

「弟子若只是個庸庸碌碌的閒人，他們也不用費心把我打入冷宮。」

「你要我去說服四師姊？」

「四師叔與七師叔交情與眾不同……」

「這你也知道？」

齊天龍低頭：「師叔教我用『風起雲湧』對付『雲盡風來』的時候，弟子就知道了。」

「你這小不正經的。我可沒眞的戳到過師姊啊。」

「是，弟子沒這麼說。」齊天龍繼續道：「兩位師叔交情與眾不同，加上我師父沒跟二師叔一起回來……我不相信四師叔對此沒有意見。」

卓文君道：「四師姊跟我保證過他們不會謀害大師兄性命，但既然大師兄沒跟二師兄一起回來……」他看向齊天龍，只見他神情悲憤。「你料定你師父已給二師兄害死了？」

齊天龍咬牙道：「我不相信二師叔有辦法害死我師父，但我師父沒有回來也是事實。」

卓文君在廳上來回踱步，思索對策，說道：「這時候策反四師姊，已經來不及了。他們在我身上下毒，把我的功力壓在七成。能否對付二師兄，我也殊無把握。但他們毒既然已經下了，那是打定主意要除掉我。此事箭在弦上，不得不發，若不能把他們全部收服，我的下場不免悽慘。」

齊天龍大驚：「師叔……這……那……」

卓文君又道：「你說二師兄在城外晨雨山莊？這麼巧我今日下令封城，他定會以為我是衝著他來的。難怪我一回來，四師姊就來問我封城之事。」

齊天龍驚魂稍定，問道：「敢問師叔今日爲何封城？」

「此事說來話長，有空再跟你說。」

「是。」齊天龍說：「能找幫手，畢竟還是上策。弟子以爲師叔應該去找四師叔談，若眞勸不動她，那便搶先動手。把他們各個擊破，總比守在這裡坐以待斃強。」

卓文君一邊考慮他的說法，一邊說道：「手足相殘乃是本門大忌，他們不先動手，我身爲掌門人，可不能名正言順地這麼幹。」

「他們都下毒了，還不算動手了嗎？」

「世上有能力下毒害我的，也只有四師姊而已。但是口說無憑，我沒辦法證明是她下的毒。」

齊天龍皺眉：「師叔究竟在顧忌什麼？」

「顧忌我們四十餘年的同門情誼。」卓文君道。「不管四師姊如何對我，說要動手殺她，我怕下不了手。」

齊天龍深吸口氣，說道：「那師叔只有逃跑一途了。」

卓文君搖頭：「不。我想去晨雨山莊，找二師兄談談。」

「如今晨雨山莊已是二師叔的地盤，師叔去那裡找他，無異自投羅網。」

「我跟二師兄十年不見了。」卓文君道。「這次回來，他要做什麼、做過了什麼，我都是聽別人說的。萬一根本不是那麼回事呢？二師兄不苟言笑，御下甚嚴，門下弟子都怕他，我從前也好怕他。但他向來公正，賞罰分明，十年前我離開時，他在江湖上的名聲還是極好的。大家同窗一場，總不好什麼都不說就拚個你死我活。」

齊天龍道：「既然如此，弟子陪師叔同去。」

卓文君瞧他片刻，說：「好孩子，萬一打起來了……」

「弟子與師叔共進退。」

「不一定回得來喔。」

「弟子知道。」

卓文君心裡感動，拍拍他的肩膀，說：「事不宜遲，也沒什麼好從長計議的了。」

兩人走出煮劍居，黑暗中人影晃動，也看不出有多少人在監視卓文君。他倆不理會他們，繼續往大門移動。司禮房王正義迎了上來，問道：「掌門師叔，這麼晚出去呀？」

卓文君道：「出去散步，你不用跟來。」

王正義說：「天黑了，弟子幫你掌個燈籠吧。」

卓文君不想他去跟誰回報什麼，便道：「也好，一起走。」王正義去哨所點了盞燈籠，走在兩人面前幫忙開路。

出了總壇大門，王正義問道：「掌門師叔要上哪兒散步？」

「城西。」

王正義提議：「是。城西的美饌堂有好菜，天香樓有好酒。師叔要跟齊師兄找個安靜的地方談事情，弟子幫您張羅包廂。」

「不用，我們出城。」

「這麼晚要出城嗎？」王正義問。「啊！師叔今日下令封城，大家都在猜要搜什麼人。此刻出城，定是要去捉拿師叔在找的人了？」

「你倒聰明。」卓文君笑道。他見王正義臉上毫無異色，言語中似乎也不知道李命回歸之事。這兩個月裡，王正義把他服侍得舒舒服服的，他很欣慰王正義並不算「他們的人」。

「正義，你武功如何？」卓文君邊走邊問。

王正義笑道：「弟子武功不行呀。拳掌刀劍都還才初窺門徑，幾年來長進也不大。進司禮房後，每天過得開心，也不強求在武功造詣上了。」

「你加入玄日宗是爲了過日子來著？」

王正義神色慚愧：「這個……是啦，師叔。弟子並非胸懷大志之人，當初只想著有玄日宗庇蔭，不會受人欺負，這才湊足學費，拜入師門。在總壇包吃包住，每個月還能拿錢回家孝敬父母。亂世之中的小老百姓，圖的不就是這個嗎？」

卓文君與齊天龍對看一眼，心裡各自生出想法。齊天龍接過王正義的燈籠，說道：「正義，你先回去吧。」王正義一愣，還道自己說錯了什麼。

卓文君說：「今晚總壇會出大事。你自己小心。」

王正義啊了一聲，說道：「各位師叔要攤牌了？」

卓文君問：「你也知道？」

「總壇開了賭盤，押七師叔能不能代表本宗主持玄武大會。」王正義說。「咱們一般弟子，當然是不知道什麼。不過形勢很明白，七師叔若是代表本宗奪得武林盟主，掌門之位自然就穩當了。不想你當掌門的人，要做什麼就得趕在玄武大會之前才行。」

「哇，」卓文君微感讚歎：「道理這麼簡單，」他轉向齊天龍：「我怎麼會沒想到呢？」

「師叔，這兩個月服侍您，弟子可是心甘情願的。但是師長吵架，咱們做弟子的就……」

「行了，你好好過你的日子。」卓文君說。「快回去吧。」

不一會兒來到西城門。守城都衛邱長生在城門口迎接掌門師叔。

「咦，長生，你不是在南城門嗎？」

邱長生道：「弟子各城門巡守，適才聽說掌門師叔往城西走來，便即過來回報。」

「報。」

邱長生道：「師叔交代留意藍布衫受傷男子。受不受傷，看不出來，藍布衫的男子押了五十餘名。其中有兩人反抗，已遭制伏。他們分別是南海派和鹽田幫的人。弟子想請問師叔要用什麼名義扣留他們？」

卓文君只想阻止對頭夾帶太子出城，倒沒想到城門守軍會強勢押人。他說：「我要找的人倘若眞要反抗，你們都攔不住。想不到我心急封城，弄得如此擾民。請你把人都放了，代我向他們賠罪。」

「是。那城門還封嗎？」

卓文君想一想。「不封了。這兩天你多留意可疑人士，嚴加盤查，不過不要輕易押人。」

「敢問師叔，我們究竟要找什麼人？」邱長生問。「您說清楚些，弟子也好有個底。」

卓文君把他跟齊天龍拉到一旁僻靜處，明說道：「太子在城裡，落入身分不明的人手裡。」

邱齊二人齊道：「有這種事？」

「太子是呂文、常正書兩位公公帶出宮的。呂公公已死，常大人此刻在青囊齋養傷。搶走太子之人看不出身分，也未顯武功家數，我要搜也無從搜起，只能讓長生你多留意了。」他又對齊天龍說：「你明日一早去把常大人接出來，別回百鳥樓，找個地方安頓他。雖然希望不大，但也只能著落在他身上去找搶走太子之人了。」

邱長生問：「師叔，事關重大，何以守密？」

卓文君嘆氣：「今晚不是把此事鬧大的時候。明天怎麼樣，明天再說。開門吧，我要出城。」

「師叔這麼晚去哪裡？」

「晨雨山莊。」卓文君眼看邱長生身體一僵，問道：「你二師伯來找過你了？」

邱長生不敢抵賴，坦言道：「是。」

「你爲什麼不來跟我說？」

邱長生據實以對：「二師伯叫我不要告訴七師叔。」

卓文君揚眉：「你站在他們那邊？」

邱長生搖頭：「我說我只管守城，兩不相幫。」

「兩不相幫……」卓文君凝視他。「你認為我沒有能力管好玄日宗嗎？」

邱長生道：「師叔是好人，又是大師伯指定的接班人，弟子絕不懷疑您的能力。在弟子看來，過去十年裡，二師伯在這裡，而您不在。二師伯知道我說兩不相幫，就是兩不相幫；但七師叔卻不會知道弟子的話可不可信。我知道二師伯的心思一直放在玄日宗上。我不知道這十年裡，玄日宗對七師叔來講算是什麼。」

卓文君點點頭：「看來這就是大部分弟子心裡的想法了。」他拍拍邱長生肩膀。「把城守好。」說完步出城門。

齊天龍路過邱長生旁，說道：「邱師弟，今晚我若沒有回來，常大人的事情也要拜託你了。」

出城之後，齊天龍在前領路，往晨雨山莊而去。李命的弟子沿途放哨，不少人見到卓文君都嚇得不知所措。卓文君喚來一名認識的弟子，說道：「通知你師父，我現在要去找他。」那弟子領命，拔腿就跑，一溜煙地去通知李命。

越接近晨雨山莊，道旁的玄日宗弟子就越多，看來已經不像放哨，反而如臨大敵般嚴陣以待。齊天龍突然問道：「師叔，你沒事吧？」

卓文君搖頭：「沒事，怎麼突然這麼問？」

齊天龍說：「我瞧師叔剛剛往右一晃，不知是絆著了，還是如何？」

卓文君皺眉：「往右一晃？」他本身毫無所覺，但齊天龍向來穩重，觀察入微，不會隨便提問。卓文君停了下來，伸展右腳，感覺並無異狀。他提起功力，在體內運息一周，膽顫心驚，想道：「我的功力……竟然散了？今日對決赤血眞人時，三成功力只是無法運用而已，如今竟然毫無蹤跡？慘了，難道師姊用的竟是玄天化功散？」

他神情有異，齊天龍立刻察覺，問道：「師叔怎麼了？」

卓文君心想：「倘若眞是玄天化功散，功力還會繼續消散。趁著尚有七成功力可用，我得盡快收服他們才行。」嘴裡說道：「天龍，我跟你二師叔交談，將會涉及隱私。你還是別跟我去好了。」

齊天龍問：「師叔不會是想要藉故遣走我吧？」

卓文君搖頭：「你回去。我不會有事的。」

「師叔……」

「回去。」

遣走齊天龍後，卓文君單刀赴會，抵達晨雨山莊。張大洲正巧從裡面出來，一見卓文君，笑道：「掌門師叔，二師叔聽說你要來，已經恭候多時了。」

卓文君點頭：「你來跟二師兄回報帳務？」

「是。」張大洲道。「二師叔聽說掌門師叔要降玄武大會入場費，吩咐我不必理會。」

卓文君道：「你欣然領命？」

張大洲說：「這個自然。」

「回頭跟你算帳。」

「便請兩位師叔慢慢談。」

山莊門口弟子通報回來：「師父請掌門師叔進去說話。」

卓文君跟著弟子進入晨雨山莊，只見山莊大院燈火通明，十餘名李命的親傳弟子分站兩旁，夾道恭迎七師叔。卓文君好整以暇，慢步行走，只見有的弟子神色得意，有的則緊張兮兮。來到正廳，李命與司工房掌房使魯白月及司兵房掌房使任勳坐成一桌，正自喝酒吃飯。魯白月和任勳見到卓文君來，起身道：「七師叔好。」

卓文君道：「好哇。二師兄一回來，你們連掌門師叔都不叫了？」

李命並不起身，坐在主位上笑道：「文君，不要爲難弟子。坐，十年不見，師兄請你好好吃一頓。」

卓文君大步走到桌前，毫不客氣地坐下，說道：「師兄請的東西，恕文君不敢入口。」

李命揮手命兩掌房使坐下，對卓文君說：「當年你走時，我們還相擁而泣呢。怎麼十年之後，你卻不信任師兄了？」

「師兄要談信任，可先誠實回答文君幾個問題。」卓文君道。「城南外的黑店可是你著令破門弟子張春開的？少林李神力、大理寺卿楊讚、鑄私錢的劉廣生，這些人都是你下令殺的？」

李命點頭：「望雪那丫頭，嘴巴也太大了點。」

「你別怪師姊。這些事她要瞞得住，也不會來跟我說。」卓文君說。「十年前的師兄可不會幹這種事情。如今的師兄已經不是我認識的師兄了。」

「人生是要有所長進的。」李命說。「要是這十年來你一點都沒變，師兄反而瞧不起你。」

「你們也變得太多了點。」

「此乃亂世，變動無常。」李命道。「你不願意變，那就只好隨著時代消失。」

「大師兄呢？」卓文君問。「你就讓他消失了嗎？」

李命搖頭：「我們此去宮中迎接太子，想不到太子早已不在宮中。我跟大師兄四下奔波，追查太子的下落，最後在洛陽香山遇上朱全忠的兵馬圍攻，大師兄讓人打落山崖，屍骨無存。這筆帳，我一定會找朱全忠算的。」

「這等鬼話，你告訴師姊了沒有？」

「我們共謀大事，自然告訴她了。」

「她信？」

「信不信又怎麼樣呢？」李命問。「大師兄回不來了。今後由我當家做主。望雪她不靠我，難道還靠你嗎？」

「由你當家做主？你把我這掌門人放在哪裡？」

「說起這個，文君，你把掌門令牌交出來。」

卓文君側頭看他。

李命說：「你既不想當掌門，也不是當掌門的料。霸占著掌門令牌，有什麼用呢？就讓師兄這個有心之人幫你扛下責任吧。」

卓文君目光飄向左右，只見魯白月神色緊張，任勳卻毫無懼色。他看回李命身上，說道：「要是我不肯交呢？」

李命問：「怎麼，你很想當這掌門嗎？你想讓二師兄、三師兄、四師姊乖乖聽你的話？」

卓文君說：「我聽大師兄的話。絕不會輕易讓出掌門。」

「看來你掌門是當上癮了。」李命搖頭。「老實跟你說吧，你命中註定，成不了大事。玄日宗交在你手上，絕非蒼生之福。」

「你倒方便，拿命理說嘴。」卓文君不屑。「你不是說只有言嵐是皇帝命，非要拱他出來才能成事？如今言嵐走了，你還想怎樣？」

「哼，」李命冷笑。「言嵐那孩子是傀儡命。我再把他找回來就行了。」

「你從頭到尾就想自己當皇帝。」

「你錯了。」李命說得斬釘截鐵。「我大半輩子都期待大師兄當皇帝。但是他不肯，說什麼都不肯。你以爲如果大師兄肯爲蒼生著想，我們會想要反他嗎？我們一心輔佐他，什麼都爲他安排好了。是他辜負我們，讓我們失望。大師兄不肯做的事情，只好我們來幫他做。是望雪、我，還是言嵐出來當皇帝，對我們來說毫無差別。我們只是想要結束亂世罷了！」

「想想你們做過什麼！」卓文君有氣。「你們根本是殺人不眨眼的邪魔歪道！大師兄豈能跟你們同流合污？」

「大師兄早在鄭道南案時就開始濫殺無辜！」李命也大聲。「是我們跟他同流合污！你別把他想得那麼清高！也別在那邊自命清高！要不是當年我們六個愛護你這小師弟，不讓你接觸世道險惡的話，你能到今天都無愧於心？」

卓文君深吸口氣，說道：「你老實說，你有沒有殺大師兄？」

「沒有。」李命說。

「好……」卓文君緩緩點頭。「我知道就算是你殺的也不能承認。大師兄弟子眾多，殺他是會犯眾怒的。」

「知道你還問。」

「那六師兄呢？」

「也不是我打的。」

卓文君與他對看片刻，盤算完畢，解下腰間的掌門令牌，往桌上一放。「這掌門我不做了。你們誰愛做誰做去。」

李命等三人當場愣住，呆呆看著他。

卓文君站起身來，說道：「祝你早日成就大業，結束亂世。」說完轉身往門外就走。

李命直到他走到大廳門口，這才張口叫道：「文君！」

卓文君暗嘆一聲，回過頭來。「二師兄還有什麼事？」

李命道：「你不能走。」

卓文君問：「掌門都讓給你了，爲什麼我不能走？」

李命一時答不出來。

「哼，早就知道你不會讓我走了。」卓文君冷冷說道。「師姊、言嵐、三師兄，他們都不對你構成威脅。我是唯一能威脅到你的人，今天也是你唯一有把握剷除我的時候，讓我離開，無異縱虎歸山，是吧？」

李命說：「只要你束手就擒，師兄不殺你。」

「我不相信你，就像我不相信你沒殺大師兄一樣。」卓文君搖頭道。「你不讓我走也好，我要為大師兄清理門戶。」

李命使個眼色，魯白月和任動連桌子帶酒菜一併抬到一旁，讓出大廳中央一大塊空地。卓文君和李命同時上前，一路走到相隔兩步的距離才同時止步。卓文君甩甩雙掌，說道：「你是師兄，請先進招。」李命冷笑一聲，出拳。

這一拳勢如洪水，快若奔雷，才剛看他肩膀微動，拳頭已經打到面前。卓文君半身後折，右掌上提，拍他手肘。這一拍原擬拍開他的手臂，然後趁隙反擊。想不到李命手臂只是微微上揚，隨即拳勢一翻，往下便捶。卓文君足下輕點，向後平飛而出。李命如影隨形，拳頭依然狠狠捶向卓文君面門。卓文君一掌上，一掌下，扣住李命上臂往外便絞。常人讓卓文君這麼一絞，一條手臂要當場大卸八塊。但李命的手臂硬如精鋼，一點痕跡都沒絞出來。卓文君掌勢一翻，托住李命手臂，跟著雙腳使出千斤墜的功夫，往地上重重一踏，就這麼直挺挺地斜著身體架住李命的拳頭。李命這拳捶不下去，卓文君也沒能推開他的手。

卓文君透過兩人糾纏的手掌側頭看他，問道：「這套拳法，我沒學過。《左道書》裡的？」

李命說：「我學問大，腦筋活，懂得自創武功。像你這死腦筋的就只能守著師父教給你的功夫。」說完身體疾旋，宛如狂風暴雨般朝卓文君拳打腳踢。

卓文君使開朝陽神掌中彩雲片片的綿密掌勢，全身守得水洩不通，將李命的拳腳一一擋下。兩人轉眼之間交手一百零八招，到了一百零九招時，卓文君已經摸透李命自創的拳路，在他出拳之前搶先擋下，反手甩他臉頰。李命翻身而退，出招緩了一緩，立刻讓卓文君展開搶攻，一雙肉掌彷彿化作數十掌般，從四面八方往李命身上招呼。李命出拳如風，尚自應接不暇，數招之後，臉頰讓卓文君手指帶到，滋滋作響，傳出焦味。李命大喝一聲，改拳成掌，跟卓文君一樣施展玄陽掌，雙掌宛如火球般全力推出，與卓文君連對三輪六掌。

六掌對完之後，兩人各退三步。卓文君笑道：「你自創的武功也沒多了不起，還不是要靠師門絕學救命？」

李命哼了一聲，說道：「大師兄老說你是我們之中學武資質最高的一個。我看也不過就是如此，大師兄的武功可比你強多了。」

卓文君道：「大師兄又不會跟我拚命，我又何必強過他呢？我強過你就好了。」

李命雙掌交錯，緩緩收回腰間，掌心中的火勁持續提升，冷笑道：「你我招式相當，勁強者贏。我就看你能撐多久。」

卓文君面不改色，心下盤算：「適才對那六掌，我一掌弱過一掌。看來這玄天化功散是施力越多，化功越快。不能再跟他比拚內力了，改用轉勁訣應付。」嘴裡說道：「招式相當，也未必是勁強者贏了。」

李命手運玄陽掌的內勁，施展的卻是朝陽神掌的招式。卓文君信手揮灑，時而朝陽，時而玄陽，手中不施內勁，專門勾引李命自己的內勁去對付他。李命見他如此打法，笑道：「好小子，知道內力不如我，便用轉勁訣應付。師兄的內勁，你轉得了嗎？」說完加催內力，打算牽動卓文君的招式，迫使他露出破綻。

卓文君的轉勁訣已臻化境，不管多強橫的內力都能圓轉如意。如此打法，堪稱立於不敗之地，只是一時難以取勝。他心想：「可惜呀，可惜。二師兄的功力畢竟差我一截，要是堂堂正正過招，我早已把他打倒，偏偏我卻中了化功散。唉，這也沒什麼好說的，中毒是我自己不慎，也算是技不如人。只不過師姊究竟是怎麼下的毒，我到現在還想不通。」

他一面轉移李命的火勁與之抗衡，一面又在體內一點一滴地積蓄火勁。「想要一舉擊倒二師兄，我可得多積一點他的內力才行。只可惜外來內力不能在體內積蓄太久，不然可是積得越多，越有把握。」正自衡量累積的火勁足不足以擊倒李命時，突感背心護身氣勁聚集，顯然有人從後偷襲。他引導部分火勁防守背後，心想：「哪個不要命的敢來插手我跟二師兄決鬥？憑他們那些功夫，定然承受不住二師兄的火勁。」

背心中掌，一聲慘叫，跟著卓文君心口一痛，轉勁訣再度被破。他驚駭莫名，當機立斷，以本身內力引導李命的火勁全力拍出，一舉震飛李命。他喉頭一甜，鮮血湧入口中，又讓他硬生生地吞了回去。他深吸口氣，依照下午的手法調整運氣途徑，繞過心脈，開始自療。回頭看了一眼，只見偷襲之人乃是任動。他問：「任動，你這是哪裡學來的功夫？」

任動渾身宛如火炙，連呼口氣都像是鼻孔要燒起來般。但他不改武將之風，硬氣回話：「你管我哪裡學來的？能對付你的就是好功夫。」

卓文君想起任動出身晉王府，登時恍然大悟：「好哇！原來這是晉王府的功夫。看來晉王府處心積慮要對付本宗，不但想辦法剋制本門武功，還安插了人在總壇身居要職。」

李命翻身而起，擦拭嘴角鮮血，慢慢走回來。「錯了。晉王府不是來對付玄日宗，而是來幫助我們剷除叛逆。」

卓文君搖頭：「你以爲他們不會用這些武功對付你嗎？任勳只是小角色，晉王府另有武功絕頂的高手。」

李命冷笑：「我自有因應之道，那就不用你操心了。」

卓文君再吸口氣，瓦解了任勳的功力，又能施展轉勁訣。要不是白天已經中過這一招，他也不可能在這麼短的時間內復元。但他爲了擊退李命，消耗了大量內力，再加上運勁療傷，此刻已然甚感疲憊，只能硬撐充場面。眼看李命步步進逼，門外的弟子也圍了上來，今日在此已無勝算。退走的時候到了。

卓文君縱身而起，撞穿屋瓦，往山莊後逃去。

第三十二章　心死

卓文君幾個起落，翻出山莊圍牆，沒多久便甩開追兵。他心想：「總壇中不知道還布置了多少對付我的手段，此刻回成都無異自尋死路。我得往山野中跑，暫避風頭才好。二師兄沒有追來，肯定也受了傷。其他人便是追來，我也不懼。」

他獨自在樹林中奔跑，隨時注意埋伏。跑出三里外後，自覺安全了些，盤算道：「今日眞是灰頭土臉，堪稱此生最大挫敗。我日子過得太安樂了，竟然妄想能跟這些人鬥智較勁。唉，倘若過去十年我都待在玄日宗，或許還能一鬥，但那不就等於把自己降到跟他們同一個格調了嗎？可是若不能順應他們的想法，我又怎麼可能鬥得過他們？二師兄說大師兄墜崖，摔得屍骨無存，這話不知是眞是假？大師兄也不是第一次墜崖了，二師兄若沒尋著他的屍體，如何敢說他已死？先別管大師兄了，管管自己吧。成都不能回，我又需要地方養傷，或許該去鶴鳴山找太平眞人？不，二師兄定會料到我去鶴鳴山，到時候要是連累天師道一眾道友就不好了。但我若要解玄天化功散之毒，那《左道書》還是非翻閱不可的。奇怪，這個方向傳來水流聲已經好一陣子，爲何始終不見流水？」這麼一想，他突然驚覺自己已經在這片樹林中走了好久。

他停下腳步，凝視身旁一棵樹，踢踢樹下鬆動的土壤，奇道：「這樹是新植過來的？怎麼會有人在深山中移植新樹？」他四下打量，觸目所及，起碼有三棵樹是最近才移植過來的。他躍上枝頭，從高處打量，微微心驚：「這片樹林隱含玄機，暗藏五行，莫非是二師兄催動的陣法？是了，這些新樹定是司工房魯白月差人種的。適才開打之後，任勳留下來偷襲我，魯白月卻不見蹤影，莫非他是來此主持樹陣？哼，靠幾棵樹就想困住我？豈不太小覷我卓某人了？」

他看準附近一棵最高的大樹，提氣縱躍而上，站在樹頂，四方瞭望。這一驚，非同小可，只見四面八方延伸開去，全都是同樣的樹林景象，遠方沒有山岳，也瞧不見成都城的燈火。他心想：「這陣法厲害至斯，竟能亂人耳目？這多半就是二師兄從前常提的『渾天六合陣』了。他說《左道書》中有此奇陣，令他百思不得其解。看來他十年有成，畢竟還是解開了此陣。唉，憑我平日修爲，何懼這等把戲？此刻功力渙散，耳不清、目不明，思緒也亂糟糟的，如何破此陣法？」

他落回地上，站在一片較大的空地中，仔細研究周圍樹木，推斷四象方位，找出代表二十八宿之樹。他心想：「按理說我當依照四象七曜順序，由角木蛟一路轉到軫水蚓便能脫離此陣。只是二十八宿辨識不易，我若在此拖得久了，難保不會有追兵趕到。不不不，要破奇門陣法，首忌操之過急。」

他撿起一根樹枝，在地上繪製陣圖，將四周樹木一棵一棵標示出來，塡上星宿名稱，然後畫出路線圖。他把路線記在心裡，開始按圖尋路，逐步走向陣外。眼看轉過星日馬，二十八宿已轉過半，突然間發現下一棵代表奎木狼的樹木竟不在自己記憶中的位置。他思前想後，已明其理，喝道：「魯白月，我勸你不要跟我多動手腳。不然等我出了此陣，你就要倒大楣了。」

四面八方傳來魯白月的聲音，竟聽不出發自何處：「七師叔，弟子只是奉命行事，您老人家不要爲難我呀。」

「奉命行事？」卓文君道。「那我老人家的命令，你就不聽了嗎？」

魯白月道：「你們師長打架，把弟子牽扯其中，弟子也很爲難呀！」

卓文君尋著原路走回適才空地，重新繪製陣圖。記下新的路線後，他說：「魯白月，你有本事就繼續移樹。且看是你快還是我快。」他話一說完，立刻提氣奔走，宛如一陣狂風般在樹林間穿來插去，轉眼間已經轉過二十一棵樹。他由西方白虎轉往南方朱雀時，瞥眼間看見魯白月的身影正在挖樹，眼看就要把那棵樹連根拔起。他心中一急，加快腳步，但在轉過鬼金羊後立刻失去了魯白月的蹤跡。正要出聲嚇阻，突然聽見魯白月驚慌叫道：「趙師兄，你……」跟著他慘叫一聲，就此了無聲息。

卓文君來到最後一棵樹旁，只見魯白月躺在地上，已然死去。站在他屍體旁的卻是趙言嵐。

趙言嵐還劍入鞘，來到卓文君面前拜倒，說道：「師叔，孩兒來得遲了，望師叔恕罪。」

卓文君扶起他，問道：「嵐兒，你不是離開成都了嗎？」

趙言嵐說：「我在茂州遇上二師伯的弟子關瑞星，偷聽到二師伯召集所有弟子齊聚成都。我怕他有所圖謀，會不利七師叔，於是又回到成都。想不到……想不到二師叔竟然害死了我爹。」

卓文君勸道：「你爹福大命大，二師兄既然沒有尋著他的屍體，他就還有一線生機。」

「師叔說得是。」趙言嵐說。「此乃險地，逗留無益。我們先離開吧。師叔要往哪兒走？」

「向南。」卓文君說。「往山裡去避避。」

兩人走出數里，遠離渾天六合陣，四周再無古怪後，卓文君把趙言嵐拉到一棵大樹後面，說道：「嵐兒，二師兄現在派人搜捕我，你卻尚未曝光。我雖然身上有傷，但也不怕他們。接下來的路，我一個人走就行了。你照之前說好的，自己出去闖蕩江湖。沒什麼事，不要回來。二師兄還想要拉你當傀儡。你若想走自己的道路，就別再跟玄日宗扯上任何關係。」

趙言嵐急道：「師叔，讓我陪著你，也好有個照應。」

卓文君搖頭：「你跟著我，只會惹禍上身。眼前你惹不起二師兄，還是先跟我分開。日後有緣見面，咱們叔侄倆再一起闖闖江湖。」

趙言嵐遲疑片刻，解開腰間佩劍，說道：「師叔身上有傷，帶把劍防身吧。您的劍法天下無雙，別再跟二師叔比掌法了。」他拔劍出鞘，又說：「這把劍雖非名劍，但也十分鋒利，是我特別請鑄劍大師……」他說著突然長劍一送，刺向卓文君心口。兩人相距極近，趙言嵐出劍又快，卓文君閃避不及，只能強運功力護住心口，藉由胸前薄薄的衣料牽引劍尖，避開心口，插入左肩。卓文君瞪大雙眼，難以置信地看著趙言嵐，跟著左肩一抖，震斷長劍。趙言嵐虎口撕裂，手臂劇震，連退數步，終於站定。

遠處傳來女子驚呼聲，一條人影身隨聲至，疾撲向趙言嵐身後，喝道：「師弟不可傷害師叔！」

趙言嵐內息翻騰，行招窒礙，讓對方一掌擊中右肩，吐出一口鮮血。他向後躍開，站穩腳步，拉開朝陽掌的架式，定睛一看，只見偷襲他的人是吳曉萍。

趙言嵐喝問：「師姊，妳要忤逆我娘嗎？」

吳曉萍右掌一翻，指間夾著三根金針，說道：「師姊是在救你。你若執意要殺師叔，死的絕對是你。」

趙言嵐目光在吳曉萍和卓文君之間游移。卓文君摀著肩膀傷口，渾身顫抖，滿臉失望地看著他。「嵐兒……你……你竟這樣對我？」他內力鉅耗，失了定力，心情激動之下，語氣之中隱隱帶有哭音，顯然失望已極。

趙言嵐神色慚愧，低頭道：「師叔，我要做皇帝，你不該攔著我。」

卓文君岔了一口氣息，往後連退三步，背靠大樹站定。

吳曉萍凝望趙言嵐，緩緩退到卓文君身旁，攙起他的右手，說：「師叔，我們走。」

卓文君深吸三大口氣，努力恢復心神，在吳曉萍的攙扶下持續退走。趙言嵐沒有追來。走出十餘步後，吳曉萍喊道：「師弟，跟師父說曉萍不孝，對不起她。這輩子沒臉再去見她了。」說完提起輕功，扶卓文君快步離開。

兩人卯起勁兒來趕路，誰也沒有說話，一路趕到午夜時分，終於在一處山澗旁坐下休息。吳曉萍放下揹在身上的行囊，取出乾淨布塊，在山澗中打濕，幫卓文君擦拭傷口。處理乾淨之後，她取出外傷藥膏，塗抹均勻，包紮妥當。卓文君看著她忙，問道：「妳帶著傷藥出來找我？」

吳曉萍一邊包紮一邊回話：「對不起，師叔。曉萍知道師父他們今晚要對師叔不利，但卻沒有告訴師叔。我……我對不起您……」說著哇的一聲，哭了出來。「現在我跑出來了，卻又對不起師父。我不知道該怎麼做，我真的好爲難。」

卓文君伸出右手，輕撫她的臉龐，擦拭她的淚水，柔聲道：「妳爲了我，忤逆至親的師父，師叔……我……我很感動。」

吳曉萍抬頭看他，淚光之中隱泛羞怯之色，說道：「師叔，曉萍……今日跟了你……這輩子就跟了你了。你……」

卓文君點頭道：「我知道。我知道。我答應妳，一定會好好待妳，不讓任何人欺……欺……這……」他皺起眉頭，摀住剛包紮好的傷口，咬緊牙關問：「這藥不太對呀？」

吳曉萍站起身來，自懷裡取出手絹，一邊拭淚一邊說：「師叔，曉萍的淚水是眞的爲你而流；我說對不起你，也是眞心的話。倘若你不曾離開總壇，我肯定會當眞爲你傾心。但是你離開了，所以你不知道我跟嵐師弟眞心相愛，早已私定終生。爲了你回歸總壇，師父硬生生拆散我跟師弟，還要我違背本願去引誘你。所幸師叔並非好色之徒，曉萍不需委身相許。爲此，曉萍很承你的情。」

「妳從一開始……」卓文君顫聲道，「就是虛情假意？」

吳曉萍說：「出發點是錯的，就算感情是眞的又怎麼樣呢？」

卓文君雙眼泛紅，難以言語。他怕自己情緒激動，一開口會哭出聲來。

吳曉萍繼續道：「師叔傷口塗的是蝕骨膏。只要運功調息，不出半個時辰就能化解完畢。只是等你解了蝕骨膏，玄天化功散也把你的功力化得差不多了。」

「師叔……心裡好痛。妳知道嗎？」

吳曉萍直視他的雙眼，片刻後眼眶再度潮濕，說道：「誰教你不肯幫我師父？誰教你要接任掌門？誰教你要回歸中原？玄日宗早已跟你無關了。千錯萬錯，是你自己的錯。」她撿起地上的包裹，揹在肩上，說：「我這就要去了。師叔若想殺我，這便請動手。」

卓文君搖頭：「妳走吧。我不會殺妳。妳知道我不會殺妳的。」

吳曉萍走開兩步，忍不住又回頭：「我把你害成這樣，你爲什麼不殺我？」

卓文君兩眼無神，雖然面對著她，卻似乎沒看見她。他說：「我這輩子就喜歡過兩個女人。一個是妳師父，另外一個……」

「啊啊啊！」吳曉萍掩住雙耳，大聲喊叫。「你不要說這種話！玄天化功散是我下的毒，你知不知道？你今天會落到這種下場都是因爲我的關係，你知不知道！」

卓文君緩緩抱頭，神色扭曲，幾乎難以承受一波又一波的背叛。他道：「妳再不走，我眞的要殺妳了。」

「你殺呀！」吳曉萍拋下包袱，雙手各拔三根金針。「殺了我呀！把我殺了！證明你有能力在這個亂世中存活下去！」她雙手上揚，六根金針疾射而出。

斜裡飛來一道劍光，於叮叮聲中打飛所有金針。齊天龍推開長草，來到澗邊，喝道：「賤人，我幫師叔宰了妳！」

吳曉萍道：「齊天龍！這是我跟七師叔的事情，你不要插手！」

卓文君一邊運功化解蝕骨膏之毒，一邊喝道：「天龍，不要動手。」

齊天龍撿起地上長劍，搖頭道：「師叔，這賤人如此害你，我絕不容她留在世上。」

吳曉萍說：「要殺我，師叔自己會殺，用不著你多事！」

齊天龍舉起長劍，縱身而起，運起烈日劍法，宛如大鵬展翅般從天而降，砍向吳曉萍。吳曉萍盡得崔望雪眞傳，身形飄逸，似仙如魅，在齊天龍剛猛的劍招下盈盈閃避，偶爾還能緩得出手來反擊。

「齊天龍，你爲了當年之事懷恨在心，定要殺了我才甘心嗎？」

「妳這水性楊花的女人，簡直人盡可夫！今日不殺妳，日後受害的男人可多了！」

卓文君加催內力，急著解毒。「天龍！我叫你不要動手！」

齊天龍招式狠辣，彷彿跟吳曉萍有不共戴天之仇般。吳曉萍以金針抵抗長劍，儘管一時未落下風，看起來還是招招凶險。她罵道：「你不要含血噴人，什麼叫人盡可夫。我至今仍是處子之身，豈容你如此輕賤？我喜歡過你，後來又不喜歡了，不行嗎？男子漢大丈夫，連兒女私情都輸不起，你還想做什麼大事？」

齊天龍一劍斬三針，喝道：「做大事都像你們這樣，我做什麼狗屁大事？」

卓文君解毒完畢，立刻起身，喊道：「你們兩個都給我住手！」

齊天龍眼看卓文君已經要趕來阻止，當即加緊攻勢，劍光霍霍，如烈日刺眼。吳曉萍難以視物，只能拋出手中金針。就聽見滋滋滋三下，三根金針盡數插入齊天龍胸口。齊天龍長劍宛如蛟龍，透心而過，將吳曉萍釘在地上。

卓文君驚得呆了，無暇多想，一掌就打在齊天龍背上。齊天龍著地撲倒，趴在吳曉萍身邊，再也無法動彈。

「曉萍？天龍？」卓文君眼看這兩個月來跟他最要好的兩名弟子如此躺在自己面前，再也無法克制自己。他跪倒在兩人中間，一手一個，緊緊摟住他們。「啊……啊……曉萍！天龍！」

吳曉萍伸手撫摸他的臉頰，就像他剛剛摸她一樣，無力道：「師叔，你若能夠活過今日……不要再對人那麼好了。」

齊天龍趴在他肩上，衝著他耳朵說：「師叔……帶我的劍……防身……」

兩名弟子就這麼死在卓文君懷裡。卓文君抱著他倆，越抱越緊，想著吳曉萍的種種背叛，也想著自己親手打死忠心耿耿的齊天龍。他傷心至極，嚎啕大哭。這一哭，把全身僅存的力氣哭得一乾二淨。他哭了小半個時辰，哭到再也沒有眼淚，再也沒有情緒爲止。他抱著兩具屍體，輕輕搖晃，像在哄著孩子睡覺。他就這麼一直搖，一直搖，搖到最後，開始自言自語。

「如果我沒有回來，曉萍就不會死。天龍還會待在鎭天塔上，遠離一切鬥爭。是我害死了他們。是我害死了你們。師叔對不起你們。對不起。」他再搖了搖，側頭道：「我卓文君做錯了什麼，竟要把一切怪在自己頭上？曉萍會死，是因爲她師父逼她去做她不想做的事情。天龍會死，是因爲他放不下過去的情感糾葛。我器重他們，仰賴他們，從來沒有害他們的心。他們會死，是被玄日宗逼死的。是被這個鬼地方逼死的。是被李命和崔望雪逼死的。是被權力和貪婪逼死的。他們害死弟子，濫殺無辜，謀害大師兄，還想害我。他們是惡人，是仇人，是全天下的毒瘤。我是傻子，顧念舊情，不肯動手殺害他們，結果卻害死了你們。」

他轉頭看著吳曉萍，在她冰涼的嘴唇上輕輕一吻，說道：「離開這個鬼地方，妳也會開心點的。師叔爲老不尊，竟對妳有非分之想。不管妳的心意如何，也不管我們是何名分，總之，在我心裡，妳就是我的女人。害死我的女人，是大仇。是大仇。玄日宗這個鬼門派，是我的大仇。」

崔望雪遠遠走來，對他說道：「師弟，你在自言自語些什麼呢？」

卓文君也不抬頭，繼續搖晃屍首，問她：「妳看妳大弟子死在這裡，怎麼毫無傷心之情，只顧著問我說些什麼？」

崔望雪嘆氣：「曉萍死了，我自然傷心。但她會死，也是出於愚蠢。我早就囑咐過她，只要告訴你毒是她下的，就可以離開了。你會傷心難過，但是不會殺她。她定是不肯離開，是吧？她一定要跟你講感情，是吧？她有沒有求你殺了她？」

「師姊識人倒很厲害，看透了我，也看透了曉萍。」

崔望雪說：「關心才能看透。你們是我摯愛之人。看到你們這樣，我心裡很難受。」

「妳送曉萍赴死，又要親手殺我，」卓文君沒有正眼瞧她。「還說我們是妳摯愛之人？」

「爲了天下蒼生，摯愛也要割捨。」

「這種話也說得出口，師姊不怕天打雷劈嗎？」

崔望雪自腰帶上拔出一根金針。「爲了天下蒼生，天打雷劈也要動手。」

卓文君斜眼看她手中金針，問道：「百花針？」

崔望雪點頭：「見血封喉。」

卓文君冷冷說道：「從前愛煞了妳，卻不可得。我時常幻想能夠死在妳手上。」

崔望雪輕笑：「今日讓你得償所望。」

卓文君終於抬起頭來，凝望崔望雪，說道：「妳最好確保這一針殺得死我。如果讓我改日回來，你們全都會死無全屍。」

崔望雪愣了一愣，沒料到卓文君會說出如此凶狠的言語。她說：「好，師姊一定會確保你死透的。」說完皓臂揚起，拋出金針，插入卓文君頸中。

卓文君眼前一黑，什麼都看不到了。

第三十三章　今後

不知過了多久，卓文君睜開雙眼，發現自己躺在一張大床上。身上蓋的被單繡工細緻，並非尋常人家之物。卓文君轉頭一看，房間不大，但是裝飾華麗，家具都是上等檀木，桌腳椅腳都有雕飾。他腦中迷糊，難以細想，只知道並非身處牢獄，也不在玄日宗總壇。總之，不算太糟。

「師姊的百花針見血封喉，倘若我功力尚在，自可抵擋一陣。但我功力都被化光了，怎麼可能沒死？難道師姊用的不是百花針？難道她假裝殺我，暗地裡卻救了我？」他閉上雙眼，沉心運氣，只覺全身空盪盪的，一點內力都沒剩下。「不知那玄天化功散的效力能維持多久？倘若我重新培元養氣，是不是又會被它化去？」他運起轉勁訣第一層的法門，在丹田中培育眞氣。突然間想起昨晚之事，吳曉萍和齊天龍了無生氣的面孔歷歷在目。他心裡一痛，難以練功，灰心想道：「我功力盡失，雖不至於淪為廢人，想要報仇卻也不容易。從前總覺得冤冤相報何時了，以為報仇雪恨是痴人在做的事情。如今仇恨找上了門，要我就此放下，卻也沒那麼容易。哼，要挑掉玄日宗，本就極為困難，且看我卓文君辦不辦得到。」

門外傳來人聲。卓文君想要下床，卻感渾身無力。他奮力坐在床緣，緩緩吸一口氣，雙腳顫抖，撐起自己。他步伐虛浮，輕輕走到門邊，依靠門框而立，靜心傾聽。他聽見了拜月教主赤血眞人的聲音，「貴宗卓掌門昨日還好好的，怎麼一夕之間，竟會暴斃身亡？」

與他說話之人聲音也很耳熟，卻是趙言嵐。「七師叔連日操勞，突染惡疾，即使我娘盡力救治，依然回天乏術。我二師叔臨危受命，明日將公開宴客，繼任掌門之位。請赤血眞人賞臉，共襄盛舉，參加本派掌門繼位大典。」

赤血眞人問：「趕在玄武大會之前接位掌門嗎？」

趙言嵐道：「玄武大會總要本派掌門主持。若非如此，二師叔也不會這麼急著繼位。」

赤血眞人又問：「我聽說卓掌門回來之前，玄日宗是由趙少俠暫代掌門。怎麼卓掌門突然逝世，趙少俠就甘心把掌門之位讓給李命？」

趙言嵐道：「本派掌門，能者居之，二師叔當之無愧。」

赤血眞人笑道：「果然識時務者爲俊傑。不然，要是趙少俠接下掌門，又跟卓掌門一樣突然暴斃，就不好了。」

趙言嵐乾笑兩聲，說道：「眞人說笑話了。」

赤血眞人道：「好，請趙少俠回覆李二俠，就說本眞人身染惡疾，明日不克出席。恭賀李二俠的事情，就等玄武大會再說吧。」

趙言嵐說：「既然如此，晚輩告退。」說完離開。

赤血眞人遣走廳上教眾，回頭望向臥房門口，說道：「卓七俠既然醒了，便請出來說話。」

卓文君推開房門，緩步而出，雙眼始終盯著赤血眞人。赤血眞人拉開椅子，請卓文君坐。卓文君氣力未復，光是站著便感疲累，於是依言就坐。赤血眞人又拉一張椅子，坐在卓文君對面。

「玄日宗說卓七俠一夕暴斃，不知實情如何？」

卓文君提起旁邊茶几上的茶壺，給自己倒了杯茶，自顧自喝了一口，說道：「我識人不明，心機不足，讓人一夕暴斃，也沒什麼好說的。」他伸手摸摸頸部昨晚中針之處，那根百花針自然已經不在。他問：「我脖子上的金針淬的是見血封喉的毒藥。敢問是眞人救了我嗎？」

赤血眞人搖頭：「本教神醫已幫卓七俠看過了。那針上之毒，冠絕天下，中者立斃。卓七俠之所以沒死，都是因爲事先已經用過解藥的關係。」

「解藥？」

赤血眞人往他左肩一指。「你肩頭的劍傷上除了蝕骨膏外，還讓人塞了百花針的解藥。我不知道幫你擦藥之人是誰，但肯定是個表面上想要害你，其實是爲了救你的人。」

卓文君心裡激動，右眼流下一行淚。

赤血眞人嘆氣：「想不到你功力全失，喜怒哀樂都藏不住了。」

卓文君擦拭眼淚，問他：「你昨晚一直在暗中窺視？」

「不。」赤血眞人搖頭。「昨晚入夜之後，本教全城探子回報，都說玄日宗密謀布署，看不出有何企圖。我怕你們對本教不利，是以循線追查。找到你的時候，你已中針身亡。崔望雪本該抬你的屍首回去交差，但她養尊處優，不願親自動手，是以又下山去找人來抬屍體。我與你共同禦敵，也算相識一場，見你下場淒涼，於心不忍，便想抬走你的屍體，找個寶地埋葬，順便讓玄日宗摸不清楚你的下落，便會有所忌憚。想不到一時三刻之後，你竟又活了過來。」

卓文君問：「我身邊另外兩具屍首呢？」

「我留在原地，多半已讓玄日宗的人收去了。」

卓文君閉上雙眼，沉默不語。片刻後問道：「那現在如何？我是你的階下囚嗎？」

赤血眞人搖頭：「你如今無權無勢，只是一介散人，就算拿你的性命要脅玄日宗，只怕也沒人會來買帳。放你離開，讓你自己去跟玄日宗算帳，對本教比較有利。你內力雖失，轉勁訣的功夫卻沒擱下，就算不再是絕頂高手，江湖上還是沒幾個人傷得了你。我這麼說沒錯吧？」

卓文君喝一口茶，吸氣道：「我還是得先調養身體才行。」

赤血眞人道：「這間客棧現在是拜月教的地盤，玄日宗不會來此搜查。你在這裡安心靜養，等到後天玄武大會正日，再找機會離開成都。」

「如此安排甚好。」卓文君說。「我這一去之後，從此有了仇恨，有了立場，做事不會再像從前那樣漫不經心，對一切冷眼旁觀。你我下次相遇，倘若立場相左，卓某不會再手下留情。」

赤血眞人揚眉：「卓七俠跟人道謝是這種態度嗎？」

「你救了我，卻也不問問我想不想被你救。」

赤血眞人也不多說，只是看他。

卓文君低頭看著茶杯。「大恩不言謝。卓某人會放在心上的。」

赤血眞人微微一笑，站起身來，拍拍卓文君肩膀，說道：「改變是好事。但也不要變得太過分了，是吧？」說完把他留在廳上，自己走了出去。

卓文君又在廳上坐了片刻，隨即回歸臥房，上床打坐練功。

《左道書．卷之二》完

國家圖書館出版品預行編目資料

左道書 / 戚建邦 著.——初版.——
台北市： 蓋亞文化，2019.08
冊； 公分.
ISBN 978-986-319-441-5（卷2：平裝）

863.57　　108012958

左道書【卷之二】

作　　者 戚建邦
插　　畫 葉羽桐
封面設計 莊謹銘
責任編輯 盧琬萱
總 編 輯 沈育如
發 行 人 陳常智
出 版 社 蓋亞文化有限公司
地址：台北市103大同區承德路二段75巷35號
電話：02-2558-5438　傳真：02-2558-5439
電子信箱：gaea@gaeabooks.com.tw
投稿信箱：editor@gaeabooks.com.tw
郵撥帳號 19769541 戶名：蓋亞文化有限公司
法律顧問 宇達經貿法律事務所
總 經 銷 聯合發行股份有限公司
地址：新北市新店區寶橋路二三五巷六弄六號二樓
電話：02-2917-8022　傳真：02-2915-6275
港澳地區 一代匯集
地址：九龍旺角塘尾道64號龍駒企業大廈10樓B&D室
電話：+852-2783-8102　傳真：+852-2396-0050
初版一刷 2019年8月
定　　價 新台幣270元
Published and printed in Taiwan

ISBN / 978-986-319-441-5

Gaea

好故事，一擊入魂！

八百擊